*Felicitas Gruber*
*Gschlamperte Verhältnisse*

*Der Roman*

Ein Leichenfund am idyllischen Isarstrand sprengt nicht nur die Taufe von Spikes kleiner Tochter, sondern ruft sofort die Münchner Kripo inklusive Rechtsmedizin auf den Plan. In der Wohnung des Opfers finden Dr. Sofie Rosenhuth und Hauptkommissar Joe Lederer Statuen und Kultgegenstände aus einem Kirchenraub und sogar drei Schädelreliquien. Sofie schaltet ihre alte Schulfreundin Dr. Maria Hierlmeier ein, die sich als Leiterin des Diözesanarchivs mit »Heiligem« bestens auskennt – und Joe unwiderstehlich findet. Dann der Schock: Die Fundstücke sind keineswegs mittelalterlich, sondern datieren aus der Gegenwart. Wer sind diese drei toten Frauen – und wer hat sie ermordet?

Aber es bleibt nicht bei diesen drei Frauenschädeln. In Charly Loessls neuem Haus bringt ein unverwechselbarer Geruch Sofies Nasenflügel zum Kribbeln. Die Jägerin in ihr ist erwacht und so hat Sofie bald Gewissheit, was sich dort in den Kellerräumen verbirgt.

Und was ist los mit Sofies Chefin Dr. Elke Falk? Dr. Iglu sucht auf der Dating-Plattform *»Mein Hund & Du«* nach dem Mann fürs Leben und mutiert dabei zu Dr. Hot. Sakrisch gefährlich, denn diese Art der Partnersuche kann mörderische Folgen haben …

*Die Autorin*

Felicitas Gruber ist das Pseudonym der Autorinnen Brigitte Riebe und Gesine Hirsch. Brigitte Riebe ist promovierte Historikerin und begeistert seit vielen Jahren mit ihren historischen Romanen ihre zahlreichen Leserinnen und Leser. Gesine Hirsch ist Kunsthistorikerin und entwickelte die erfolgreiche Serie »Dahoam is Dahoam« für das Bayerische Fernsehen mit. Beide Autorinnen leben in München, wo auch ihre Krimireihe mit der sympathischen Rechtsmedizinerin Dr. Sofie Rosenhuth spielt.

*Felicitas Gruber*

# *Gschlamperte Verhältnisse*

*Ein Fall für die Kalte Sofie*

DIANA

Sollte diese Publikation Links auf Webseiten Dritter enthalten, so übernehmen wir für deren Inhalte keine Haftung, da wir uns diese nicht zu eigen machen, sondern lediglich auf deren Stand zum Zeitpunkt der Erstveröffentlichung verweisen.

Von Felicitas Gruber sind im Diana Verlag erschienen:
*Die Kalte Sofie* (Band 1)
*Vogelfrei* (Band 2)
*Blaues Blut* (Band 3)
*Zapfig* (Band 4)
*Gschlamperte Verhältnisse* (Band 5)

MIX
Papier aus verantwortungsvollen Quellen
FSC® C014496
FSC www.fsc.org

Verlagsgruppe Random House FSC® N001967

2. Auflage
Originalausgabe 10/2017

Neumarkter Straße 28, 81673 München
Redaktion: Robert Fischer
Umschlaggestaltung: t. mutzenbach design, München
Umschlagmotive: © grossishut; Reinhold Leitner; jannoon028; irin-k/Shutterstock
Satz: Leingärtner, Nabburg
Druck und Bindung: GGP Media GmbH, Pößneck
Printed in Germany

ISBN 978-3-453-35957-4

www.diana-verlag.de
Besuchen Sie uns auch auf www.herzenszeilen.de
Dieses Buch ist auch als E-Book lieferbar

*Wenn Ordnung das halbe Leben ist,*
*dann ist Chaos das ganze.*

Volksweisheit

*Für Oliver*

I

# Alles auf Anfang

Noch schliefen die südlichen Isarauen, während der Himmel vom zarten Rosa in ein noch zarteres Blau wechselte. Zum Glück waren die fleißigen Müllmänner schon vor Ort gewesen, um den ganzen Krempel der allabendlichen Griller zu beseitigen. Jetzt waren die Wiesen und Kiesbänke sauber, der Fluss glitzerte im Morgenlicht. Eine Drossel sang ihr Lied, Möwen kreischten, eine leichte Brise wehte. Fast hätte man meinen können, alles sei gerade wie neu erschaffen worden.

»Schee!«, murmelte Vroni ergriffen und hielt einen Moment inne, bevor sie weiter ihre Frühstücksutensilien auspackte. »An bessern Zeitpunkt hättet ihr gar ned aussuchen können. Mei, der Herrgott halt …«

Florian Denninger, ihr silberhaariger Lebensgefährte, drückte sie zärtlich an sich.

Sofie Rosenhuth, ihres Zeichens promovierte Rechtsmedizinerin, wusste genau, was Vroni meinte. Manchmal beneidete sie ihre geliebte Tante um deren ebenso tiefen wie pragmatischen Glauben, der es der frommen Katholikin erlaubte, am einen Tag intensive Zwiegespräche mit der Gottesmutter in der Gnadenkapelle von Mariahilf zu führen und am nächsten ganz entspannt an einer freien Taufe teilzunehmen. Vielleicht hatte es Vronis Entscheidung erleichtert, dass auch Hochwürden David Karisimbi dieser ungewöhnlichen Zeremonie beiwohnte, der Stadtpfarrer eben jener Kirche, die sie so gern besuchte. Ganz in Weiß gekleidet, stieg er gerade von seinem Fahrrad, einen großen Korb in der Hand.

»Guten Morgen«, grüßte er gut gelaunt. Niemand konnte so mitreißend lächeln wie dieser freundliche Mann aus Ghana, der viel Schwung in die ehemals konservative Gemeinde gebracht hatte.

»Schön, dass Sie da sind, Hochwürden«, begrüßte ihn Sofie. »Allerdings hätte ich Sie heute ein bisschen bunter erwartet.« Damit spielte sie auf seine farbenfrohe Nationaltracht an, in die er sich bei festlichen Anlässen gerne hüllte.

»In meiner Heimat sind wir bei Taufen traditionell immer ganz weiß oder ganz schwarz«, erwiderte er. »Außerdem bin ich heute ja im Dienst, auch wenn ich das kleine Mädchen noch lieber in meiner Kirche zur Taufe empfangen hätte.« Er hielt kurz inne, dann setzte er lächelnd hinzu: »Na, das wird schon noch. Wenn sie erst einmal groß genug ist, um Gottes Güte zu verstehen.«

Das kleine Mädchen, von dem die Rede war, schlummerte selig im Tragetuch an der Brust seiner Mama. Behutsam strich Shirin ihr über die feinen dunklen Härchen.

»Jetzt ist sie bald fünf Monate«, sagte sie. »Inzwischen platzt unsere Wohnung aus allen Nähten mit diesem ganzen Babyplunder, der überall herumliegt. Nicht einmal die Katzen wissen mehr wohin, und im Tattoostudio, wo ich wenigstens ein bisschen Auslauf hätte, bin ich momentan ja nur ganz selten. Wenn wir nicht bald was Größeres finden, krieg ich noch die Krise. Spike ist nämlich leider ziemlich schlampig – dabei könnte *er* sein Zeug durchaus aufräumen, im Gegensatz zu unserer Kleinen.«

Stefan Moosbichler, wie der junge Obduktionsgehilfe mit bürgerlichem Namen hieß, zuckte verlegen die Schultern. Im Institut für Rechtsmedizin hatte Dr. Elke Falk ihn zu peinlicher Ordnung erzogen, ohne die die dortige Arbeit gar nicht denkbar wäre. Womöglich war der häusliche Schlendrian, unter dem nun Frau und Kind zu leiden hatten, eine Art Ausgleich für Falks strenges, zuweilen äußerst frostiges Regiment, die nicht zufällig »Dr. Iglu« genannt wurde. Just in diesem Moment kam sie auch schon herbeigeradelt, gehüllt in fließende aquatische Gewänder, die ihr ausgezeichnet standen, sich bei Sofie jedoch garantiert nach wenigen Metern in der Fahrradkette verheddert hätten. Dynamisch und makellos zugleich stieg sie von ihrem Fahrrad und winkte kurz in die Runde. Augenblicklich schoss Murmel auf sie zu und begrüßte sie stürmisch. Die Falk herzte den blonden Mops und verwöhnte ihn mit einem Leckerli aus ihrer bestickten, garantiert sündteuren Seidentasche, die sie lässig geschultert hatte. Dann erst sah sie sich nach ihrem Begleiter um, der noch an seinem Rennrad hantierte.

»Du wirst immer lahmer, Berndie-Schatz«, meinte sie spöttisch. »Dabei weißt du doch, wie wenig ich mit lahmen Typen anfangen kann!«

Joe Lederer aber, der seine alte BMW ein Stück entfernt abgestellt hatte und zu Fuß über die Kiesbank geschlendert kam, erhielt von ihr ein hinreißendes Lächeln.

»Sieh einer an, der Herr Hauptkommissar! Und so fesch heute – ganz in Blau!«

Joe lächelte geschmeichelt zurück und zog auch noch seine rechte Augenbraue hoch, was Sofie, seine Ex, mal sehr gern gemocht hatte. Jetzt tat sie so, als würde sie seinen Blick gar nicht bemerken, auch wenn sie zugeben musste: Ja, er sah schon wirklich verdammt gut aus in seinen knackigen ausgewaschenen Jeans und dem hellblauen, an den Ärmeln lässig nach oben gekrempelten Hemd. Aber sie wusste halt auch schon seit Langem, dass Joe auf alles ansprang, was weiblich und halbwegs ansehnlich war …

Ein kurzer prüfender Blick nach unten – zum Glück mochte Sofie, was sie da sah: weiße Pünktchen auf fliederfarbenem Musselin; ein Sommerkleid, so geschickt geschnitten, dass die kleinen Speckröllchen um die Leibesmitte dezent verhüllt wurden, darunter braune, gut geformte Beine mit schlanken Fesseln. Am linken Handgelenk klimperten die ziselierten Silberreife aus Marokko, die sie sich selbst zum letzten Geburtstag gegönnt hatte.

»Sommer pur!«, sagte Charly Loessl leise neben ihr, und eine kleine warme Glückswelle durchflutete Sofie. Niemand konnte so schöne Komplimente machen wie er, und sie kamen auch immer genau im richtigen Moment.

»Sorry, ich bin mit dem Auto da«, setzte Charly hinzu. »Ich werde wohl kein Radfahrer mehr. Außerdem habe ich Max mitgebracht.«

Charlys Onkel hielt sich noch immer lieber draußen auf als in geschlossenen Räumen. Aber seine Haare waren ordentlich geschnitten, er trug keinen Bart mehr, und nichts an ihm verriet mehr den einstigen Nomaden – bis auf seinen alten, inzwischen allerdings gereinigten Trenchcoat, in dem er all die langen Jahre auf der Straße überstanden hatte.

»Jordanwasser.« Charly reichte den jungen Eltern ein Fläschchen. »Angeblich original. Und falls doch nicht, stellen wir es uns einfach vor, okay?«

Nun war die Runde komplett: Hochwürden David Karisimbi, Spikes Mutter Karin, Dilan, die Mutter von Shirin und ihrem Bruder Aram, Tante Vroni, Flo, Elke Falk und Bernd, Joe, Charly, dessen Onkel Max, Sofie, das junge Ehepaar Moosbichler und natürlich dessen Kleine.

Aber was hatte die rothaarige Frau hier zu suchen, die soeben in einem aufregenden Magentakleid und auf gefährlich hohen Pumps über den Kies stöckelte?

»Ich dachte, Gina singt uns was Schönes«, erklärte Charly. »Es soll doch ein bisschen feierlich sein, oder?«

Gina Matteo, engagiert als Mezzosopranistin an der Münchner Staatsoper und Charlys Nachbarin, stellte sich in Position, nicht ganz einfach auf dem unebenen Grund. Dann lächelte sie verschmitzt und schlüpfte aus den Mörderschuhen.

»Viel besser!«, seufzte sie.

Sofie mochte das *Halleluja* eigentlich lieber in der rauchig-gebrochenen Version von Leonard Cohen, aber diese volle, warme Frauenstimme hatte auch ihren Reiz. Arams Triangel setzte klingende Akzente, und am Ende applaudierten alle gerührt. Sogar Murmel ließ ein zartes Beifallsbellen hören.

Shirin hielt ihr Kind jetzt in den Armen.

»Wir heißen dich willkommen auf dieser Welt«, sagte Spike mit feuchten Augen. Sein Irokesenschnitt leuchtete im fröhlichsten Frühlingsgrün, das schmale Jungmännergesicht wirkte konzentriert und gerührt zugleich. »Du bist für uns die Liebe, die Gestalt angenommen hat. Du bist ein Glück, für das es keine Worte gibt. Du bist für uns, deine Eltern, deine Großmütter und deinen Onkel, das Wertvollste auf dieser Welt. Deine beiden Patinnen« – er schaute zu Sofie und Elke Falk, die neben ihm standen – »haben dir auf einem bunten Faschingsfest ins Leben geholfen. Nun werden sie dich begleiten in einem

Leben, das hoffentlich genauso bunt und glücklich wird. Nach ihnen sollst du heißen: Ayrun Sofie Elfe.«

Spike öffnete das Fläschchen und benetzte das dunkle Köpfchen mit ein paar Tropfen. Die Kleine rührte sich kaum.

»Wasser vom Fluss des Lebens«, sagte er. »Unsere Wünsche sind alle bei dir. Deine Religion suchst du dir dann später selbst aus.«

Gleich darauf zeichnete David Karisimbi das Kreuz auf dem zarten Kinderköpfchen. »Ich segne dich im Namen des Vaters, des Sohnes und des Heiligen Geistes«, sagte er. »Und ich hoffe, du triffst zur rechten Zeit die richtige Entscheidung.«

Sofie hätte beinahe laut aufgelacht, während Elke Falk kurz davor war zu platzen. »Wieso denn ›Elfe?‹«, murmelte sie aufgebracht. »So heißt doch kein Mensch und ich schon gar nicht. Ich wette, das hat er absichtlich gemacht!«

Jetzt zog Max einen Zettel aus der Manteltasche und setzte eine randlose Brille auf, mit der er wie ein Professor aussah.

»Eure Kinder sind nicht eure Kinder«, las er vor, Wort für Wort betonend. »Sie sind die Söhne und Töchter der Sehnsucht des Lebens nach sich selber. Sie kommen durch euch, aber nicht von euch, und obwohl sie mit euch sind, gehören sie euch doch nicht …«

Sofie kannte die oftmals zitierten Worte des Dichters und Philosophen Khalil Gibran, doch an diesem verzauberten Isarmorgen klangen sie ganz neu. Als Max geendet hatte, gab es erneut Beifall.

Ayrun Sofie Elfe sah mit großen Augen in die Runde und begann gleich darauf herzhaft zu gähnen.

»Und jetzt: Frühstück!«, verkündete Vroni resolut. »Damit mia fertig san, bevor die ganzen Nackerten kemma. I hob an Guglhupf und an Aprikosenstreusl, Brez'n san do, Obatzda, frische Radieserl, dieses Fu…« Sie schaute Hilfe suchend zum Pfarrer. »Wie haoßt des von Eahna glei noch amoi?«

»Fufu«, erwiderte er. »Und dazu gibt's scharfes Hühnchen, deshalb Obacht!«

»Fufu und Hendl oiso – sowie jede Menge Kaffee. Oiso, greift's zua!«

Das ließ sich keiner der Gäste zweimal sagen. Keiner – bis auf Elke Falk, die mäkelig an einer Breze herumpickte und sich ansonsten auffallend abseits hielt.

»Wo ist denn Ihr Freund abgeblieben, der nette Zahnarzt?«, erkundigte sich Sofie nach einer Weile, als sie sich den zweiten Kaffee aus der Thermoskanne holten.

»Den hab ich gerade eben in die Wüste geschickt. Er fühle sich noch zu jung, um an ein eigenes Kind zu denken, hat er gesagt – mit Mitte vierzig! Was soll ich denn mit solchen Zauderern? Andere Mütter haben schließlich auch hübsche Söhne, nicht?«

Sie nickte Joe zu, der lächelnd zurücknickte, obwohl er zu weit entfernt war, um etwas verstanden zu haben, und Sofie ärgerte sich erneut über seine Freundlichkeit. Gut, das gemeinsame Wohnungsprojekt war vorerst auf Eis gelegt, das Thema Nachwuchs war auch zwischen ihnen beiden recht heikel, und in den vergangenen Monaten hatten sie so viel mit neuen Fällen zu tun gehabt, dass ihr Privatleben entschieden zu kurz gekommen war. Aber gab ihm das schon das Recht, gleich wieder der alte Stenz zu sein?

Doch bevor sie weitergrollen konnte, kam ein Mann auf sie zugerannt. Mit wachsbleichem Gesicht sagte er zu ihnen: »Da drüben is was passiert. Da muss sofort die Polizei her. Hätten Sie vielleicht a Handy? Ich hab meins nämlich daheim liegen lassen.«

»Was ist passiert?«, fragte Sofie besorgt. »Was haben Sie denn gesehen?«

»A Leich«, antwortete der Mann knapp. »Und zwar koa scheene. Drüben, hinterm Wirtshaus *Zum Flaucher*, da hams's wen dastocha.«

## 2

# *Mitten ins Herz*

Ganz schön praktisch, wenn das Fachpersonal gleich neben dem Leichenfundort frühstückt«, meinte die Falk. »Also, was mich betrifft, so werde ich in dieser Wirtschaft nie wieder einen Bissen anrühren!«

»Der Tote lag *hinter* der Wirtschaft, nicht *in* der Wirtschaft«, korrigierte Sofie sie. »Und von den zwei anwesenden Rechtsmedizinerinnen hatte es eine plötzlich sehr eilig.«

»Mir war nicht gut.«

Dr. Iglu klang an diesem sonnigen Montagmorgen frostiger denn je. »Selten genug, dass ich eine kleine körperliche Schwäche für mich reklamieren muss, aber gestern war es so. Dieses Taufgedöns mit all den Sprüchen und Gesängen hat mir irgendwie auf den Magen geschlagen. Hatte ich mir eigentlich anders vorgestellt. Ich bin doch eher der klassische Typ – Tradition ist mir wichtig.«

Ayrun Sofie Elfe, dachte Sofie. *Das* hat dich geärgert. Und auch, dass du Joe keine schönen Augen mehr machen konntest, als er nun plötzlich im Dienst war.

»Franz Auerbach, vierunddreißig Jahre, vorübergehend als Spüler in der Gaststätte tätig. Alles andere als ein unbeschriebenes Blatt«, sagte die Falk nun wieder ganz professionell. »Diverse

Vorstrafen wegen Einbruch, Hehlerei, Urkundenfälschung. Mehrere Haftstrafen. Tatsächlich war er erst seit einem halben Jahr wieder auf freiem Fuß ...«

»Leiche von athletischem Körperbau«, diktierte Sofie ihrerseits ungerührt. »Einen Meter siebenundachtzig groß, Körpergewicht 85 Kilogramm.«

Das kriminelle Vorleben des Toten gehörte in Joes Tätigkeitsbereich. Ihre Aufgabe war es, zu beschreiben, wie das Opfer zu Tode gekommen war.

»In der zentralen Brustregion, zwei Querfinger links der Mittellinie und ein Querfinger unter der Brustwarzenebene, findet sich ein quer gestellter, glattrandiger Hautdefekt mit einem spitzen Wundwinkel nach außen und einem stumpfen Wundwinkel nach innen, der direkt in die zentrale Brustregion auf das Herz sondiert ist. Die Wundränder sind frei von Schürfungen, es finden sich keine Probestiche in der unmittelbaren Umgebung ...«

»Das hat ihn also umgebracht: ein Stich mitten ins Herz.« Elke Falk klang irgendwie zufrieden. »Findet man relativ selten in einer solch eindeutigen Ausprägung. Da muss jemand schnell und routiniert gewesen sein.«

»Oh, ja – und dieser Jemand konnte auf jeden Fall verdammt gut mit einem Messer umgehen«, meinte Sofie. »Gefunden wurde die Tatwaffe meines Wissens bisher noch nicht. Obwohl die Kollegen von der Spurensicherung das ganze Gelände gründlich durchkämmt haben – was nicht ganz einfach war, weil die anrückenden Badegäste nur wenig Verständnis dafür hatten, dass ihr nackter Freizeitspaß ausnahmsweise entfallen sollte. Vielleicht wurde das Messer ja in der Isar entsorgt. Das wäre dann allerdings eher auf Nimmerwiedersehen ...«

»Er könnte das Opfer gekannt haben«, spann Elke Falk ihren Gedanken weiter, »denn wir haben keinerlei Abwehrverletzungen an Händen oder Unteramen. Demzufolge sieht es auch schlecht aus mit DNA-Spuren unter den Fingernägeln. Aber vielleicht findet sich ja etwas auf der Kleidung. Wird alles bereits gründlich untersucht.«

»Er?«, hakte Sofie nach. »Woher wollen Sie wissen, dass es ein Mann war?«

»Diese Tötungsart direkt von vorn wird größtenteils von Männern durchgeführt.« Falks Stimme klang mal wieder sehr belehrend. »Denken Sie doch nur einmal an die klassischen Größen- und Gewichtsunterschiede zwischen den Geschlechtern. Eine zarte Frau mit einem Messer in der Hand und so ein kräftiger Kerl?« Sie schaute zu Sofie und zeigte ein anzügliches Grinsen. »Obwohl es ja auch durchaus Damen gibt, die so einiges an Kampfgewicht auf die Waage bringen …«

Sofie hasste sie.

Das war schon vom allerersten Moment an so gewesen, und daran hatte sich bis heute nichts Wesentliches geändert – nicht einmal durch Murmel, den sie gemeinschaftlich betreuten und der diese seelisch verkrüppelte Frostbeule offenbar durchaus gernhatte.

Sofies Gedanken verfinsterten sich: Aber wer weiß? Tante Vroni, die mit ihrem neuen Kniegelenk wieder so gern spazieren ging, hätte garantiert nichts dagegen, den liebenswerten Mops zu hüten, während Sofie im Institut beschäftigt war. Dann sähe die Falk aber dumm aus der Wäsche …

Gleich darauf konzentrierte sich Sofie wieder ganz auf ihre Arbeit.

Beim Öffnen der Bauchhöhle entströmte der Leiche ein

deutlich wahrnehmbarer alkoholischer Geruch, was sie ebenfalls sogleich in ihrem Diktat vermerkte.

»Das ist noch reichlich untertrieben, Frau Kollegin«, kommentierte Dr. Falk. »Der stinkt doch wie eine ganze Schnapsfabrik! Manche dieser strammen Herren aus Bayern scheinen ihr Essen vorzugsweise in flüssiger Form einzunehmen, das ist mir schon öfter aufgefallen.«

»Gsuffa wird überall in der Republik«, entgegnete Sofie, die so schnell nichts auf ihre geliebte Heimatstadt kommen lassen wollte, schon gar nicht von der Falk. Wenn es der Bissgurken in München nicht mehr taugte, sollte sie doch wieder abhauen in ihr Hannover, wo angeblich alles viel besser war.

Betont nüchtern fuhr sie fort: »Die exakte Promillezahl wird die Auswertung der Blutuntersuchung zeigen. Und was er als Letztes gegessen hat, wissen wir, nachdem der Mageninhalt analysiert wurde.«

Dann wandte sie sich an Spike, der die ganze Zeit über schweigend zugehört hatte, und meinte mit deutlich freundlicher klingender Stimme: »Wenn ich bitten dürfte, Herr Moosbichler. Ab damit zu den Kollegen, damit uns die Erhellung ereilt!«

Der Obduktionsassistent mit dem grünen Iro grinste sie an und verschwand mit einem Nicken.

Danach fiel kein persönliches Wort mehr zwischen den beiden Rechtsmedizinerinnen, bis Sofie ihr Diktat abgeschlossen hatte. Spike, wieder zurück im Sektionssaal, übernahm die Aufräumarbeiten, und Sofie wollte nichts lieber als so schnell wie möglich nach Hause.

»Was ist Ihnen eigentlich über die Leber gelaufen, Frau Kollegin?«, fragte die Falk in spitzem Ton, noch ehe Sofie in die Umkleidekabine verschwinden konnte. »Sind Sie mal wieder auf

Diät und deswegen so unleidlich, oder sollte ich mir etwa ernsthaft Sorgen …«

Sie hielt inne. »Ja, der Herr Hauptkommissar«, begann sie unvermittelt zu gurren. »Welch hoher Besuch in unserer bescheidenen Hütte!«

Joe lächelte unverbindlich.

Das wollte Sofie ihm auch geraten haben. Nach der Taufe am Flaucher hatte sie ihm einmal mehr zu verstehen gegeben, dass sie es überhaupt nicht schätzte, wenn er anderen Frauen schöne Augen machte. Was er natürlich abgestritten hatte, worauf ein Wort das andere gab und am Ende mal wieder die Fetzen flogen, wie so oft.

»Du lernst es nie!«

»I hab doch gar nix gmacht …«

»Ang'sülzt hast sie, die doofe Krampfhenna. Moanst vielleicht, i bin blind? Is dei hormoneller Überschuss jetzt scho so groß, dass du sogar bei dera land'n wuist?«

»Mei, jetzt spuist wieder die Eifersüchtige, wegen nix und wieder nix …«

Am Ende hatte Joe dann doch Besserung gelobt, schon um des lieben Friedens willen. Und nun verhielt er sich merklich zurückhaltender.

»Ich möchte dir gern etwas zeigen, Sofie«, sagte er zu ihr. »Bevor es in der Asservatenkammer verschwindet. Des hast vermutlich sogar du noch nie gesehen. Jedenfalls noch ned so.«

»Jetzt machen Sie es aber spannend, Herr Lederer«, flötete Elke Falk weiter. »Geht es etwa um den aktuellen Fall?«

»Ja und nein«, erwiderte Joe. »Es geht um einen Fund in der Wohnung des Opfers, und der ist …« Er zögerte. »Wie sag ich das jetzt am besten? Ziemlich ungewöhnlich …«

»Ich beeil mich«, sagte Sofie.

»Ich wart dann draußen, ja?«

Joe machte ein verschmitztes Gesicht, als er hinzufügte: »Heut' ist der beste Tag für eine Motorradfahrt!«

3

# *Scheinheilig*

Solche Tage hatte es in ihrer Kindheit oft gegeben: weder schwül noch tropisch heiß, sondern angenehm warm unter einem hellblauen Himmel, über den weiße Wölkchen friedlich wanderten. Die ganze Stadt roch nach Sommer, daran konnten selbst die Autos vor und hinter ihnen nichts ändern, die ihren Feinstaub ungehemmt in die Luft pusteten. Überall sah man Menschen in luftiger Kleidung flanieren, viele schleckten dabei ein Eis, und die Straßencafés waren brechend voll.

Joe so nah zu sein war gar nicht so schlecht …

An seinen Rücken geschmiegt, zogen andere Motorradfahrten durch Sofies Erinnerung. Unterwegs hatten sie sich eigentlich immer verstanden. Vielleicht mussten sie endlich mal wieder raus aus dem Alltagsstress, weg von den Leichenfunden und Mordermittlungen, irgendwo hinfahren, wo es schön ist, ein ganz normales Paar sein wie andere auch.

Sofie schloss die Augen und genoss den Fahrtwind, bis Joe anhielt und sagte: »Wir sind da. Bitte absteigen, die Dame!«

»Aber des is ja glei bei uns ums Eck«, sagte Sofie, als sie den Helm abnahm.

»Ganz genau: Alpenstraße. Wo man in Giesing noch halbwegs günstig wohnen kann. Weil: garantiert unrenoviert.«

Schon von außen machte das zweistöckige Haus einen leicht runtergekommenen Eindruck, der sich noch verstärkte, als sie das Treppenhaus betraten. Ein uralter Geruch von Bohnerwachs hatte sich im Lauf der Jahrzehnte mit allen nur erdenklichen Gerüchen vermischt, darunter offenbar viel Knoblauch und einiges an Urin.

Sofie war eigentlich nicht sehr empfindlich, was Gerüche anging, schon von Berufs wegen. Und doch hielt sie sich die Nase zu, als sie nach oben stiegen.

»Des werd no besser«, warnte sie Joe und schloss die Wohnung auf.

Sofort schlug ihnen ein kaum auszuhaltender Mief entgegen. Im Flur stolperten sie über Berge von Pizzakartons, leere Bier- und Wodkaflaschen, bis sie endlich das Wohnzimmer erreichten – das allerdings kaum noch etwas Wohnliches hatte, so zugemüllt war es.

»Da stehen ja lauter Heiligenfiguren«, wunderte sich Sofie, nachdem sie sich mühsam einen ersten Überblick verschafft hatte.

»Genau«, bestätigte Joe. »Und wohl alle geklaut. Die Kollegen gehen gerade die Einbrüche der letzten Zeit durch. Kam schon vor, dass da auch der eine oder andere Heilige gefehlt hat. Nicht nur in Kirchen und Kapellen. Auch Antiquitätenhändler waren dabei.«

»Du meinst, der stiehlt so was, damit er das an andere verkaufen kann, die sich die Figuren dann aufstellen wollen?«

»Ganz genau«, nickte Joe. »Der Markt ist angeblich riesengroß. A bissl was Heilig's geht immer, auch wenn der Lebenswandel sonst vielleicht nicht so heilig ist. Die lassen Unsummen am Fiskus vorbeirauschen, aber so a Heiliger im Sechzig-Quadratmeter-Wohnzimmer, der sois na richten.«

»Ganz schön scheinheilig«, brummte Sofie, »aber in Bayern passt des scho so!«

Jetzt lenkte Joe ihren Blick in eine andere Richtung.

»Aber deshalb sind wir nicht hier. Sondern deshalb: Hast du so was schon einmal gesehen?«

Er deutete auf drei große Glasgefäße, in denen je ein Totenkopf ruhte, geschmückt mit goldenen Litzen und Borten sowie bunt funkelnden Steinen.

»Das sind Reliquiare«, erkannte Sofie sofort. »Als Kind hat mich die Tante Vroni sonntags oft in den Alten Peter geschleppt. Zur heiligen Munditia, oder genauer: zu ihrer Reliquie. Weil sie doch die Patronin aller alleinstehenden Frauen ist …«

»Und das soll echt sein?«

Joe klang alles andere als überzeugt.

»Die Munditia?«, antwortete Sofie. »Keine Ahnung! Angeblich wurde sie in Rom wegen ihres Glaubens enthauptet, lag lange in einem Nischengrab in den Katakomben und ruht nun schon seit dem 17. Jahrhundert in ihrer eigenen Kapelle im Seitenschiff von St. Peter.«

»Und das hier?«, fragte Joe. »Echt oder fake?«

Sofie hob eines der Glasgefäße vorsichtig hoch.

»Der Schädel ist echt, das kann ich schon mal sagen. Plastik oder Wachs würden anders aussehen. Aber wie alt er ist? Dazu müsste man ihn gründlich untersuchen. Kümmer du dich drum, dann nehmen wir die Reliquiare im Institut genauestens unter die Lupe.«

Sofie stellte das Gefäß wieder ab.

»Wo hat er sie denn her?«

»Es gibt dazu keine Diebstahlanzeige, das wissen wir schon. Und das ist ja das Komische daran: Wenn mir so etwas Heiliges abhandenkommt, dann geh ich doch zur Polizei, oder nicht?«

»Es sei denn, ich hätte sie auch nicht ganz legal erworben ...«

»Bingo!«, sagte Joe.

»Aber wo sollen die Kollegen denn suchen? Das ist ja endlos!«

»Ja, das hab ich zuerst auch befürchtet, aber schau mal: Neben den Schädeln liegen noch zwei silberne Schalen, womöglich für Weihwasser. Und die sind auf der Unterseite beschriftet. Vielleicht hilft das ja weiter.«

Sofie schaute auf die Inschrift. *»Kurios. R. König. Schweigerstraße 4.«* Sie blickte Joe verblüfft an. »Du, den Laden kenn ich. »Da hat mich die Vroni mal vor Urzeiten hingeschleift.«

»Und weiter?«

»Kruscht und Kram, so weit das Auge reicht. Ein richtiger Tandler halt. Wenn ich mich nicht täusche, stellt der sogar auf der Auer Dult aus.«

»Dann fotografier ich das jetzt, und danach werden wir dem Herrn König mal auf den Zahn fühlen«, sagte Joe. »Danke, Spatzl, du warst mal wieder ganz wunderbar!«

4

# *Träume und Schäume*

»Freilich kenn i den«, versicherte Vroni, als Sofie zu ihr kam, um Murmel abzuholen. Der Hund konnte sein ausführliches Gassigehen kaum erwarten und sprang stürmisch an ihr hoch. Kurz zuvor war sie mit Joe vergeblich vor dem geschlossenen *Kurios* gestanden.

»Den kennt hier jeder«, ergänzte Vroni, »als Stenz von der Au!«

»Du meinst scho den Richard König?«

»Genau den. Noch vor a paar Jahr waren die Frauen ganz wuid auf den, bei jedem Faschingsball, jedem Maitanz war er der absolute King mit freier Wahl, wennst verstehst, was i moan. Buchstäblich Schlange sans gstandn bei dem. Du woaßt des nimmer, du warst damals no z'jung und außerdem scho fest mitm Joe verbandelt. War aa a richtig fescher Kerl mit seine schwarzen Locken und seine unverschämt blauen Augn – fast a bissl wia der junge Ludwig hat er damals ausgschaut. Aber die Zeit macht eben aa vorm scheensten Stenz ned halt. Jetzt isser grauer worn, de Weiber von fria san unter da Haubn; wegzogn oder anderweitig interessiert. Dafür hat er sich an Hund angschafft.«

»Und woher weißt du das alles?«

»Weil i eahm immer mal wieder begegne, wenn i mitm Murmel unterwegs bin. Der King, der ghört jetzt nämlich in die Riege der HmT.«

Sofie blickte sie fragend an.

»Des san die Herrn mit Tagesfreizeit, solche, die entspannt durch die Gegend flanieren, wenn andere arbeiten müssen.«

»Und das kann er sich leisten?«, hakte Sofie nach. »Von außen sah der Laden ned berauschend aus, eher wie Kraut und Rüben. Ob der viel abwirft? Ist der King denn anderweitig vermögend?«

»Da bin i überfragt. Den Laden hat scho sei Onkel selig geführt, glei ums Eck von der Dult. War der ned aa no Präparator? Des woaß i jetzt nimmer so genau, aber ausgstopfte Viecherl hat er jedenfalls verkauft und ned zu wenige, des is gwiss. Vielleicht hat er den Laden ja dem King vererbt? Und jetzt macht der nur no auf, wenn er mog.«

Tante Vronis graue Augen blickten sie skeptisch an. »Is des etwa oana von eure Ganoven, oder warum fragst du mi des ois?«

»Wir bräuchten nur a paar Informationen von ihm«, erwiderte Sofie. »Du magst ihn ned besonders, den King, gell?«

»Des siehst du ganz richtig, Sofie. Schönlinge und Angeber auf Kosten von uns Frauen, die waren noch nie mein Fall. I mog scho, wenn a Mannsbild ansehnlich is – und charmant erst recht. Aber Charakter gehört für mi unbedingt dazu. Ohne den geht bei mir gar nix.«

Nachdenklich nahm Sofie die Steige hinunter zum Mariahilfplatz. Murmel lief voraus, begrüßte unterwegs ein paar vierbeinige Freunde, kam aber immer wieder brav zurück, wenn Sofie nach ihm rief. Der Weg war schattig und nicht zu steil, und trotzdem geriet sie leicht außer Atem, ehe sie unten ankam.

*Alles wieder viel zu lange vernachlässigt*, nölte ihre innere Stimme, die erfreulich lange still geblieben war. *Mit ein bisschen Radeln ins Institut und zurück ist es eben nicht getan. Walken wolltest du ab Frühling regelmäßig, um deine Fitness zu verbessern, und deinen Heimtrainer hast du auch schon lange vernachlässigt …*

»Schnauze!«, konterte Sofie halblaut wie in ihren besten Berliner Tagen. »Wenn es noch wärmer wird, dreh ich wieder meine Runden im Schyrenbad, host mi? Und jetzt hab ich frei!«

Sie überlegte kurz, ob sie auf dem Absatz umdrehen und gleich wieder nach oben steigen sollte – doch dann hielt sie die Vision eines schaumigen Latte macchiato, entspannt im Freien genossen, davon ab. Sofie überquerte den leeren Platz, auf dem im nächsten Monat die Jakobi-Dult stattfinden würde. Da hörte sie auch schon den Auer Mühlbach murmeln, und die gelben Sonnenschirme vor dem kleinen Café kamen ihr erfreulich nahe.

Aufatmend ließ Sofie sich auf einen der Stühle fallen, bestellte ein Schälchen Wasser für den Mops sowie einen Latte und eine klitzekleine Erdbeerrolle, die dann aber doch erfreulich üppig ausfiel, als die junge Bedienung sie vor ihr auf den Tisch stellte.

»Gute Wahl!«, hörte sie eine sonore Männerstimme sagen, als sie gerade den ersten Bissen in den Mund geschoben und die unvergleichliche Fusion von Biskuit, Sahne und Erdbeeren auf ihrer Zunge genoss. »Ich darf doch, schöne Frau?«

Und schon saß Charly Loessl ihr gegenüber.

Spitzbübisch grinsend bestellte er »das Gleiche wie die Dame!« und meinte: »So glücklich möchte ich auch einmal aussehen!«

»Heute gar nicht am Schreibtisch?«, fragte Sofie, die von seinem Buchprojekt wusste, aus dem er immer noch ein Geheimnis machte.

»Seit Wochen schon nicht mehr.«

Sein sympathisches Grinsen verfestigte sich.

»Ich hab mich nämlich unsterblich verliebt.«

Das saß.

Natürlich hätte Sofie damit rechnen müssen. Lange schon. So ein attraktiver Mann wie Charly blieb eben auf Dauer nicht allein, aber dass er ihr das so mir nichts, dir nichts einfach ins Gesicht sagte, kam für sie doch sehr überraschend. Fast hätte ihr die Erdbeerrolle nicht mehr geschmeckt – aber irgendeinen Trost braucht der Mensch ja, also vertilgte sie die Kalorienbombe lieber zügig.

Charly schaute ihr lächelnd zu.

»Nachschub?«, fragte er, während er seine Portion Erdbeerrolle deutlich langsamer genoss.

»Bloß nicht. Ich muss dann auch bald wieder …«

»Moment! Ich lass dich jetzt nicht wieder gehen, bevor ich sie dir vorgestellt habe.«

Das wurde ja immer besser!

Vor Sofies innerem Auge tauchte die Vision einer lebhaften Rothaarigen auf hohen Pumps auf, die eine Spur zu laut lachte und wunderschön singen konnte – Gina Matteo!

Hatte sie es nicht von Anfang an im Blut gehabt?

Manchmal hasste sie ihre Fähigkeit, Dinge vorauszuahnen.

Charly legte Geld auf den Tisch und stand auf.

»Wollen wir?«, fragte er. »Sind wirklich nur ein paar Schritte.«

»Jetzt?«

Alles in Sofie sträubte sich dagegen.

Gut, irgendwann würde sie um die Begegnung nicht herumkommen. Was wollte sie überhaupt? Sie waren gute Freunde, nichts weiter, und natürlich würde sie irgendwann die Frau an seiner Seite näher kennenlernen. Aber doch nicht gerade heute …

»Jetzt!«, bekräftigte Charly ungewohnt nachdrücklich. »Du wirst begeistert sein. Zumindest hoffe ich das.«

Widerstrebend erhob sich Sofie und folgte ihm mit dem Murmel an der Leine. Charly machte derart große Schritte, dass sie ihm beim besten Willen kaum hinterherkam – hatte er es so eilig, bei seiner Liebsten zu sein?

Zefix, das tat weh!

Charly bog in die nächste Straße ein, ging noch ein paar Meter weiter, um dann vor einem frei stehenden gelben Haus mit dunkelgrünen Fensterläden stehen zu bleiben. Gemütlich sah es aus, auf beste Weise eingewohnt, heimelig. Links und rechts standen zwei ähnliche Gebäude, aber das in der Mitte war zweifelsohne am ansehnlichsten.

»Und?«, fragte er strahlend. »Hab ich zu viel versprochen?«

»Das ist …?«, stotterte Sofie.

»Ganz genau.« Charly nickte. »Das ist meine neue große Liebe, und stell dir vor: durchaus bezahlbar! Beim Notar war ich schon. Die alte Wohnung ist auch schon gekündigt – meine Nachmieterin hatte es offenbar sehr eilig. Und das Beste daran ist, dass ich nun hier in meiner Gegend bleiben kann, an die mich so vieles bindet.«

Charly sah Sofie so intensiv an, dass kaum ein Zweifel blieb, was – oder besser: *wen* – er damit meinte.

Sofie konnte seinem Blick kaum standhalten, so schämte sie sich. Charly hatte also die ganze Zeit von einem Haus geschwärmt, nicht von einer Frau. Sie war auf einer ganz falschen Fährte gewesen – und selbst überrascht, wie erleichtert sie darüber war.

»Schön«, versicherte sie nun eifrig. »Wirklich sehr, sehr schön!«

»Es gibt sogar eine Terrasse und einen kleinen Garten, und das mitten in der Au«, meinte Charly mit leicht verklärtem Blick. »Da werde ich draußen schreiben können – oder wir grillen abends mal zusammen …«

Er öffnete das Türchen zum Vorgärtchen.

»Ich zeig es dir von innen, damit du dir ein richtiges Bild machen kannst. Oder magst du vielleicht zuerst einen Blick auf den Grundriss werfen? Ich hab ihn jetzt immer dabei. Fühlt sich schon fast wie ein Talisman an …« Er zog ein Stück Papier aus der Hosentasche und faltete es auf.

»Gern.«

Sofies Augen flogen über den Plan.

»Alles da, was man braucht«, meinte sie dann. »Schaut richtig gemütlich aus: unten wohnen, oben arbeiten und schlafen. Sogar das Dach ist ausgebaut. Und einen anständigen Keller hast du auch. Darum beneide ich dich. Der fehlt nämlich in meiner Wohnung.«

»Und jetzt in echt!«

Charly ließ sie hinein. »Ich bin natürlich noch lange nicht fertig mit Renovieren. Aber ein paar Wände hab ich schon rausreißen lassen, damit es offener wirkt, und der dunkle Holzboden im Erdgeschoss wird diese Woche verlegt. Der kommt überall hin, nur nicht in die Küche. Ja, ich glaube, hier lässt es sich dann einmal ganz gut leben …«

Er öffnete die Terrassentür. Murmel riss sich von der Leine und stürmte in den Garten.

»Hier gibt es allerdings noch ein Problem«, meinte Charly zu Sofie, die ihm nach draußen gefolgt war. »Erdwespen. Die können ganz schön lästig sein.«

»Da hat die Tante Vroni jede Menge Hausmittel parat: Teller mit Zitronenscheiben, gespickt mit Nelken, Kaffeepulver – oder Weihrauch, wenns a bissl heiliger sein soll.«

Sofie lachte, aber Charly zog die Stirn kraus. »Mir hilft das leider nicht. Ich bin megaallergisch gegen jede Art von Insektenstichen, wie du weißt. Bei mir schwellen die über die Maßen an und jucken so höllisch, dass ich über kurz oder lang gar nicht anders kann, als zu kratzen. Dann entzünden sie sich. Da hätte ich schon mehr als einmal leicht eine Sepsis bekommen können. Einmal, im Atlasgebirge mutterseelenallein – das war alles andere als lustig. Und das Nest hier scheint riesig zu sein. Da, schau!«

Er führte sie ein Stück am Haus entlang.

»Der Kammerjäger hat schon mit Wasser und Zucker gearbeitet – allerdings mit mäßigem Erfolg: Die Wespen sind immer noch da. Jetzt versucht er es mit großzügigem Umgraben des Erdreiches, denn ausräuchern lassen will ich sie nicht. Angefangen hat er bereits. Morgen geht es dann weiter.«

Sofie trat gerade näher heran, als ihr ein schwacher, aber unverwechselbarer Geruch in die Nase drang. Sie begann zu schnüffeln. Ja, jetzt roch sie es noch deutlicher.

»Da muss eine Leiche sein«, meinte sie konsterniert. »Hier riecht es eindeutig nach Verwesung.«

Charly sah sie verdutzt an, dann besann er sich und sagte: »Kann es sein, dass du immer noch den Geruch von eurem Seziersaal in der Nase hast, meine Liebe? Du kommst nicht zufällig unmittelbar vom Obduktionstisch?«

»Das schon«, gab ihm Sofie recht, »aber Murmel riecht es auch. Schau doch mal: Der drückt sich ja fast am Boden platt vor lauter Aufregung.«

»Na, dann sind das vielleicht die sterblichen Überreste einer Spitzmaus, die er da wittert. Aber mein schöner kleiner Garten ist garantiert leichenfrei, liebste Sofie!«

Sofie wollte weder streiten noch Charly die Freude an seinem Schätzchen verderben. Doch die Jägerin in ihr war erwacht. Sie würde wiederkommen – und zwar ganz früh am Morgen, wenn ihr sensibles Riechorgan noch ganz unbeeindruckt von allen sonstigen Gerüchen des Alltags war.

Dann würde man weitersehen …

# 5

# *(K)ein Hundeleben*

Eine Klassefrau wie sie, hatte die so etwas überhaupt nötig?

Nachdenklich goss sich Elke Falk ein zweites Glas Rosé ein.

Eigentlich nicht.

Andererseits zeigte sich München gerade in seiner schönsten Jahreszeit, und sie hockte am frühen Abend allein auf ihrem geschmackvoll bepflanzten Balkon. Gerne zwar, aber eben doch auch: allein. Es wurde nicht einfacher, aufregende Männer kennenzulernen, wenn die Vierzig drohend näher kam oder einen bereits sang- und klanglos überrollt hatte. Was tun?

Elke Falk klappte den Laptop auf.

Das ganze klassische Zeug kam für sie ohnehin nicht infrage. *Parship* mit diesen akademischen Langweilern konnte ihr gestohlen bleiben, *Partner-ab40* klang schon vom Namen her zum Abgewöhnen, und welche Typen frau auf *40gold.de* treffen würde, wollte sie sich lieber erst gar nicht vorstellen. *Zweisam.de* ging sogar tatsächlich erst ab 50 los. Also, an Opas war sie nun wirklich nicht interessiert!

Missmutig scrollte sie weiter.

*Mollylove.de* – das wurde ja immer bizarrer!

Damit konnte sie beim besten Willen nicht dienen, so sportlich und grazil, wie sie nun einmal war. Da sollte sich besser diese Sofie Rosenhuth anmelden, die vor jeder Sahnerolle kapitulierte, anstatt sich einmal zusammenzureißen. Seltsamerweise schien ihr das die Männerwelt gar nicht übel zu nehmen, ganz im Gegenteil. Die konnte gleich zwei Galane auf einmal an der langen Leine führen, den weitgereisten, gebildeten Loessl aus allerbestem Hause und den Lederer Joe, der doch ein wirklich erfrischend smarter Hauptkommissar war – und zudem noch ihr Ex.

Schon der Gedanke an den feschen Joe ließ Elke unruhig werden. Der strahlte so viel Virilität aus, und ein Kostverächter schien er auch nicht gerade zu sein, was die Damenwelt anging; nach allem, was man so hörte …

Elke rutschte auf ihrem Stuhl hin und her, nahm einen ordentlichen Schluck und zwang sich, an etwas anderes zu denken. Doch es wollte ihr nicht so richtig gelingen an diesem verführerisch warmen Sommerabend. Nicht einmal Murmel war heute da, um ersatzweise mit ihr zu knuddeln. Eigentlich hatten sie ja vereinbart, sich gemeinsam um ihn zu kümmern, aber die unmögliche Rosenhuth führte sich immer mehr so auf, als läge die Entscheidung darüber, bei wem der Murmel sein durfte, allein bei ihr. Nur weil er damals angeblich nachts unter ihrem Fenster gewinselt hatte. Solche rührseligen Storys konnte sich auch nur diese moppelige Leberkästussi ausdenken!

Sie hatte sogar schon darüber nachgedacht, sich einen eigenen Hund anzuschaffen. Aber welcher Vierbeiner würde schon so drollig und liebenswert sein wie ihr kleiner blonder Mops?

Auf einmal stutzte die Falk.

*Mein Hund & Du*, das klang doch gar nicht schlecht!

Sie klickte weiter.

Gut, die Fotos der hier aufgeführten Herren waren auf den

ersten Blick auch nicht übermäßig berauschend, aber wenn sie erst einmal ihr Porträt eingestellt hätte, würden vielleicht noch ganz andere Kandidaten aufscheinen. Versuchen konnte sie es ja mal, probeweise. Mal sehen, ob sich die dreißig Euro für die Anmeldung im ersten Monat als lohnende Investition erweisen würden …

Höchst motiviert machte sie sich an ihr Profil.

Das beste Foto vom letzten Sommer schien ihr gerade gut genug für den Zweck: zart gebräunt, in diesem karibikblauen Kleid, das ihre wunderschönen Augen so richtig zur Geltung brachte. Und dann saß ja auch noch Murmelchen auf ihrem Schoß – genau richtig in diesem Forum.

Alter?

*33.*

Sah sie vielleicht auch nur einen einzigen Tag älter aus?

Beruf?

*Lebenskünstlerin.*

Das mit der Rechtsmedizin machte die Kerle schon im Vorfeld nur unnötig nervös.

Name?

In solchen Foren nannte sich doch keiner, wie er richtig hieß.

*Elfe.*

Hübscher Nickname. Sie kicherte leise. Für irgendetwas war diese blöde Taufe dann doch noch gut gewesen.

Feste Bindung?

Sie musste kurz überlegen, dann wusste sie die Antwort.

*Bin für alles offen.*

Klang doch richtig prima, oder?

# 6

## *Verdacht im Morgengrauen*

Früher hatte Sofie es gehasst, wenn sie so früh aus den Federn musste. Aber seit Murmel an ihrer Seite war, fand sie das gar nicht mehr so schlimm. Jedenfalls dann nicht, wenn draußen keine frostige Winterkälte auf sie wartete, sondern ein hellblauer Junimorgen wie heute.

Sofie ließ den Mops in aller Ruhe seinen Lieblingsbaum markieren, dann hob sie ihn in sein Körbchen, das sie sich extra vorn auf ihr Fahrrad hatte montieren lassen, setzte den Helm auf und fuhr los. Sie wählte den Weg über den Nockherberg, weil sie es jedes Mal wieder genoss, rasant nach unten zu rollen, ohne treten zu müssen. Nur wenige Minuten später war sie schon vor Charlys Traumhaus angelangt.

Sofie hob Murmel heraus.

Plötzlich wurde sie unschlüssig.

Wäre es nicht doch viel schlauer gewesen, ihn bei Tante Vroni zu lassen?

Aber die Falk hatte spätabends noch angerufen und vehement ihren Anteil an der Mopsbetreuung eingefordert. Mit ganz komischer Stimme allerdings. So verwaschen hatte sie sich noch nie angehört.

Ob diese Spinatwachtel ab und an zu tief ins Glas schaute? Wäre ja fast ein menschlicher Zug an ihr …

Weil Sofie auf die Schnelle nichts Besseres einfiel, band sie Murmel mit der Leine am Gartenzaun fest. Natürlich war das Gatter abgeschlossen – wäre sonst ja auch zu einfach gewesen.

Sofie schob sich mit beiden Händen hoch, um die Beine irgendwie über das Hindernis zu bekommen. Sie trug eine weiße Hose, was sich jetzt als nicht sehr clevere Wahl herausstellte; zudem war sie doch auch recht eng. Die Nähte knirschten schon – und wenn sie jetzt auch noch rissen …

»Zacklzement«, fluchte sie, während Murmel laut zu bellen begann. Binnen Kurzem würde wahrscheinlich die gesamte Nachbarschaft an den Fenstern kleben. Jetzt übersah sie auch noch einen Nagel, der oben ein Stückchen herausragte und sich prompt in ihren Handballen bohrte. Zum Glück war es nur die linke Hand, aber auch das war schon blöd genug, denn sie blutete heftig.

Und jetzt? Wie weiter?

Wütend über die eigene Ungeschicklichkeit zupfte Sofie sich den Baumwollschal vom Hals und wickelte sich ihn um den Handballen. Zwischen dem Haus und dem Gartenschuppen entdeckte sie einen schmalen Durchgang, der nach hinten in den Garten führte. Aber kaum war sie ein paar Schritte gegangen, da trat ihr ein Mann entgegen.

»Was machen Sie hier auf meinem Grund?«

Er stutzte. Dann erkannte er sie. »Sofie? – Wie siehst du denn aus! Du bist ja voller Blut …«

Sofie schaute an sich herunter. Lauter Flecken auf der Hose, sogar die neue smaragdgrüne Tunika hatte etwas abbekommen.

Wie konnte man nur so deppert sein?

Sie hatte den Tadel von Dr. Iglu schon im Ohr.

»Ich musste mich vergewissern«, gestand Sofie, während Charly seinen Handwerkernotfallkoffer aufklappte, die Wunde mit Jod betupfte und sie danach erstaunlich fachmännisch verband. »Wenn meine Nase erst einmal Witterung aufgenommen hat …«

»Deine Nase ist ganz wunderbar«, erwiderte er belegt. »Mich hat sie heute Nacht allerdings ordentlich um den Schlaf gebracht.«

»Dann riechst du es also auch?«, fragte sie.

»Leider nicht. Aber ich habe eine halbe Ewigkeit über den Plänen gebrütet und bin dann gleich rübergelaufen, sobald es hell genug war. Da stimmt wirklich etwas nicht. Schau!«

Er legte den Grundriss auf eine Kiste.

»Grundfläche Erdgeschoss: Wohnzimmer, Küche, Toilette, Abstellraum, Flur. Summa summarum 60 Quadratmeter. So weit alles klar.«

Sofie nickte

»Und jetzt der Keller – der hat nur 57 Quadratmeter. Ich habe ihn schon dreimal penibel nachgemessen. Wo ist der Rest?, frage ich dich.«

»Du klingst, als hättest du da schon eine Idee«, sagte Sofie.

Charly nickte. »Komm mit nach unten, dann zeige ich sie dir.«

Der Keller war fast leer, bis auf ein stattliches, offensichtlich frisch eingebautes Weinregal.

»Ein alter Traum«, sagte er, als er Sofies neugierigen Blick bemerkte. »Das ist natürlich bourgeois, ich weiß. Aber ich liebe nun mal gute Weine. Und lediglich ein paar Treppen nach unten gehen zu müssen, um den passenden Tropfen für jede Gelegenheit zu finden, erscheint mir einfach wunderbar.«

Sein Tonfall veränderte sich.

»Vorausgesetzt allerdings, hier unten schlummern keine Mumien. Das würde mein Vergnügen dann doch beträchtlich trüben.«

Sofie spürte ein Vibrieren im rechten Nasenflügel, was sich in der Vergangenheit immer wieder als nahezu untrügliches Zeichen erwiesen hatte, dass tatsächlich etwas im Busch war …

»Siehst du diese Mauer?«, fragte Charly. »Die schaut doch irgendwie neuer aus als die anderen. Das wäre mir vielleicht gar nicht aufgefallen, wenn du nichts über den Geruch gesagt hättest. Aber wer nimmt schon jede Kellerwand in seinem neuen Zuhause genauestens unter die Lupe?«

Sofie klopfte gegen die Wand. Ihr Nasenflügel juckte jetzt wie verrückt.

»Hört sich irgendwie … hohl an. Das könnte bedeuten …«

»… dass sich dahinter die fehlenden Quadratmeter verstecken – und wer weiß was noch alles!«

Charlys Kinn sackte nach unten.

»Meine Vorfreude aufs Einziehen hat inzwischen einen ziemlichen Dämpfer bekommen. Und wenn du recht hast …«

»Von wem hast du das Haus denn gekauft?«

»Hans Hofbauer, frühpensioniert. Ein grauer, ganz und gar unauffälliger Typ. Hat hier mit seiner alten Mutter gelebt. Die muss schon lange sehr krank sein, deshalb wollten die beiden wohl raus aus der Stadt und irgendwohin ins Grüne.«

»Mehr weißt du nicht?«

»Wenn du mich so fragst – nein. Ich habe lediglich eine Handynummer.«

»Willst du ihn dir vorknöpfen?«, fragte Sofie.

»Erst wenn wir Bescheid wissen. Ich habe meiner Baufirma schon auf den AB gesprochen. Eigentlich waren sie ja fertig hier. Aber jetzt müssen sie eben noch einmal anrücken. Eine Wand mehr spielt jetzt auch keine große Rolle.«

Er hatte *wir* gesagt. Und Sofie war erstaunt, wie gut ihr das gefiel.

»Du gibst Bescheid, wenn sie kommen?«, fragte sie und hatte plötzlich ziemliches Herzklopfen. »Wär sicherlich nicht schlecht, wenn ich auch dabei wäre.« Sie zögerte. »Und wenn wir wirklich was finden sollten, dann muss auch die Kripo her, das ist dir doch auch klar, oder?«

»Natürlich.« Er klang noch bedrückter. »Du erfährst es als Erste, versprochen.«

»Gut, servus dann, ich muss jetzt leider ins Institut …«

»Stopp, stopp! Glaubst du vielleicht, ich lasse dich mit der verletzten Hand durch die halbe Stadt radeln? Wäre ja im höchsten Maß verkehrsgefährdend. Ich fahre dich selbstredend schnell hin.«

»Aber Murmel …«

»Den natürlich auch. Dante« – so nannte er seinen roten Jaguar – »freut sich schon auf euch!«

## 7

# *Maria hilf(t)*

Maria Hierlmeier – Dr. Maria Hierlmeier, um exakt zu sein – war Sofie erst wieder eingefallen, nachdem die Falk sie blöd angemacht hatte.

»Eine Wunde im linken Handballen, ich fass es nicht! Und das, wo Sie doch genau wissen, wie knapp wir personalmäßig zurzeit aufgestellt sind. Dann bleiben die Sektionen wieder an mir hängen. Ist ja nichts Neues! Aber dafür arbeiten Sie wenigstens zügig Ihren Gutachtenstoß ab, sonst werde ich nämlich richtig ungemütlich.«

»Als ob ich das extra gemacht hätte«, hatte Sofie sich bei George beklagt, ihrem beinernen Freund, mit dem sie sich das kleine Kabuff im Untergeschoss teilte. Das Skelett trug noch immer die flotte Seidenkrawatte um den Hals, die Charly Loessl ihm geschenkt hatte, und blieb wohltuend stumm wie eh und je.

»Tut nämlich ganz schön weh«, hatte sie ihm noch gestanden, »so unter uns. Ja, ich hätte besser aufpassen sollen, das weiß ich doch selbst. Aber Klettern war noch nie so mein Ding …«

Dann ließ eine Erinnerung aus Kindertagen sie innehalten: wilde, schwarze Locken, magere, braun gebrannte Beine. Und ein vergnügtes Lachen: »Bin oben, Sofie, ganz, ganz oben« –

während sie sehnsüchtig hinauf zu den für sie unerreichbaren Ästen gestarrt hatte …

Und nun saß Maria vor ihr, hier in Sofies Kabuff, die Locken noch genauso wild wie damals, die dunklen Augen sprühend vor Leben. Jeder hätte Maria abgenommen, dass sie eine Römerin sei, so, wie sie aussah. Dabei war sie wie Sofie in Giesing zur Welt gekommen und hatte mit ihr dort die Volksschulbank gedrückt. Allerdings hatten sich ihre Wege schon nach der vierten Klasse getrennt: Maria war zu den Armen Schulschwestern ins Angerkloster gewechselt und hatte dort ein Einserabi gebaut, dem später eine Promotion in Theologie und Kirchengeschichte folgte. Mit gerade mal 28 Jahren war sie die jüngste Archivarin gewesen, die das Münchner Diözesanarchiv je eingestellt hatte. Und seit einigen Jahren leitete sie das Archiv nun sogar. Tante Vroni verfolgte Marias Karriere begeistert und hielt Sofie stets über die jeweilige Station auf dem Laufenden.

»Krass«, meinte Maria, als Sofie ihr die Fotos der gefundenen Reliquiare auf dem Bildschirm zeigte. »Und eine ganz heiße Kiste, an der man sich kräftig die Finger verbrennen kann. Du weißt, dass nach kanonischem Recht jeglicher Handel mit Reliquien verboten ist?«

»Habe ich gelesen«, sagte Sofie. »Trotzdem werden Reliquien sogar bei e-Bay angeboten – und das gleich massenweise. Wie kann das sein?«

»Viele sehen in den Heiligen eine Art direkte Verbindung zu Gott«, sagte Maria. »Für sie sind sie Fürsprecher am himmlischen Thron, und die hätten sie eben gern ganz in ihrer Nähe. Deshalb ist ja auch bis zum heutigen Tag in nahezu jedem Altar eine Reliquie versteckt, quasi als Vergrößerungsglas, das die glorreichen Strahlen von Gottes Gnade bündelt.«

»Tante Vroni glaubt fest daran«, erwiderte Sofie. »Ein Besuch bei der heiligen Munditia im Alten Peter gehört zu ihrem religiösen Standardprogramm.«

»Du hältst es wohl eher mit Martin Luther, der gegen ›den Reliquienkram‹ predigte und mal gesagt haben soll, von den zwölf Aposteln würden allein vierzehn in Deutschland liegen ...«

Maria lachte, aber dann wurde sie doch auch ernst. »Wir Katholiken sehen das natürlich schon ein bisschen anders. Für uns sind Reliquien ein sichtbares Zeichen der Kirche als Gemeinschaft der Heiligen, zu der die Lebenden genauso gehören wie die Verstorbenen. Auch wenn es da im Lauf der Jahrhunderte sicher einige Auswüchse gab – im Kult um die Vorhaut Jesu zum Beispiel. Und manche Heilige müssen tatsächlich achtundzwanzig Ober- und Unterschenkel oder sogar noch mehr gehabt haben, wenn man bedenkt, an wie vielen Orten ihre Gebeine verehrt werden. Von den zahlreichen Splittern vom Kreuz Jesu ganz zu schweigen: Daraus könnte man wohl einen ganzen Wald zusammenzimmern.«

»Ganz schön bizarr«, meinte Sofie aus tiefstem Herzen. »Und nichts für mich.«

»Gestohlen und verschachert wurden sie seit eh und je, quer durch alle Jahrhunderte. Aber heute boomt der Markt geradezu. Vor allem Käufer aus Russland sind bereit, horrende Preise zu bezahlen, sogar für Reliquien dritter Ordnung.«

Sofie sah sie fragend an.

»Das sind Reliquien, die mit Reliquien in Berührung gekommen sind, im Gegensatz zu den Sekundärreliquien, die unmittelbar von den Heiligen berührt, benutzt oder getragen wurden.«

»Und was ist mit den Köpfen?«, erkundigte sich Sofie.

Maria schmunzelte. »Das sind natürlich Primärreliquien

erster Klasse und damit ein noch brisanteres Thema – falls sie echt sind.«

»Sind sie das?« Sofie vergrößerte die Bildausschnitte. »Was sagt die Spezialistin dazu?«

»Schwer zu beurteilen. Man müsste als Erstes die Borten und Binden lösen und auf deren Herstellungszeit untersuchen. Was allerdings auch noch nicht allzu viel heißen muss. Manchmal gab es auch hinter Glas Ungezieferbefall oder ganz normale Alterungsprozesse. Dann wurden sie im Nachhinein ausgetauscht.«

Maria holte die Lesebrille aus ihrer Handtasche. »Vielleicht gibt das Gekritzel da unten weitere Aufschlüsse. *S. Cajt* lese ich da. Und *S. Johann*. Das dritte Reliquiar ist ohne Beschriftung, eher ungewöhnlich.«

Sie setzte die Brille wieder ab.

»Cajetan und Johannes, tippe ich mal – das ist allerdings fast wie Müller und Schulz. Da kämen so einige Kandidaten infrage. Ich könnte mich mal ein wenig schlaumachen, wenn du willst.«

»Bitte!«, sagte Sofie. »Noch mehr vom Fach als du geht ja fast gar nicht. Genaueres wüsste man allerdings nach einer exakten Untersuchung der Schädel. Zahnbestand, Jochbein, Nasenwurzel, die erzählen ihre eigene Geschichte. Denn wenn es keine Reliquien sind, dann gehören diese Köpfe heutigen Toten. Wir sollten dringend herausfinden, zu welchen – und wann und woran sie gestorben sind.«

»Lass bloß die Finger davon!«, warnte Maria. »Jedenfalls vorerst. Denn wenn es auch nur das kleinste Anzeichen dafür gibt, dass sie echt sind, dann ist Kardinal Marx, der Erzbischof von München und Freising, höchstpersönlich dafür zuständig. Absolute Chefsache, du verstehst? Der mag es gar nicht, wenn jemand seine Befugnisse übergeht! Es müsste also ganz offiziell vor sich gehen …«

»Allerdings!«, ertönte da die gereizte Stimme von Dr. Iglu. »Und damit fällt das eindeutig in mein Ressort.«

Ungefragt stöckelte die Falk herein. »Ich konnte nicht umhin, einem Teil Ihrer angeregten Unterhaltung zu folgen, Frau …«

»Dr. Maria Hierlmeier«, sagte Sofie schnell. »Die Leiterin des Diözesanarchivs. Eine Jugendfreundin, die so freundlich war, ihre Hilfe anzubieten.«

»Angenehm. Dr. Falk.« Den zweiten Teil des Satzes überhörte sie geflissentlich. »Natürlich werde ich mich umgehend mit dem Herrn Erzbischof ins Benehmen setzen.«

»Seiner Exzellenz«, verbesserte Maria mit einem winzigen Lächeln. »So wird er in der Regel angesprochen.«

»Exzellenz?« Falks Stimme drohte zu kippen. »Meinetwegen! Dieses ganze katholische … nun, wie soll ich es am besten ausdrücken? Brim …, äh, ich meine natürlich Brauchtum, ist mir als Protestantin eher fremd, aber Chefsache bleibt Chefsache, klar!«

»Wer war das denn?«, fragte Maria, als die Falk wieder abgerauscht war.

»Mein ganz persönlicher Albtraum«, erwiderte Sofie seufzend. »Selbst wenn ich hellwach bin, geht er immer weiter.«

## 8

# *Der King sagt nix*

Joes Anruf erreichte sie auf ihrem Handy, als Sofie gerade das Institut verließ. Ihre Augen brannten vom endlosen Auf-den-Bildschirm-Starren, und ihr Rücken war nach dem viel zu langen Sitzen steif wie ein Brett.

Nein, ein Schreibtischmensch war sie wirklich nicht – und würde sie auch nie mehr werden!

»Jetzt isser da, der King, Spatzl. Der Laden ist offen. Magst kommen?«

Eigentlich hatte sie ja gemütlich mit der Tram zum Mariahilfplatz schuckeln wollen, ihr Radl beim Charly holen und dann nix wie nach Hause. Aber versprochen ist versprochen. Und ein bisschen neugierig war sie schon auch auf den »Herrn mit Tagesfreizeit«, wie Tante Vroni ihn so schön beschrieben hatte.

»Bin gleich da«, beschied sie Joe und winkte das nächste Taxi heran. Der Fahrer, ein einheimischer Grantler mit Pomadenkopf, stieß bei so gut wie jeder Ampel Flüche aus, nannte alle anderen Autofahrer Hornochsen, Vollidioten und Depp'n – er selbst aber fuhr so riskant-rücksichtslos zu schnell, dass Sofie froh war, als sie endlich ankamen.

Sie ließ das Taxi ein Stückchen vor dem *Kurios* anhalten,

weil sie Joe schon dort stehen sah, bezahlte ganz gegen ihre sonstige Gewohnheit exakt den Preis auf dem Taxameter, ohne auch nur einen Cent Trinkgeld zu geben, und stieg dann aus.

»Nobel geht die Welt zugrunde«, flachste Joe, während der Taxifahrer erneut wütend fluchend davonfuhr, und nahm sie zur Begrüßung in die Arme. Dabei bemerkte er ihren Verband und wurde gleich ganz ernst.

»Wie ist denn das passiert, Sofie? Was Schlimmes?«

»Bloß ein missglückter Einbruchsversuch meinerseits«, scherzte sie zurück. »Einzelheiten gestehe ich dann später, wenn's recht is, Herr Hauptkommissar. Jetzt ist erst einmal der King dran.«

Der Laden sah noch immer so aus wie in ihrer Erinnerung: dunkel, übervoll und ziemlich chaotisch – nur das tote Getier auf den Regalen war deutlich weniger geworden. Immer noch irritierten Sofie die vielen stumpfen Glasaugen, die den Besucher hier anglotzten, und der dumpfe, schwer einzuschätzende Geruch, der allem anhaftete.

»Sie wünschen?«

Der Mann hinter dem Tresen war wirklich so ein Schmuckstück, wie ihre Tante behauptet hatte. Sofie erkannte zwar auch die Zeichen der Zeit, die unaufhaltsam an ihm nagten: Seine Locken, die er eine Spur zu lang trug, waren früher sicherlich pechschwarz gewesen, die Augen noch leuchtend blauer, die Kinnlinie um einiges straffer … Aber der Vergleich mit König Ludwig passte trotzdem noch immer perfekt.

»Hauptkommissar Lederer, Mordkommission München«, sagte Joe. »Und das ist meine Kollegin, Frau Dr. Rosenhuth.«

Das mit der Rechtsmedizinerin behielt er für sich, und Sofie war froh darüber.

»Wir hätten da ein paar Fragen bezüglich eines gewissen Franz Auerbach, wohnhaft in der Alpenstraße. Kennen Sie den Mann?«

Richard König schüttelte den Kopf.

»Nie gehört. Wer soll das sein?«

»Ein Mordopfer. Erstochen vergangenen Sonntag am Flaucher. In seiner Wohnung haben wir diverses Diebesgut sicherstellen können, darunter zwei silberne Schalen, auf deren Rückseite Ihr Logo klebt.«

Joe zückte sein Smartphone und rief die Fotos auf.

»Erkennen Sie das als Ihr Eigentum wieder, Herr König?«

»Schon«, murmelte der, nachdem er eher lustlos kurz draufgeblickt hatte.

»Eine Anzeige wegen Einbruchs liegt uns allerdings nicht vor«, meinte Joe. »Ich hab mich beim zuständigen Dezernat schlaugemacht. Warum nicht?«

»Weil das in der Regel doch nichts bringt«, stieß König verärgert hervor. »Bis auf tonnenweise Papierkram und lauter Scherereien. Die Sachen tauchen dann trotzdem nie wieder auf, die Versicherung will nicht zahlen, weil angeblich alles viel weniger wert ist, und am Ende bin immer ich der Gelackmeierte …«

Er zuckte die Achseln und fügte hinzu: »Außerdem wird das mit diesen Langfingern im Laden immer schlimmer. Die klauen wie die Raben, wenn man sich nur einmal umdreht, und ich hab so viel Ware, hier oben und da unten, da kann ich nicht jedes Mal Inventur machen, wenn ein Kunde mein Geschäft verlassen hat. Manches fällt einem erst viel später auf. Und dann kannst' es erst recht vergessen.«

Von nebenan ertönte Bellen.

»Aus!«, rief Richard König. »Schön brav sein. Gleich kriegst du deine Wurst!«

Das Bellen verstummte.

»Ihr Hund?«, fragte Joe.

»Ja. Der is drüben angeleint. Zum Kundenwohl.« Er lächelte schief. »Und fürs Zamperl auch. Es sind ja leider nicht nur Hundefreunde unterwegs.«

»Gibt es noch weitere Gegenstände, die Sie vermissen?«

Das war Sofies Einsatz, die bislang nur zugehört hatte.

»Zum Beispiel drei gläserne Reliquiare?«

Erneut leuchtete Joes Display auf.

Abermals schaute König auf den Bildschirm – aber diesmal deutlich länger.

»Schön«, meinte er dann. »Eine schöne Arbeit – wenn man die heiligen Sachen mag. Aber der Handel damit ist streng verboten. Das sag ich jedem, der mir mit so was kommt.«

»Dann sind Ihnen diese Reliquiare also schon angeboten worden?«, hakte Joe nach. »Wann? Und von wem?«

»Das hab ich nicht gesagt.«

Unter Königs linkem Auge pulsierte eine bläuliche Ader.

»Aber Sie sagten doch gerade, dass …«

»Jetzt drehen Sie mir doch nicht das Wort im Mund um, Herr Kommissar! Gar nichts habe ich gesagt.«

Er stützte sich mit beiden Händen auf dem Tresen ab.

»Haben Sie sich schon mal bei e-Bay reingeklickt? Wenn nicht, dann sollten Sie das schleunigst nachholen. Seitenweise nichts wie Reliquien. Da läuft das Geschäft – und alle schauen dabei zu.«

Sofie überlegte. Das hatte die kluge Maria auch gesagt, aber aus ihrem Mund hörte sich das irgendwie anders an. Sie bemerkte, dass der King leicht zu schwitzen begann. Ob der wirklich nicht mehr wusste, als er sagen wollte?

»Davon weiß ich jedenfalls nichts«, bekräftigte der King noch einmal. Die kleine blaue Ader zuckte stärker. »Ich bin ein unbescholtener Geschäftsmann, der genau weiß, was er darf und was nicht.«

Polizeilich war noch nie gegen ihn ermittelt worden, das hatte Joe längst eruiert. Es gab also weder Fingerabdrücke noch DNA-Spuren. Allerdings hatte er in Flensburg schon ein stattliches Punkteregister angesammelt. Rasantes Autofahren schien zu seinen Leidenschaften zu gehören und hatte ihn schon dreimal für einige Monate den Führerschein gekostet.

Sofies Augen wanderten abermals prüfend durch den Laden. Vorhin war ihr etwas aufgefallen, aber in all dem Kruscht und bei der schlechten Beleuchtung sah sie jetzt nichts mehr, das sie daran erinnerte, was es war.

Joe war alles andere als zufrieden mit dem Verlauf der Befragung, das erkannte man mühelos an seiner finsteren Miene.

»Kann sein, dass wir noch einmal wiederkommen«, meinte er. »Wenn alle Spuren fertig ausgewertet sind. Falls Ihnen doch noch etwas einfällt, rufen Sie mich bitte an.«

Er legte seine Visitenkarte auf den Tresen.

»Und meine Silberschälchen?«, fragte König in lauerndem Ton. »Wann krieg ich mein Eigentum wieder zurück?«

»Sobald der Fall abgeschlossen ist«, erwiderte Joe. »Die Kollegen und ich arbeiten mit Hochdruck daran.«

»Schon ein seltsamer Heini«, meinte er, als er mit Sofie wieder im Freien stand. »Bei dem blättert der Lack scho ganz schee ab, aber aufführen tuat er si, als wär er oiwei no der Größte!«

»Der King eben.«

Sofie nickte.

»Und gelogen hat er auch.«

»Moanst?«

»Bestimmt. Als es um die Reliquiare ging. Ich würde ja zu gern wissen, was der so alles in seinem Keller hat!«

»Vergiss es!«, winkte Joe ab. »Im Moment gibt es ja noch nicht mal einen Anfangsverdacht. Da bekomm ich doch nie einen Durchsuchungsbeschluss von der Staatsanwaltschaft …«

»Des woaß i doch!«, sagte Sofie seufzend. »Aber diesen King solltest du im Auge behalten, Joe. Mit dem is was faul. I woaß nur no ned, was.«

»Mir reicht's für heut, aber so was von!«, meinte Joe. »A bissl Freizeit braucht der Mensch doch – besonders jetzt, im Sommer!«

Er sah sie erwartungsvoll an. »Kimmst glei mit zu mia? Wo du heit ausnahmsweise hundefrei hast? Oder soi ma lieba erst zum *Gianni* gehen? Der hat a ganz neie Pasta auf da Kartn!«

»Morgen«, versprach Sofie tapfer, obwohl ihr allein bei dem Wort Pasta schon das Wasser im Mund zusammenlief. Aber Joe musste ja nicht unbedingt mitbekommen, wo sie heute Morgen ihr Fahrrad abgestellt hatte. Charly und er vertrugen sich zwar mittlerweile so lala, doch dieses eher labile Gleichgewicht konnte jederzeit wieder kippen, das war ihr klar: zum Beispiel, wenn die Mordkommission in Charlys Keller anrücken musste …

Der Freund hatte sich den ganzen Tag über nicht bei ihr gemeldet. Sollte sie einfach auf gut Glück bei ihm vorbeischauen?

Nein. Sofie beschloss, ihn lieber anzurufen, sobald sie daheim war.

Jetzt wollte sie erst mal zur Vroni. Denn niemand konnte

ihre Wunden so gut versorgen – und sie dabei so gut bekochen – wie ihre Tante. Und genau danach war Sofie jetzt nach all der Reliquiensuche zumute: nach Heilung ihrer Wunden.

## 9

# *Späte Geständnisse*

Der letzte Löffel von Tantes Vronis sagenhafter Bayrisch Creme zerging gerade auf Sofies Zunge, als ihr Handy klingelte.

»Maria hier«, hörte sie eine frische Stimme sagen. »Ich hab dir doch versprochen, dass ich mich schlaumachen werde. Inzwischen konnte ich so einiges zum Thema Heilige und Reliquien zusammentragen. Wenn du magst, könnt ich es dir schnell vorbeibringen.« Sie zögerte. »Oder ist es dir schon zu spät?«

»Keineswegs«, antwortete Sofie, deren leichte Müdigkeit schlagartig verflogen war. »Ich wohn jetzt wieder in der Zugspitzstraße, Maria. Ganz wie früher.«

»Ist ja witzig.« Maria lachte. »Ich bin auch nach mehreren Stationen durch München wieder zurück nach Giesing gezogen. Jetzt wohne ich schon seit ein paar Monaten am Kolumbusplatz. Sogar mit Lift und Tiefgarage. Dahoam bleibt eben doch dahoam.«

»Hinterhaus, erster Stock«, sagte Sofie. »Und einen ordentlichen *Vernaccia* hab ich auch im Kühlschrank.«

Tante Vroni hatte jedes Wort aufmerksam verfolgt.

»Des war jetzt aber ned die Maria Hierlmeier, oder?«

»Doch«, versicherte Sofie. »Genau die. Die Maria, also, mit der i in da Volksschui imma spuin soit, damit i aa so a Streberin werd wia sie. Dabei war die eigentlich a richtigs Lausdearndl, woaßt du des eigentlich? Immer nauf auf de hechstn Baam und runter in de dunkelsten Keller. Von wegen brav – koa Spur!«

»I mog die Maria«, sagte Vroni. »Immer scho. Die is blitzgscheit und dabei so aufrecht und grad raus, des gfoit mir. Und jetzt, wo sie aa no beim Erzbischof arbeitet …«

»Im Archiv des Erzbistums München und Freising, um genau zu sein«, korrigierte Sofie lächelnd und stand auf.

»Des sog i doch«, verteidigte sich die Vroni. »Und jetzt kummts zu dir? Du, des gfreit mi fei! Nimm ihr doch a bissl von meiner Bayerisch Creme mit. So a vielbeschäftigte Frau wie die Maria, die hat doch sicherlich koa Zeit zum Kocha.«

Das war eine ausgezeichnete Idee, wie sich wenig später herausstellte. Maria war mit ihrem blauen Fahrrad gekommen und freute sich über Vronis wohlschmeckende Nachspeise genauso wie über den kühlen Weißen aus *bella italia.* Mitgebracht hatte sie einen ganzen Packen Fachliteratur, den sie nun auf Sofies Küchentisch ausbreitete.

*»Katakombenheilige – verehrt, verleugnet und vergessen«,* las Sofie laut vor. *»Das große Heiligenlexikon, Heilige und Reliquien. Reliquien – Verehrung, Geschichte, Kunst* – Maria, du machst mich fertig! Ich wollte aber nicht gleich in Theologie promovieren, so wie du. Mir würden schon ein paar Auskünfte …«

»Schon gut!«, beschwichtigte Maria sie. »Ich wollte dir nur mal eine Idee davon geben, wie breit das Spektrum ist – und wie heikel.«

Sie kicherte vergnügt. »Hättest mal sehen sollen, wie deine kühle Dr. Frost heute bei meinem Chef anstolziert kam. Sie und ihr Mops! Schaulaufen ist nix dagegen.«

»Das ist *unser Mops*«, stellte Sofie richtig. »Wenn überhaupt.

Und das auch nur aus reiner Gutmütigkeit meinerseits. Der Erzbischof hat dich hinzugezogen?«

»Hat er. Wir kommen in der Regel ganz gut miteinander klar, auch wenn ich seine Ansichten in puncto Frau und katholische Kirche natürlich nicht teile. Wir sind doch nicht die andere Hälfte des Himmels! Und erst recht nicht die schlechtere. Wir *sind* der Himmel!«

Beide lachten.

»Und eine einfachere Residenz als sein protziges Palais hätte er sich auch zulegen können, wenn es nach mir gegangen wäre«, fuhr Maria fort. »A bissl bescheidener, so wia der Papst Franziskus, der ein altes Auto fährt, am liebsten Pasta isst und niemals so teure rote Slipper tragen würde wie sein Vorgänger. Aber gegen den Lockruf von Glanz und Gloria waren sie halt noch nie so ganz gefeit, unsere frommen Herren Bischöfe und Kardinäle!«

Sofie goss Wein nach.

»Und was hat er zu den Reliquiaren gesagt?«, fragte sie.

»Da will er noch einmal Spezialisten hinzuziehen«, erwiderte Maria. »Aber ich kann dir jetzt schon verraten, dass da offenbar einige Skepsis angesagt ist. Es wäre nicht das erste Mal, dass Gebeine auf alt getrimmt werden. Hunde, Katzen, Affen – du glaubst ja ned, was da alles von gemarterten Heiligen stammen soll!«

Maria zog die Stirn kraus.

»Ihr werdet sicherlich bald von ihm hören – Seine Eminenz hasst es, Dinge aufzuschieben. Der Kardinal ist ein Macher – mit allen Vor- und Nachteilen.«

»Drei Köpfe ungeklärter Herkunft«, überlegte Sofie. »Das wäre ja eine echte Ansage. Wenn es keine Reliquien sind, geht es vielleicht um ein Verbrechen – oder sogar um drei. Ganz schön gruselig. Wo ist der Rest der Körper?, fragt man sich da. Leichen brauchen bekanntlich eine ganze Weile, bis sie restlos verschwinden, es sei denn, man beschleunigt diesen Vorgang …«

»Wie hältst du das nur jeden Tag aus?«, unterbrach Maria ihre Überlegungen. »All die Toten und all die Verbrechen. Ständig blickst du in die Niederungen der menschlichen Seele. Ich bewundere dich, Sofie, ehrlich, weil ich weiß, wie wichtig dein Job ist – aber machen könnt ich das niemals!«

»Manchmal ist es auch für mich nicht ganz einfach«, erwiderte Sofie. »Aber ich muss einfach den Dingen auf den Grund gehen, das war schon immer so. Und bevor die Wahrheit nicht glasklar vor mir auf dem Tisch liegt, geb ich keine Ruh'!«

Maria legte ihr die Hand auf den Arm.

»Das hängt mit dem Unfall deiner Eltern zusammen, oder? Ich weiß noch genau, wie das passiert ist … Du warst ein paar Wochen nicht in der Schule, und danach warst du ganz anders – auf einmal so ernst und in dich gekehrt …«

Sofie nickte.

»Ich träum bis heute davon. Dabei war ich doch gar nicht dabei. Aber in schlechten Zeiten seh ich ein brennendes Auto, will hinstürzen und helfen, doch meine Beine bewegen sich nicht. Dann wach ich auf und bin den ganzen Tag echt mies drauf …«

Sie wischte sich über die Augen.

»Tante Vroni hat alles getan, was man tun kann – mehr Liebe, als ich von ihr bekommen habe, gibt es nicht. Und trotzdem fehlen mir die Eltern. Je älter ich werd, desto mehr. Das ist doch eigentlich komisch, oder?«

»Find ich nicht.«

Maria schüttelte ihre schwarzen Locken. »Wo wir herkommen, das macht uns doch aus. Meine Eltern leben noch beide und sind auch bis heute noch zusammen. Aber ›Glück‹ schaut für mich anders aus. Vielleicht verlieb ich mich ja deshalb immer nur in Priester. Der letzte war auch noch schwul. Damit garantiert gar nix geht!«

Sofies Handy begann zu brummen.

»Sorry, dass ich so spät noch störe …«

»Passt scho, Charly«, meinte Sofie. »Gibt es Neuigkeiten?«

»Die Erdwespen scheinen vertrieben zu sein. Aber der Kammerjäger hat es jetzt auch gerochen. Mir ist so elend zumute, Sofie! Morgen gegen drei rückt die Baufirma an. Und wenn sie dann …«

»Ich werde da sein«, sagte Sofie. »Versuch jetzt zu schlafen. Es gibt für alles eine Lösung. Bist ja nicht allein.«

»Das hast du jetzt schön gesagt, Sofie, danke. Dann bis morgen.«

»Bis morgen, Charly.«

»Dein Freund?«, fragte Maria neugierig, als Sofie das Handy zur Seite legte.

»Mein bester Freund, ja«, erwiderte sie. »So einen wie den Charly, den gibt's nicht noch einmal …«

»Ist er das?«

Maria deutete auf den Schnappschuss, den Sofie aus einer Laune heraus in einen alten Holzrahmen gesteckt hatte.

»Schaut ja verdammt gut aus!«

»Naa«, antwortete Sofie, »das ist der Joe. Mit dem war ich sogar mal verheiratet, als ich noch ganz jung war. Dann das Übliche: Trennung, Scheidung, der ganze Mist halt.«

»Aber jetzt seid ihr wieder zusammen. Oder warum sonst steht der da?«

»Ja und nein. Bei uns weiß man das nie so genau …«

Ungestümes Läuten. Gleich darauf wurde auch noch heftig an die Wohnungstür gepocht.

»So später Besuch?«, fragte Maria, als Sofie aufstand, um zu öffnen.

Joe fiel buchstäblich in den Flur – und er sah jämmerlich aus. Klitschnass, Hemd, Hose, Haare. Neben ihm stand ein mittelgroßer blauer Trolley – ein ziemlich seltsames Requisit für einen späten Abendbesuch.

»I bin am Absaufen, Spatzl«, stöhnte er. »Waschmaschinenschaden über mir, aber so was von. Die ganze Wohnung steht unter Wasser. Das kann dauern, bis das alles wieder trocken ist. Gewährst du einem armen Schiffbrüchigen Asyl? Rein übergangsweise natürlich?«

## 10

# *Eins, zwei, drei – ja was ist denn schon dabei?*

Beim Öffnen ihres Profils hatte Frau Falk plötzlich einen Frosch im Hals.

*Elfe 33* hatte hundertfünfzig Follower, mehr als zweihundert Männer hatten ihr zugelächelt und stolze sechzig Bewerber einen kurzen oder längeren Text geschrieben. Das konnte nicht nur am Murmel liegen, der so goldig auf ihrem Schoß saß – nein, *sie* war es, genauer gesagt: ihr rattenscharfes Aussehen auf dem Foto, das solch einen virtuellen Ansturm bewirkt hatte.

Frau Falk fühlte sich heute sehr als Frau.

Dafür war der gewohnte Rosé eindeutig zu lasch.

Heute brauchte sie etwas Stärkeres – diesen sagenhaften Calvados zum Beispiel, der so weich auf der Zunge lag, um dann im Magen ein kleines Feuerwerk zu entzünden. Sie gönnte sich zwei großzügige Schlucke davon und begann zu lesen.

Die ersten schieden schon vom Foto her aus. Ungepflegte Kerle konnte sie genauso wenig ausstehen wie allzu gelackte Typen. Und was für Köter manche Kerle hatten!

Pudel gingen schon mal gar nicht.

Auf Dobermänner konnte sie genauso verzichten wie auf den Deutschen Schäferhund.

Golden Retriever? Öde Anpasser.

Dackel? Ganz niedlich, aber nichts für sie.

Nein, sie brauchte etwas Ausgefallenes, Wildes, Abenteuerliches – und das galt fürs Herrchen wie für den Hund! Die harmlosen Braven sollten doch die anderen Frauen nehmen, aber nicht sie.

Das schränkte die Auswahl schon deutlich ein.

*Moritz 55* sah gar nicht so übel aus mit seinem blonden Fransenschnitt und der markanten Nase.

Aber: Surflehrer?

Ausgeschieden.

*Henry 3000* wirkte lässig und wohlhabend. Was ja kein Nachteil sein musste. Und sein Hund, eine niedliche Westiedame namens Suzy, würde schon allein von der Größe her gut zu Murmel passen. Doch als Elke Falk in der Berufssparte *Mediziner* las, war es leider sofort vorbei. Nach der Pleite mit Berndie hatte sie die Nase von Kollegen jeder Art gründlich voll.

Als sie beim zweiten gut gefüllten Glas angelangt war, hatte sie schon mehr als vierzig Bewerber aussortiert.

*Fred & Ginger*?

Leicht übertrieben. Sollte der Kahlkopf doch mit seinem Wauwau das Tanzbein schwingen! Sie wollte natürlich die erste Geige in seinem Leben spielen, so liebenswert ein Hund auch immer sein mochte.

»Sorry, Schätzlein«, sagte sie zu Murmel, der mit großen Augen zu ihr herüberschaute. »*Dich* habe ich damit natürlich nicht gemeint! Wenn wir erst einmal den Richtigen gefunden haben, kommst du natürlich ganz zu mir. Dieses Hin und Her stinkt mir schon lange. Dann kann diese Sofie Rosenhuth mit dem Fernrohr ins Meer schauen, wie man so sagt …«

Also, ganz nüchtern war Elke Falk nun definitiv nicht mehr. Aber das war ihr egal. Zügig arbeitete sie sich voran.

Drei Männer schafften es schließlich in die engere Auswahl: *Fritz 39*, mit seinem schwarzen Labradorrüden Linus, *Lukas 29*, der zwar viele Schreibfehler in seinen wenigen Zeilen hatte, aber schelmisch grinsen konnte und einen jungen Jack Russell namens Jimmy hatte.

Der dritte war *Alex 47*.

Lange starrte sie auf das Foto.

Ein Pirat, dachte sie und verspürte ein angenehmes Kribbeln im Bauch, oder vielleicht auch ein bisschen tiefer. Einer, der weiß, wie das Spiel geht. Charaktertyp mit Charisma, auch wenn die Winde des Lebens ihn schon ein bisschen zerzaust haben.

Kein Problem: Die Schöne im Duo bin ja ich – und das wird er wohl auch zu schätzen wissen, so männlich und selbstbewusst, wie der in die Kamera schaut.

Die hellbraune Hündin neben ihm war hinreißend: eine Promenadenmischung aus nicht näher identifizierbaren Rassen. Aber die Hängeohren und den anmutigen Augenaufschlag hatte sie eindeutig vom Cocker.

*Lady*.

Auch der Name sprach sie an.

Alex und Elfe, Lady und Murmelchen – klang das nicht fast wie ein Gedicht?

*Du siehst aufregend aus*, hatte er geschrieben. *Deine Einsamkeit muss ein Ende haben. Ich bin genau der, auf den du gewartest hast. Ich erfülle deine geheimsten Träume – du auch meine?*

Sie scrollte tiefer.

*Privatier.*

Klang das nicht hinreißend altmodisch?

Das allerletzte Schlückchen. Morgen würde sie wieder diesen trockenen Mund haben und zwei Alka-Seltzer brauchen, um einen klaren Kopf zu bekommen, aber das war ihr gerade völlig einerlei. Das Leben vibrierte, *ihr* Leben vibrierte – und sie fühlte sich plötzlich mittendrin.

*Ich* bin *aufregend*, schrieb sie zurück. *Aufregender, als die meisten Männer aushalten können. Wirst du stark genug sein?*

Er musste wie sie gerade vor dem Bildschirm gesessen haben, denn seine Antwort kam sofort.

*Du willst Wunder erleben? Dann bin ich genau der Richtige für dich.*

Ganze Schmetterlingsschwärme stiegen in ihr auf.

*Wann und wo?*, hackte sie eilig in die Tastatur.

*Tambosi, Odeonsplatz, übermorgen, 19 Uhr. Meine Lady kennst du ja bereits.*

*Und du meinen Murmel.*

Elke Falks Finger flogen nur so über die Tasten.

*Aber jetzt geht es um dich, zauberhafte Elfe. Ich zähle die Stunden. Ich schiebe die Wolken. Du. Nur DU.*

Das beglückte Lächeln hielt sich lange in ihrem Gesicht. Auch noch, als sie schon im Bett lag, das Licht gelöscht hatte und Murmelchen am Fußende schnarchte. *Laufe immer so, als wären mindestens drei Männer hinter dir her.* Der Satz stammte von Oscar de la Renta, der die modische Damenwelt und natürlich auch sie mit seinen exklusiven Parfüms halb um den Verstand gebracht hatte. Ein Satz, den sie sich auf Anhieb gemerkt hatte, weil er so wahr war.

Alex sollte sehen und riechen, wie aufregend sie war.
Ob er Hunde im Bett mochte?
Das würde sich erweisen.
*Alles* würde sich erweisen.

11

# *Im Verlies*

Eine Nacht und einen Morgen auf engem Raum – und schon knirschte es wieder zwischen ihnen. Aber wenn eine in der eigenen Wohnung gschlampert sein durfte, dann war das doch wohl eindeutig sie, Sofie, und nicht er, Joe, dessen Jeans, Hemden, T-Shirts und sonstiges Graffel auf einmal überall herumlagen.

»Warum hast du nicht gleich deinen ganzen Schrankinhalt mitgebracht?«

Genervt ließ Sofie eine Socke fallen, die sich auf den Küchentisch verirrt hatte. »Und den aus deinen Kommoden gleich mit dazu?«

»Ich dachte immer, du magst gepflegte Kerle«, gab Joe zurück. »Deine Freundin Maria jedenfalls schien ganz angetan von mir zu sein. Oder habe ich mich da etwa getäuscht?«

Hatte er nicht.

Maria war sogar schwer beeindruckt gewesen von ihm, auch wenn sie versucht hatte, sich das nicht allzu deutlich anmerken zu lassen. Aber wie sie auf einmal bei jedem zweiten Satz die Locken nach hinten warf und dabei ihren Spaghettiträger malträtierte – verräterisch!

Das mit den Farben hatte sie definitiv im Griff, das musste man ihr lassen. Zitronengelb auf gebräunter Haut sah einfach unwiderstehlich aus an ihr – das war auch Joes Kennerblick nicht entgangen. Benommen hatte er sich allerdings manierlich, vermutlich, um seinen überstürzten Asylantrag nicht zu gefährden.

Charmant war er trotzdem gewesen, und das so überzeugend, dass Maria plötzlich gar keine Eile mehr hatte, nach Hause zu kommen.

»Lasst uns doch demnächst mal zusammen essen gehen.«

Beim Abschied klang die sonst so toughe Leiterin des Diözesanarchivs plötzlich wie ein sehnsuchtsvoller Teenie. »Jetzt, wo es draußen so sommerlich warm ist …«

Joe kennt eben die Knöpfe, die er bei uns Frauen drücken muss, seufzte Sofie innerlich. Die bei mir und leider auch die der anderen.

Im Moment aber war sie heilfroh, dass der fesche Schwerenöter neben ihr stand, denn so kreidebleich, wie Charly Loessl gerade aussah, würde er ihr im Zweifel wohl keine große Hilfe sein. Charlys Gesicht war so weiß wie die Kellerwand, der zwei Schlagbohrer gerade den Garaus machten. Es staubte, der ganze Keller war erfüllt von winzigen Zementteilchen, und je mehr die Mauer in sich zusammenfiel, umso mehr stank es in dem Raum.

»Perfekt abgekoffert«, kommentierte der korpulente Bauleiter, als nur noch ein kniehoher Sockel übrig war, der als Letztes weichen musste.

»So etwas habe ich in mehr als zwanzig Jahren noch nicht erlebt!«

Hinter der freigelegten Mauer erblickten sie ein kleines Verlies, dessen Wände mit Alufolie tapeziert waren. Alufolie bedeckte auch die schmale Bahre, auf der ein blaues Plastiketwas lag, das mit braunem Klebeband dick umwickelt worden war und von dem der ganze Gestank auszugehen schien. Und was dem Ganzen die Krone aufsetzte: Auf dem schmutzigen Blau hatte jemand ein einfaches Holzkreuz platziert.

Sofie trat näher, zog sich die Handschuhe an und begann vorsichtig, das Plastik zu betasten.

Es roch nicht nur nach Leiche, es stimmte auch von den Proportionen her. Und es fühlte sich auch genauso an.

Joe dachte offenbar das Gleiche.

»Was moanst?«, fragte er. »Wie lange liegt das da schon?«

Nur Sofie fiel auf, wie flach er atmete.

»Das war doch garantiert ein Mord«, überlegte Joe laut, »sonst hätte man sich den ganzen Aufwand ja sparen können! Andererseits, das Kreuz – wie auf einer Beerdigung …«

»Ein CT wäre jetzt ganz hilfreich«, meinte Sofie. »Anderseits laufen wir dabei Gefahr, dass die Kollegen von der Radiologie uns erschlagen, wenn wir so etwas in ihr sündteures Gerät packen.«

Sie grinste kurz.

»Könnte das letzte CT sein, das sie dann für uns gefahren haben!«

Gleich darauf wurde sie wieder ganz ernst.

»Ob Mord oder nicht, das wissen wir erst, wenn die Leiche fertig obduziert ist. Und das mit dem Kreuz fällt in dein Ressort. Aber so, wie das hier für mich ausschaut, liegt die bestimmt schon eine ganze Weile in ihrem Verlies.«

Charly hielt sich ein Taschentuch vor die Nase. Er war inzwischen leicht grünlich im Gesicht und hatte sich noch keinen Schritt von der Stelle gerührt.

»Ich fasse es nicht«, murmelte er verzweifelt. »Albtraum statt Traumhaus, und das ausgerechnet mir! Ein Grab in meinem Keller. Wie gruselig ist das denn!«

Joe rief die Spurensicherung an. Die Kollegen versprachen, schnell vor Ort zu sein.

»Geh doch schon mal nach oben, Charly«, empfahl Sofie ihm fürsorglich, damit er nicht doch noch umkippte. »Und trink ein Glas Wasser. Das hilft meistens.«

»Ich brauch jetzt schon eher einen Schnaps«, murmelte Charly. »Nie war er so wertvoll wie heute!«

Der Hausherr verschwand, und Sofie linste auf ihre verbundene Hand.

»Dr. Iglu wird vor Freude regelrecht ausflippen, so wie ich sie kenne«, sagte sie in leichter Ironie zu Joe. »Ich falle ja derzeit beim Sezieren aus. Und Ekelleichen stehen bei ihr ganz oben auf der Beliebtheitsskala.«

Gemeinsam stiegen sie hinauf ins Erdgeschoss und bedienten sich bis zum Eintreffen der Kollegen an der Thermoskanne, die Charly mit starkem Kaffee gefüllt hatte.

»Ich brauche jetzt alles, was du über den Vorbesitzer weißt«, sagte Joe zu Charly. »Name, Telefonnummer, Adresse, was auch immer du hast.«

Das »Du« zwischen den beiden Konkurrenten um Sofies Gunst klang aus seinem Mund immer noch ein wenig hölzern – und jetzt erst recht, wo es um etwas Dienstliches ging.

»Das ist leider nicht viel.«

Charlys Gesicht nahm langsam wieder etwas Farbe an.

»Ich kann dir seine Handynummer geben, mehr habe ich nicht. Und die Bankdaten. Das meiste haben wir am Telefon oder online geregelt. Hans Hofbauer: ein stiller, etwas schrulliger Typ. Mehr als zwei Besichtigungen waren nicht drin, und sogar dazu musste ich ihn regelrecht drängen. Er mochte es wohl nicht, wenn Fremde in sein Haus kamen. Im Keller waren wir nur ganz kurz. Alles total zugerümpelt, man kam kaum durch.«

»Dafür hatte er auch, wie wir eben entdeckt haben, verdammt gute Gründe!«, stellte Joe grimmig fest.

Zu Sofie gewandt sagte er: »Wenn ihr Rechtsmediziner eine nicht natürliche Todesursache feststellt, wovon ich eigentlich ausgehe, ist dieser Hans Hofbauer mein Hauptverdächtiger.«

»Und du hast wirklich nichts gerochen?«, sagte er jetzt wieder zu Charly, ihn scharf in den Blick nehmend. »Nicht einmal, als der Keller leer war? – Für einen erfahrenen Gerichtsreporter ist das doch etwas ungewöhnlich, oder?«

»Na ja, geduftet hat es hier unten nicht gerade«, räumte Charly ein. »Aber ich habe das für Moder gehalten oder alten Schimmel. Als alles frisch gestrichen war, wurde es deutlich besser.«

Hilfe suchend schaute er zu Sofie.

»Wie geht es denn nun weiter mit meinem Haus?«

»Der Fundort wird gesichert und fürs Erste versiegelt«, sagte sie. »Etwaige noch anstehende Baumaßnahmen müsstest du bitte sofort stoppen. Nach der Sektion …«

»Aber das bringt ja meinen ganzen Zeitplan durcheinander!«, stöhnte Charly. »Ich habe nämlich meinem Vermieter zugesagt, die Wohnung schon am Wochenende zu räumen, weil die Nachmieterin unbedingt schon einziehen will …«

»Es gibt Hotels in München, Herr von Loessl«, spottete Joe. »Sogar eine ganze Menge. Schon mal davon gehört?«

Sofie versetzte ihm einen leichten Stups.

»Das kommt gerade vom Richtigen«, meinte sie. »Wie war das noch mal mit deinem Asylantrag in meiner bescheidenen Bleibe wegen des Wasserschadens?«

»Er wohnt jetzt bei dir?«

Charlys und Sofies Blicke trafen sich, und beide dachten das Gleiche, ohne auch nur ein Wort zu sagen. Im Jahr zuvor war es nämlich Charly gewesen, dem Sofie Unterschlupf gewährt hatte, nachdem Charlys Ex in der Badewanne ermordet aufgefunden worden war. Das war ein besonders heißer Sommer gewesen, in dem noch nachts das Pflaster glühte – und nicht nur das. Es war gar nicht so einfach gewesen, der amourösen Spannung, die spürbar in der Luft lag, standzuhalten und sich auf den knapp bemessenen Quadratmetern in Sofies Wohnung aus dem Weg zu gehen.

Im Winter sah es dann so aus, als habe Joe endgültig das Rennen um Sofies Herz gewonnen. Vom Zusammenziehen war die Rede gewesen und davon, vielleicht doch noch Kinder zu kriegen – sogar von einer zweiten Heirat. Doch inzwischen waren weitere Monate vergangen und bei Licht betrachtet war alles immer noch beim Alten. Joe charmierte sich weiterhin ungeniert durch die Damenwelt, sie ärgerte sich regelmäßig darüber, und ihr Herz klopfte nach wie vor, wenn sie Charly sah …

»Warum ziehst du nicht auch bei mir ein?«

Das hatte Sofie schneller gesagt als darüber nachgedacht.

»Zu dritt in deiner Wohnung?«, riefen Joe und Charly wie aus einem Mund.

»Natürlich nicht.«

Sofie spürte, wie ihr das Blut in die Wangen schoss. »Ich geh derweil zur Tante Vroni in mein altes Kinderzimmer. Und ihr gründet eine echte Männer-WG, rein übergangsweise natürlich, das würde doch für den Moment alle Probleme lösen!«

Joes Laune war augenblicklich im Keller, während Charlys Augen zu strahlen begann.

»Das könnte ich mir durchaus vorstellen«, meinte er. »Und du, Joe?«

»Ich weiß wirklich nicht …«

Joe warf Sofie einen Blick zu, als wolle er sie am liebsten auf der Stelle fressen.

»Ach, komm, stell dich nicht an, Joe«, flötete sie sanft, »sei kein Spielverderber! Einem Freund in Not, dem hilft man doch. Ordentlich ist er auch. Außerdem kocht der Charly ganz vorzüglich. Das weißt du doch!«

Für einen Moment sah es so aus, als würde Joe gleich losbrüllen, aber dann zuckte er doch resigniert die Schultern.

»Meinetwegen, wenn's denn unbedingt sein muss. Aber nur für ein paar Tage …«

Sofie lächelte zufrieden, und Charly strahlte jetzt über das ganze Gesicht. »Danke«, sagte er. »Das werde ich euch nie vergessen.«

Da klopfte es auch schon an der Tür. Die Kollegen von der SpuSi waren da.

12

# *Ein Blind Date für Wauwaus?*

»Sie können sie jetzt auspacken«, wies Elke Falk die beiden anwesenden Polizisten an. »Die notwendigen Asservate der Klebefolie an den Abrissstellen habe ich genommen.«

Spike war gleich auf ihr erstes Nicken hin zur Stelle und brachte alles hinauf ins Labor zur DNA-Bestimmung. Ebenso schnell war er wieder zurück, denn er wusste, dass seine Dienste noch weiter gefragt sein würden. Jeder im Sektionssaal spürte, wie nervös und angespannt die Chefin heute war. Hatte sie nur schlecht geschlafen, oder war doch die Ekelleiche daran schuld?

Man erkannte gerade noch, dass es mal ein menschlicher Körper gewesen war, so massiv fäulnisverändert war das Fundstück.

»Schmutzig-graubraun mit schwärzlichen Stellen«, diktierte die Falk, »schmierige Oberfläche, fettwachsartig umgewandelt. In der Konsistenz hart wie Gips. Wenige Haarreste. Circa eins sechzig groß, Gewicht jetzt 53 Kilo. Als Bekleidung …«

»Das könnte ein Nachthemd gewesen sein«, sagte Sofie. »Weiß oder gelb mit kleinen Streublümchen. So genau sieht man das allerdings nicht mehr.«

Elke Falk nickte mit düsterem Blick.

»Das dürfte nicht das einzige Geheimnis sein, das dieser

übel riechende Leichnam uns vorenthält«, meinte sie, nachdem sie auch hier mit den Asservaten fertig war, die Spike für die weitere Analyse beiseitestellte. »Inspektion von Ohrmuscheln, Mundschleimhaut, Mundgeruch, Analyse von möglichen Hautabschürfungen – alles, was wir sonst immer routinemäßig machen, können wir angesichts dieses Zustands doch glatt vergessen!«

»Also doch CT?«, fragte Sofie.

»Unbedingt! Ohne kommen wir hier nicht weiter. Holen Sie doch zwei – nein, besser gleich drei – DNA-freie Leichensäcke, Herr Moosbichler«, sagte sie zu Spike. »Und Sie, meine Herren Polizisten, packen die Leiche bitte darin ein. Sie, Frau Rosenhuth, informieren einstweilen die Kollegen von der Radiologie, was sie erwartet.« Ihr Tonfall wurde jetzt leicht sarkastisch. »Dank Ihres berühmten Charmes freuen die sich dann sicherlich schon auf uns.«

Die Radiologie der Chirurgischen Klinik und Poliklinik lag nur ein paar Schritte entfernt, ebenfalls in der Nußbaumstraße. Sofie und Elke Falk nutzten den kurzen Aufenthalt im Freien, um ein paar Mal kräftig durchzuatmen.

»Wie geht es denn nun weiter mit Ihrer Hand?«, fragte Dr. Iglu mit leicht angesäuertem Ton.

»Heilt ganz gut«, erwiderte Sofie. »Aber braucht noch ein bisschen. Ich hab mich übrigens nicht absichtlich verletzt. Nur damit das klar ist.«

Sie hielt kurz inne.

»Murmelchen nehme ich heute wieder mit zu mir. Tante Vroni geht ausführlich Gassi mit ihm. Bei dem schönen Wetter muss er doch nicht den ganzen Tag im Institut hocken!«

»Das hatte ich Ihnen auch gar nicht unterstellt«, lenkte die

Falk ein, »aber – das mit dem Murmelchen geht nicht. Nicht heute!«

»Und warum nicht?«, wunderte sich Sofie.

Elke Falks Lider begannen nervös zu flattern.

»Weil ich … weil ich eine Überraschung für ihn habe.«

Die jetzt gar nicht mehr so frostige Dr. Iglu schien nach Worten zu ringen.

»Eine bezaubernde Hundedame wartet auf ihn.«

Sie lächelte schief.

»Er wird sich freuen, unser kleiner Liebling!«

»Sie wollen, dass er sie deckt?«

»Natürlich nicht!«

Empört blieb die Falk stehen. »Was Sie immer gleich für schmutzige Fantasien entwickeln. Nein, es geht um eine zarte, freundliche Kontaktaufnahme, nichts weiter. Vielleicht freunden sich die beiden ja an und spielen dann fein miteinander.«

»Also eine Art *blind date* für Wauwaus?«

»Wenn Sie so wollen – ja.«

Elke Falk mied auffallend Sofies Blick.

Das kann der Murmel doch mit jedem anderen Vierbeiner auf der Hundewiese haben, dachte Sofie, die schon oft dabei zugesehen hatte, wie ausgelassen der kleine Mops mit seinen Artgenossen herumtollte. Aber offenbar hatte ihre spröde Chefin noch etwas in petto, mit dem sie nicht so recht herausrücken wollte.

»Meinetwegen«, sagte Sofie schließlich. »Aber übermorgen kommt er zurück zu mir nach Giesing.«

»Einverstanden.«

Dr. Falk wirkte erleichtert.

In der Radiologie angekommen, redete Sofie als Erstes beruhigend auf drei ziemlich aufgeregte RTAs ein, weil – in gleich drei Leichensäcke gehüllte – sterbliche Überreste nicht zu ihrer üblichen Kundschaft gehörten. Dr. Gunsch, der diensthabende Radiologe, brachte mit ein paar professionellen Worten zusätzlich Ruhe in sein Team.

Die Aufnahme wurde gefahren; Sofie und Elke Falk warteten auf die Ergebnisse. Nach einer Weile bat Dr. Gunsch sie in sein Zimmer.

»Am Weichgewebe lässt sich nichts Genaues mehr feststellen«, erklärte er. »Dafür ist die Masse schon zu homogen. Aber an den Knochen ist nichts zu sehen – keine frischen oder älteren Frakturen; ein Projektil oder einen Fremdkörper sehe ich auch nicht. Ob es zu Stichverletzungen kam, kann ich natürlich nicht beurteilen, zumindest solange nichts Knöchernes beeinträchtigt wurde. Übrigens eine weibliche Leiche, wie uns das Becken zeigt.«

»Das Opfer könnte immer noch erwürgt worden sein«, meinte die Falk. »Oder mit einem Kissen erstickt.«

»Das erkenne ich leider nicht, werte Frau Kollegin«, erwiderte Dr. Gunsch. »Aber für irgendwas muss eure Arbeit ja auch noch gut sein, oder?« Ein knappes Lächeln huschte über sein Gesicht, dann sagte er: »Ich mache Ihnen den ausführlichen Bericht sofort fertig und schicke ihn dann zu euch rüber.«

»Wir machen die Leiche auf.«

Auf dem Weg zurück ins Institut blieb die Falk auf den Stufen vor dem Eingang kurz stehen.

»Und ich muss Sie dabei trotz Ihrer Handverletzung um konzentrierte, ganz und gar zielführende Assistenz bitten. Denn Seine Exzellenz, der Erzbischof, erwartet mich anschließend. Und da sollte ich ja wohl in halbwegs manierlicher Aufmachung erscheinen und möglichst noch frisch geduscht. Oder nicht?«

»Natürlich«, antwortete Sofie. Hatte sie vorhin nicht gerade noch von einem *blind date* für Murmel gesprochen? Egal. Ging sie ja auch eigentlich nichts an. Aber irgendwie durch den Wind war ihre sonst so coole Chefin definitiv. »Dann grüßen Sie doch bitte meine Freundin Maria von mir.«

»Maria?« Die Falk wirkte irritiert.

»Frau Dr. Hierlmeier«, erwiderte Sofie. »Die ist doch sicherlich auch dabei.«

»Das glaube ich eher nicht«, antwortete Elke Falk auffallend prompt. »Jetzt lassen Sie uns auf keinen Fall noch weitere Zeit verlieren!«

Nie und nimmer geht die zum Erzbischof, dachte Sofie, als sie sich in der Umkleidekabine mit Kittel, Haube und Mundschutz für den Sektionssaal präparierte. Darauf könnt' ich wetten. Aber was macht sie dann? Und warum braucht sie dafür mein Murmelchen?

Erneut lag die stark verweste Leiche auf dem Sektionstisch.

Elke Falk eröffnete die Kopfhöhle: Gehirnsektion. Jeder Handgriff saß; sie diktierte schnell und wortgewandt. Auch Spike arbeitete besonders aufmerksam. Aber Sofie merkte ihm an, dass ihn etwas zu bedrücken schien. Sogar sein grüner Iro stand nicht ganz so keck nach oben wie sonst. Nach langer Zeit hatte er heute endlich mal wieder eine CD eingelegt, entspannte Klänge von den Glass Animals, ein Album mit dem durchaus nicht unpassenden Titel »How to Be a Human Being«, gegen das nicht einmal Dr. Iglu etwas einzuwenden hatte.

Als sie die Brusthöhle eröffnen wollte, rutschte ihr das Messer ab.

»Schande«, fluchte sie halblaut. »Das ist ja fast so hart wie Zement. Da hilft nur eins: Moosbichler, die oszilliernde Säge! Jetzt sind Sie an der Reihe. Wir fenstern. Hier, unter dem Schlüsselbein. Ich würde sagen, ein Deckel von circa 80 Zentimetern Breite wäre ausreichend.«

»Gebongt, Chefin.« Spike brachte das gewünschte Werkzeug. »Aber dazu bräuchte ich unbedingt andere Musik. Etwas Härteres vielleicht, Metallica oder so?«

»Unsinn!«, fuhr sie ihn genervt an. »Lassen Sie gefälligst alles so, wie es ist. Sobald die Säge läuft, hört man ohnehin nichts mehr.«

# 13

# *Präferenzen*

Dr. Gabriele Linsenmayr ähnelte ihrem heiß geliebten Basset Hound immer mehr, je älter sie wurde: hängende Lider, kräftige Statur, kurze Beine, ausgeprägte Bauchpartie – und wenn sie nicht mochte, dann mochte sie eben nicht.

Genauso stur wie ihr Puppy.

Heute jedoch schien sie in Hochform. Wie immer war sie mit ihrem Liebling unterwegs, den sie allerdings beim Pförtner zwischenlagern musste, bis ihre Arbeit im Sektionssaal beendet war. Kein Problem, solange der stets hungrige Vierbeiner genügend Leberwurstbrot oder andere Leckerli abbekam. Sie war die Alternative zu Dr. Hirschfeld, Elke Falks aktuellstem Ex, den Sofie lieber nicht zur Bestimmung des Zahnstatus in die Rechtsmedizin bestellt hatte, um keinen Eklat zu provozieren. Eine Rücksichtnahme, die sie sich allerdings hätte sparen können, denn Dr. Iglu war längst hypernervös nach Hause geflattert, um sich frisch zu machen, »für Seine Exzellenz, Kardinal Reinhard Marx«, wie sie im Gehen noch gesagt hatte.

Wer's glaubt, wird selig, dachte Sofie und wandte sich erneut der Leiche aus Charlys Keller zu.

»Das ist keine junge Frau«, sagte Dr. Linsenmayr. »Es sei denn, sie wäre äußerst sträflich mit ihren Zähnen umgegangen. Aber dazu sind die Mädels in der Regel doch heutzutage viel zu eitel, mit all diesem Bleachen und dem anderen Unsinn, den sie so treiben. Was Sie hier sehen, sind vermutlich Langzeitschäden aus den Kriegsjahren, in denen man anderes zu tun hatte, als sich um seine Zähne zu kümmern. Sehen Sie?«

Dr. Linsenmayr deutete auf den Oberkiefer.

»Nur noch vorhanden rechts 1–4, Prämolaren 5–6 überkront, Molaren 6–7 extrahiert, Gleiches gilt für den Weisheitszahn. Links vorhanden 1–4, dann veraltete Brückenarbeit an den Prämolaren 5–6, die längst gerichtet gehört hätte. Im Unterkiefer finden wir rein gar nichts mehr. Da hat sie wahrscheinlich ein Vollgebiss getragen. Nicht gerade zu beneiden, die Frau, denn mit diesem Zahnstatus dürfte das Essen für sie nicht mehr allzu attraktiv gewesen sein.« Sie schüttelte sich. »Man schmeckt ja so gut wie nix mehr, wenn man auf Kunststoff beißen muss. Deshalb gibt es nur eins, das ich meinen Patienten schon seit Jahrzehnten predige: putzen, putzen und noch einmal putzen – und zwar von Rot nach Weiß!«

Sie streifte ihre Handschuhe ab.

»Sie wissen noch nicht, wer sie war?«, wandte sie sich an Sofie.

»Da sind wir dran. Sie war im Keller eines Einfamilienhauses eingemauert. Sicher schon einige Jahre lang«, erwiderte Sofie, »so wie die Leiche sich präsentiert.«

»Ach, die Kollegen sind in der Regel penibel und heben ihre Patientenunterlagen brav auf«, sagte Dr. Linsenmayr. »Manche sogar länger, als sie müssen. Alte Menschen sind meistens nicht mehr ganz so agil und oft dazu konservativ. Die wechseln ihre Mediziner nicht mehr oft. Ich würde die Zahnärzte in der näheren Umgebung des Fundhauses durchtelefonieren. Könnte mir durchaus vorstellen, dass Sie dabei fündig werden.«

»Genau das hat die Mordkommission auch vor«, antwortete Sofie. »Aber Ihre Analyse macht es jetzt einfacher.«

Ein verschmitztes Lächeln ließ die Zahnärztin um Jahre jünger aussehen.

»Sie haben noch immer diesen entzückenden Mops, den Sie sich mit Ihrer Kollegin teilen?«

Sofie nickte.

»Also, das könnte ich ja nicht!«

Das kam aus tiefster Seele.

»Als Rudeltier muss ein Hund doch wissen, wohin er gehört. Kommt der Kleine da nicht völlig durcheinander?«

Nein, dachte Sofie. Weil er mich nämlich am meisten liebt. Damit das klar ist! Aber zur Zahnärztin sagte sie: »Murmel ist ein Lebenskünstler. Und eigentlich allen Menschen zugetan. Aber er hat natürlich seine Präferenzen. So ein Abkommen muss ja nicht für die Ewigkeit gelten.«

Sie zwinkerten sich zu.

Dr. Linsenmayr eilte davon. Spike, der die ganze Zeit schweigend dabeigestanden hatte, bekam plötzlich den Mund wieder auf.

»Und jetzt ab mit ihr ins Prominentenkammerl?«, fragte er.

So hieß intern der abgetrennte Kühlraum, in dem die Leichen aufbewahrt wurden, die noch nicht zur Beerdigung freigegeben waren.

Sofie nickte.

»Was ist eigentlich los?«, fragte sie, bevor er Hand anlegte. »Ich wundere mich schon den ganzen Tag, welche Laus Ihnen wohl über die Leber gelaufen sein mag!«

»Shirin und ich kriegen uns ständig in die Haare, weil es so verdammt eng bei uns ist, und das setzt mir gewaltig zu.«

Es brach jetzt richtig aus ihm heraus: »Die Kleine bräuchte

dringend ein eigenes Zimmer. Damit wir zwischendrin auch mal wieder durchatmen können. Wir sind ja schließlich nicht nur Eltern, oder? Und dann auch noch die Katzen, die schließlich auch ihren Platz beanspruchen. Aber: Auf dem freien Markt eine auch nur halbwegs bezahlbare Wohnung in München finden? Vergiss es! So ganz klein dürfte sie natürlich auch nicht sein, sonst können wir gleich da bleiben, wo wir sind …«

Er stöhnte.

»Bei Ihnen in der Gegend ist nicht zufällig was frei?«

»Ich kann gern mal meine Tante Vroni fragen«, antwortete Sofie. »Vielleicht hat die was gehört.«

»Bitte!« Es klang fast flehentlich. »Wir lieben uns wie verrückt, aber der Alltag frisst die Liebe manchmal leider auf …«

Was für ein kluger Satz, dachte Sofie, als sie auf dem Heimweg war. So war es ihr mit Joe damals auch ergangen – nur dass dann auch noch seine amourösen Eskapaden dazukamen.

Würden sie bei einem zweiten Versuch wieder in die gleiche Falle tappen?

War das nicht überhaupt die Gefahr, die *jeder* Beziehung über kurz oder lang drohte?

Was für düstere Überlegungen an einem so schönen Sommerabend!

Sie brauchte dringend ihr Fahrrad, um sich freizustrampeln. Morgen würde sie sich wieder in den Sattel schwingen, verletzte Hand hin oder her. Heute aber freute sie sich schon auf die kleine Willkommensjause, die Tante Vroni in Aussicht gestellt hatte.

Wenig später klingelte sie auch schon bei ihr, und die Tante öffnete freudestrahlend.

»Zeit werds, Dearndl«, rief sie. »Die anderen san schon do!«

»Welche anderen?«, fragte Sofie verdutzt.

»Na, der Flo natürlich – und der Joe und der Herr Loessl. Ja, i woaß, der kocht selber ganz vorzüglich, aber was Bairisches, des hat er ned alle Tag. Und so a kloaner Umtrunk zur Begrüßung, der is doch aa ganz nett.«

Einträchtig saßen die drei Männer am mit diversen Platten und Schüsseln fast übervoll gedeckten Küchentisch.

»Knödelcarpaccio mit Essig und Öl«, sagte Vroni stolz. »Und des da, des is a Allgäuer Wurstsalat. Außerdem hamma no an koidn Schweinsbraten, hauchdünn aufgeschnitten. An Eiersalat mit Radieserl. Und natürlich an Radi – ois ganz sommerlich leicht. Die Brezn san übrigens vom Bäcker Riedmeier in der Humboldtstraße, der einzige weit und breit in Giasing, bei dem sie no nach Laugenteig schmecken statt nach heißer Luft.«

»Ich bin begeistert, liebe Frau Ilmberger«, sagte Charly und hob sein Weißbierglas. »Auf die wunderbare …«

»Naa«, unterbrach sie ihn jäh. »Des mit der Frau Ilmberger, des hört si jetzt auf, wo ma jetzt boid scho so nah beianand wohna. Ja, i woaß scho, nur auf Zeit, des hat mir die Sofie scho erzählt«, fügte sie hinzu, als sie Joes düsteren Blick bemerkte, »aber des war ohnehin scho lang amoi fällig. I bin die Vroni und i wünsch eich allerseits an Guaden!«

»Dann bin ich der Charly – und nehme dieses Angebot gerne an!«

Es war mehr als reichlich und schmeckte köstlich, wie alles, was Vroni auftischte. Sofie musste sich zusammennehmen, um ihren Teller nicht noch ein drittes Mal zu füllen. Joe hielt sich merklich zurück, während Charly mit gesundem Appetit aß. »Ich muss jetzt noch einmal in die alte Wohnung«, sagte er.

»Letzte Dinge regeln, sozusagen.« Er schaute zu Sofie. »Gibt es was Neues über den grauseligen Fund?«

»Wir sind so weit durch«, erwiderte sie. »Der Zustand der Leiche hat allerdings die Analyse erschwert. Eine ältere Frau, das steht fest. Aber wir haben weder Brüche noch Projektile oder Ähnliches gefunden, die klassischen Beweise eines nicht natürlichen Todes.«

»Aber es muss doch einen Grund geben, warum sie so eingebunkert wurde und nicht auf einem Friedhof liegt«, meinte Charly.

»Und den werden wir auch herausfinden«, sagte Joe. »Sobald wir diesen Hofbauer ausfindig gemacht haben. Die Handynummer, die ich von dir habe, gibt es nicht mehr. Einen neuen Wohnsitz hat er auch nicht angemeldet, jedenfalls nicht in Deutschland.«

»Was Zufall sein könnte«, bemerkte Flo. »Oder Bequemlichkeit.«

»Für mich sieht das eher so aus, als hätte er seine Spur verwischen wollen«, erwiderte Joe.

»Und woher sollte er wissen, dass die Leiche entdeckt wurde?«, wandte Sofie ein. »Jetzt auf einmal, nach all den Jahren?«

»Aber da hat er das Haus doch noch selbst bewohnt«, sagte Joe. Dann fügte er grimmig hinzu: »Er kommt uns scho ned aus, koa Angst! Europa ist ziemlich klein geworden, den find ma auf jeden Fall.«

»Dieser Mann soll ein Mörder sein?«

Charly schüttelte den Kopf. »Das passt so gar nicht zu ihm! Er war so still, so grau, so ganz in sich zurückgezogen ...«

»Des san doch manchmal die Allerschlimmsten! Denn wer anderer als er kann die Leiche denn eingemauert haben – in seinem eigenen Haus? Und still? Ich würde das eher hinterlistig nennen. Immerhin hat er die Dreistigkeit besessen, es dir zu verkaufen, inklusive Grab!«

Joe leerte sein Weißbierglas.

»Ich geh jetzt lieber, bevor ich mich noch zu sehr aufrege.« Charly stand auf. »Schlafen kann ich ohnehin kaum noch, so sehr rumort das Ganze in mir. Morgen Abend rücke ich dann mit ein paar persönlichen Sachen an, einverstanden?«

Er schaute erst zu Sofie, dann zu Joe. »Ich werde wirklich nur das Allernötigste mitbringen, hoch und heilig versprochen!«

Beide nickten, aber Joe nur zögerlich.

»Des werd scho, Joe«, versuchte Vroni Joe aufzumuntern, nachdem sich Charly verabschiedet hatte. »Der is doch a netter Kerl! Und es is ja nur rein übergangsweise. So hab ich wenigstens mei Sofie wieder amoi ganz allein für mi, des is aa schee.«

»Aber no ned heit!«

Joe sprang auf, zog Sofie vom Stuhl und nahm sie in die Arme. »Dieser Abend gehört uns ganz allein. Oder, Spatzl? Ma muaß im Leben doch Präferenzen setzen!«

»Unbedingt«, erwiderte Sofie. »Ohne des geht gar nix!«

# 14

## *Tornados im Bauch*

Er saß schon da, als sie kam, und das gefiel ihr. Dass sie ihn sofort erkannt hatte, gefiel ihr sogar noch besser. Männer, die notorisch spät kamen, waren eingebildete Wichtigtuer, die ein Klasseweib wie sie gar nicht verdienten. Was erst recht für Männer galt, die man so einfach übersah. Dieser Kerl hier aber stach ihr definitiv ins Auge.

Lange Beine in schwarzen Jeans, lässig unter dem Tisch ausgestreckt. Gute Schuhe, da schaute sie immer als Erstes drauf. Schwarze Mokassins, zum Glück ohne Socken. Hässliche Männersocken konnten die Erotik ja schon im Keim ersticken!

Sein Brustkorb in dem weißen Hemd war athletisch, ohne aufgepumpt zu wirken, was sie sofort abgestoßen hätte. Ein schlanker, leicht gebräunter Hals. *Privatier*, hatte er geschrieben.

Was mit anderen Worten bedeutete: *ausreichend freie Zeit.*

Offenbar hatte er sein Profil nicht sehr geschönt. Wieder ein Punkt, der an ihn ging.

Und dann erst der Kopf!

Sie hätte ihn in Stein meißeln mögen, wäre sie eine Bildhauerin gewesen: hohe Stirn, starke Wangenknochen, kantiges Kinn, feste Lippen – genau so, wie sie es bei Männern liebte, und dann diese strahlenden Augen!

Gut, die Haare waren eine Spur grauer als auf dem Foto im Internet, aber machte ihn das nicht noch interessanter? Und wie hätte ihre Haarfarbe ausgesehen, gäbe es da nicht diese ebenso aufwendige wie megateure Strähnchentechnik, der sie sich über Stunden regelmäßig beim Friseur ihres Vertrauens unterzog?

Sie scannte jedes kleinste Detail, während sie sich langsam seinem Tisch näherte, Murmel an der Leine, der zügig voranstrebte.

»Elfe?«

Er sprang auf, mit einer weißen Rose in der Hand, die er ihr lächelnd entgegenstreckte. »Wie schön du bist. Mein Herz tanzt!«

»Danke, Alex«, hauchte sie zurück.

Mein Gott, was für schöne Zähne er hatte!

Er war offenbar kein Raucher – auch das sprach sehr für ihn.

Aber woher hatte er wissen können, dass sie ganz in Weiß kommen würde?

Sie hatte sich das Kleid schon vor Urzeiten auf Ibiza gekauft. Es betonte ihre Figur und ließ sie fast zerbrechlich aussehen – genau so, wie Elfen eben waren. Dazu trug sie filigrane Ohrringe mit winzigen Silberglöckchen, die bei jeder Bewegung zart klimperten.

»Darf ich dich umarmen?«, fragte er.

»Ich bitte darum!«

Als er die Umarmung wieder löste, ging ihr das fast zu schnell. Andererseits war es gut, wenn Männer ihre Grenzen kannten.

»Was trinkst du? Ein Glas Champagner vielleicht?«

»Gern.«

Elke Falks Stimme zitterte leicht. Und nicht nur die.

Sie war froh, dass ihr die kühle Seide bis über die Wade fiel, damit er nicht sehen konnte, was gerade mit ihren Knien los war.

Du liebe Güte, dieser Pirat war haarscharf genau das, worauf sie stand!

Murmel und Lady beschnüffelten sich ausgiebig unter dem Tisch und schienen sich auf Anhieb zu mögen.

Ihr süßer kleiner Mops! Der hat einen ebenso guten Geschmack wie sein Frauchen.

»Wieso hab ich dich nicht schon viel früher gefunden?«, gurrte Alex leise und berührte dabei wie zufällig ihre Hand.

»Jetzt bin ich ja da«, erwiderte sie ganz spontan. »Und der Sommer hat doch gerade erst angefangen.«

Es gab keinen Zentimeter an ihrem Körper, der nicht geprickelt hätte. Am stärksten aber war das Gefühl in der Mitte.

Tornados im Bauch, dachte Elke Falk und hätte fast hysterisch aufgelacht: So fühlt sich das also an!

Ihr Champagner kam, er blieb bei Campari.

Sie prosteten sich zu, sahen sich tief in die Augen. Dann tranken sie.

»Unsere Hunde mögen sich«, stellte sie fest.

»Hast du etwas anderes erwartet?«, erwiderte er.

Sie warf die Haare zurück, lächelte vielsagend.

Er beugte sich über den Tisch.

»Und jetzt will ich alles über dich wissen. Was liebst du? Was hasst du? Was ist dir am wichtigsten auf der Welt?«

Bevor sie antworten konnte, redete er bereits weiter:

»Ich zum Beispiel mag am liebsten alte Dinge. *Schöne* alte Dinge. Davon kann ich gar nicht genug bekommen.«

Seine Stimme war tief, und es schwang ganz leise dieses

dunkle bairische Timbre mit, das sie bislang eher ein wenig befremdlich gefunden hatte. Bei ihm aber störte es sie kein bisschen – ganz im Gegenteil.

*Alte Dinge.*

Jemand also, der Kunst und Antikes wertschätzte, ja, das passte doch ganz ausgezeichnet. Berndie mit seiner abgewohnten Ikea-Wohnung war ihr immer ein wenig wie aus der Zeit gefallen erschienen. Ein in die Jahre gekommener Berufsjugend licher, der in der Weltgeschichte herumschippern musste und partout nicht erwachsen werden wollte. Höchste Zeit, dass es in ihrem Leben mal einen Mann mit Format und Stil gab – und dann auch noch einen, der so aufregend war.

»Dann frag mich«, sagte sie. »Alte Dinge mag ich übrigens auch. Je kostbarer, je lieber.«

»Zwei vom selben Stern.«

Seine Augen schienen direkt in ihre Seele zu schauen.

»Wie wäre es, liebste Elfe, wenn wir einen langen, langen Spaziergang unternehmen würden, um uns näher kennenlernen zu können?«

## 15

# *Buddha und die Eltern der Heiligen Jungfrau*

Irgendetwas mussten sie Dr. Iglu in den grünen Tee getan haben, so strahlend, wie sie auf einmal durch die Räume des Instituts für Rechtsmedizin flitzte. Und Murmel wollte sie kaum noch hergeben, obwohl es schon vorgestern fest vereinbart gewesen war. Aber sie hatte ihn dreist weiterbehalten und ihm sogar noch hinter Sofies Rücken »ganz spontan« ein neues Halsband und eine sündteure Leine gekauft. Beides im Leodesign, damit er, wie sie lächelnd hinzufügte, »auch wirklich schick für den Sommer« sei.

Ausgestattet wie eine Trophäe präsentierte sie ihn Sofie jetzt endlich.

Die grummelte etwas Unverständliches und sah zu, dass sie mit dem lieben Kleinen schnell verschwand.

»Des modische Glump kommt glei wieder ab«, meinte sie resolut zu dem blonden Mops, als sie zu zweit in ihrem Kabuff waren. »Du brauchst koan Leoschnickschnack ned, sondern bleibst a ganz a normales Zamperl ohne Zusatzbrimborium. Für mi bist du aa so schee gnua!«

George, ihr beinerner Freund, hielt sich wie immer diplomatisch zurück. Murmelchen, der gerade erst ausgiebig gefrühstückt hatte, schien die ganze Aufregung schnurzegal zu sein. Er rollte sich gleich in seinem Körbchen zusammen. Ein kleines Verdauungsschläfchen war jetzt genau das, was ihm so richtig guttun würde.

Seufzend setzte Sofie sich wieder an ihre Akten.

Die Kleidung des am Flaucher ermordeten Franz Auerbach war inzwischen untersucht worden. Der Täter hatte offenbar überlegt und routiniert gehandelt. Keine fremden Fingerabdrücke, keinerlei DNA. Und damit leider auch nichts, was man durch die polizeilichen Suchsysteme hätte jagen können.

Ähnlich unbefriedigend war das Ergebnis bei den befragten Zahnärzten in Giesing, der Au und Harlaching. Die Leiche in Charlys Keller war zu ihren Lebzeiten bei keinem von ihnen Patientin gewesen. Da gab es nur eins – weitermachen, wenn nötig im gesamten Stadtgebiet …

Angesichts solcher Aussichten taten ihr Joe und seine Kollegen richtig leid. Aber es half nichts: Kriminalerarbeit war und blieb eben Fitzelkram. Und genau so, wie sie jedes Organ sorgfältigst zu analysieren hatte, um die Todesursache zu bestimmen, musste die Mordkommission am Ball bleiben, bis auch die winzigsten Beweisstücke zum Täter führten.

Sofie goss sich ein Glas Sprudelwasser ein und trank. Viel lieber hätte sie bei diesem Kaiserwetter ein kühles Weißbier gezischt – und zwar nicht in ihrem dunklen Kabuff, sondern im Freien; am besten irgendwo ganz nah am Wasser. Und noch besser ganz nah in charmanter männlicher Begleitung …

Der Erste, der ihr dazu einfiel, war Charly Loessl. Zefix!

Mit ihrem übereilten Asylangebot hatte sie sich offenbar keinen Gefallen getan. Es war schon irgendwie komisch, ihn so ganz in ihrer Nähe zu wissen – und dann auch noch auf engstem Raum mit Joe. Heute Nacht hatte sie sogar von ihm geträumt, und nun verfolgte sein Bild sie offenbar bis an den Arbeitsplatz.

»Für mi schaut des so aus, als hättest du die beiden in den Ring geschickt«, hatte Tante Vroni die Sache heute Morgen beim Frühstück auf den Punkt gebracht. »Schau mer mal, wer in Runde sieben noch auf den Füßen ist …« Dann fügte sie augenzwinkernd hinzu: »Spätestens dann wirst du dich aber für einen von den beiden entscheiden müssen – sonst stehst nämlich auf amoi ganz aloa da!«

Ach, der ganze Herzenskram – manchmal war er doch einfach nur lästig! Andere in ihrem Alter waren längst gut verheiratet, hatten Kinder, ein Häuschen, machten bis zu drei Mal Urlaub pro Jahr und genossen das Leben.

Und sie?

Sofie schob sich energisch eine blonde Locke aus der Stirn und leerte das Glas. Sie war eben eine Jägerin, eine, für die der Beruf Berufung war, die wissen *musste*, um Ruhe zu finden. Kein Ehemann, kein Häuschen und keine Kinderschar der Welt hätten sie davon abbringen können, so sah es doch aus. Solange es dieses innere Fiebern in ihr gab, blieb sie an den Fällen dran, bis sie gelöst waren.

Und davon waren sie aktuell leider noch weit entfernt.

*Frühpensionär*, schoss es ihr auf einmal durch den Kopf.

Hatte Charly diesen Hofbauer nicht so beschrieben? Das Konto, auf das er das Geld für den Hauskauf überwiesen hatte, gab es nicht mehr. *Aufgelöst*. Was seltsam war, aber nicht illegal. Aber eine regelmäßige Pensions- oder Rentenzahlung musste ja irgendwohin überwiesen werden …

Sie hatte die Hand schon am Telefon, als sie wieder auflegte.

Sacklzement – so schlau waren Joe und seine Kollegen von der Mordkommission sicher auch ohne sie schon gewesen!

Sofie öffnete die nächste Akte und griff zum Diktafon, als Spikes heute zur Abwechslung mal burgunderrot gefärbter Iro in der halb geöffneten Tür erschien.

»Die Chefin hat selber keine Zeit und braucht Sie, Frau Dr. Rosenhuth«, sagte er. »Der Hauptkommissar Lederer ist nämlich da mit seinem Kollegen Lorenz. Da ist jemand in einer kleinen Kirche eingebrochen, hat wertvolle Heiligenfiguren gestohlen und bei dieser Gelegenheit auch den Mesner zusammengeschlagen …«

»Komme!«, rief Sofie und sprang erleichtert auf.

»Unser Annakircherl in Harlaching stammt aus dem 12. Jahrhundert.«

Die sonore Stimme des Mesners verriet großen Stolz.

»Heute überwiegt im Inneren Rokoko, aber das Gnadenbild am Hochaltar wird auf die Zeit um 1500 datiert – ein wunderbares, farbig gefasstes Holzbildwerk. Wenn das herausgebrochen worden und weggekommen wäre! Ich darf gar nicht daran denken.«

Er stöhnte schmerzerfüllt auf.

Würgemale am Hals, Tritte gegen den Bauch und zum Schluss noch ein Schlag auf den Kopf, der ihn ohnmächtig werden ließ: Der Einbrecher war äußerst brutal vorgegangen, ehe er mit seiner kostbaren Beute entkommen konnte – der hl. Joachim als Hirte und der hl. Joseph mit blühendem Stab; zwei Holzstatuen aus dem frühen 18. Jahrhundert.

Offenbar handelte es sich um einen Profi, der Handschuhe und eine schwarze Sturmhaube getragen hatte. Sein Opfer war in einem der kleinen Untersuchungsräume der Rechtsmedizin bis auf die Unterwäsche entkleidet und anschließend in ein Krankenhausnachthemd gehüllt worden, damit man sein Gewand peinlich genau auf Spuren untersuchen konnte. Was man unter seinen Fingernägeln asservierte, hatte Sofie bereits untersucht. Harald Füssing, so hieß der Mesner, war 64 Jahre alt. Gegen den offenbar deutlich jüngeren, jedenfalls körperlich wesentlich fitteren Angreifer hatte er kaum Chancen gehabt. Trotzdem hatte er sich heftig gewehrt und dem Einbrecher dabei die Unterarme zerkratzt – was auf erhellende DNA-Ergebnisse hoffen ließ.

»Das ist doch bestimmt einer aus unserer Kartei«, meinte Joe. »So brutal, wie der vorgegangen ist. Und dann ist er dran.«

»Bislang hat die SpuSi aber nur einen Schuhabdruck auf dem Kirchenboden«, meinte Mick Lorenz, sein Kollege. »Gängige Profilsohle, jedoch Größe 47, was nicht gerade der Durchschnitt ist. Ein Täter, der auf großem Fuß lebt.«

»Schon wieder Heiligenfiguren«, murmelte Sofie. »Am helllichten Tag aus einer Kirche geraubt? Wer traut sich denn, so was bei sich daheim aufzustellen?«

»Die Leute sind wie verrückt danach«, sagte der Mesner. »Sie glauben ja, gar nicht, von wie vielen Personen ich in den letzten Jahren angesprochen wurde, ob die zu verkaufen seien und wenn ja, zu welchem Preis – und das waren beileibe nicht alles Amis oder Russen! Auch immer mehr Hiesige haben keinerlei Vorstellung mehr davon, was eine Wallfahrtskirche eigentlich bedeutet. Die haben noch nie im Leben etwas von Anna und Joachim gehört, den Eltern der heiligen Jungfrau Maria, sondern sehen in den Figuren lediglich antike Dekostücke, die man sich ins Wohnzimmer oder in die Diele stellen kann. Am besten gleich direkt neben den Buddha, den sie sich von ihrer Thailandreise mitgebracht haben …«

Er schüttelte erneut den Kopf. »Traurig, das alles, sehr, sehr traurig. Kein religiöses Empfinden mehr, kein Respekt, keinerlei Achtung vor der katholischen Tradition. Und mein armer Kopf …«

»Wir lassen Sie jetzt rüberbringen zum Röntgen in die Poliklinik«, sagte Sofie. »Eine Gehirnerschütterung könnten Sie durchaus davongetragen haben. Und die inneren Organe sollten auch angeschaut werden, Leber, Milz, Nieren. Mit Tritten, wie Sie sie abbekommen haben, ist keinesfalls zu spaßen. Die Kollegen dort werden sich um alles kümmern. Gute Besserung, Herr Füssing!«

Der Mesner wurde auf einer Bahre herausgefahren, Joe und Mick verabschiedeten sich.

»Dein adliger Amigo verzehrt doch tatsächlich Orangenbuttertoast zum Frühstück«, zischte Joe im Vorbeigehen Sofie zu. »Dazu nimmt der feine Herr eine Tasse Earl Grey zu sich – und das in Bayern. Ich muss schon speiben, wenn ich nur hinschau!«

Das brachte Sofie auf eine Idee: Mal sehen, ob im Kühlschrank in der Teeküche nicht vielleicht doch noch eine klitze kleine Schweinerei für sie lag, die sie sich auf die Schnelle einverleiben könnte. Doch sie hatte die Türe noch nicht mal geöffnet, als Spike hereingestürzt kam.

»A Spinnerte!«, rief er. »Kommen Sie ganz schnell, Frau Dr. Rosenhuth, sie hat sich am Geländer angekettet und krakeelt in der Gegend rum!«

Sofie folgte ihm sofort.

Draußen sah sie eine junge Frau, rotblond, hübsch und – sehr – schwanger. Ein helles Leinenkleid spannte sich über ihrem Babybauch – die »Spinnerte«, wie Spike sich ausgedrückt hatte, war mindestens im siebten Monat, wenn nicht schon weiter, schätzte Sofie mit einem schnellen Blick. Kajal und Mascara waren tränenverschmiert und hatten dicke gräuliche Spuren auf ihren zarten Wangen hinterlassen.

»Sie müssen meinen Mann obduzieren«, schluchzte sie. »Versprechen Sie mir das, bitte! Ich gehe erst wieder von hier weg, wenn ich weiß, wer ihn umgebracht hat!«

Um ihr schmales Handgelenk schlängelte sich eine schwere Fahrradkette, mit der sie sich am Treppengeländer fixiert hatte.

»Was machen Sie denn hier für ein Theater?«, sagte Sofie zu ihr. »Wer sind Sie? Und was wollen Sie hier?«

»Gile Bertram«, antwortete die junge Frau. »Sie haben meinen Michel vergiftet.«

Dann überschlug sich die helle Stimme der jungen Frau fast. »Vor lauter Neid. Weil er nämlich der Beste unter all den Kollegen ist – und den Zuschlag im Wettbewerb bekommen hätte. Das wollten sie unbedingt verhindern. Bitte finden Sie heraus, wie sie's getan haben! Meine ungeborene Kleine und ich, wir müssen das wissen …«

# 16

# *Giftgrün vor Neid*

Gile Bertram ließ sich vom Geländer befreien und in die Rechtsmedizin bringen.

Wohin jetzt mit ihr?

Das gesamte Institutsgebäude war nicht gerade eine Wohlfühloase, erst recht nicht Sofies kleines Kabuff, aber hier waren sie wenigstens ungestört. Sofie holte eine Flasche Wasser und eine Käsesemmel aus der Teeküche und bot den kleinen Imbiss der verzweifelten Schwangeren an. Doch die Frau verschmähte beides und wurde erst ein bisschen ruhiger, als sich Murmelchen auf ihre Füße legte.

»Jetzt noch einmal ganz von vorn«, sagte Sofie. »Wie kommen Sie darauf, dass man Ihren Lebensgefährten …«

»Meinen Mann!«

Die helle Stimme der jungen Frau kletterte rasch wieder in gefährliche Höhen.

»Wir sind eine Familie. Außerdem wollten wir ohnehin heiraten. Sobald die Kleine da ist.«

»Wie kommen Sie also darauf, dass man Ihrem Mann etwas angetan haben könnte?«, vervollständigte Sofie ihren Satz.

»Sie haben ihn vergiftet, so muss es gewesen sein. Peu à peu, mit was auch immer. Vielleicht haben sie ihm ja etwas in die

Cola gerührt, die er in Mengen getrunken hat, um wach zu bleiben. Cola ist ja ziemlich süß, da schmeckt man das nicht.«

»Wer sind ›sie‹?«

»Michels Kollegen. Er arbeitete in einem großen Büro, zusammen mit einer Gruppe anderer Architekten. Der Seniorchef ist ein hohes Tier an der Uni, so kommen immer wieder lukrative Aufträge rein. Zuletzt eine riesige Mehrzweckhalle für Ismaning – Theater, Kultur, Events jeder Art. Michels Entwurf hätte sicherlich gewonnen, wäre er nicht so krank geworden. Die anderen waren giftgrün vor Neid. Ja, das waren sie!«

»Wie hat sich diese Erkrankung denn geäußert?«, fragte Sofie nach.

»Zuerst fühlte er sich irgendwie schwach, dann war ihm ständig übel, und er hat über brennende Magenschmerzen geklagt. Ich durfte seinen Bauch gar nicht mehr berühren, dabei hat er das früher immer so gerngehabt. Manchmal musste er sich übergeben. Lippenherpes hatte er auf einmal, überall hat es ihn gejuckt, und die Haare sind ihm ausgegangen.«

Sie seufzte.

»Ich dumme Kuh hab das alles auf Stress und Überbelastung geschoben, denn unsere neue Altbauwohnung hat er ja auch noch renoviert, obwohl er doch schon so viel im Büro zu tun hatte. Wir wollten halt unbedingt noch vor der Geburt einziehen. Damit unsere kleine Penelope gleich weiß, wohin sie gehört.«

Kurz hellte sich ihr Gesicht auf, aber dann verdüsterten sich die Züge gleich wieder.

»Dann ging es ihm zunehmend schlechter. Er bekam Durchfall, hatte dauernd Durst, das hat mir alles gar nicht gefallen. Aber Sie wissen ja, wie Männer manchmal sein können: so was von stur! Er wollte nicht mal mehr beim Renovieren Handschuhe anziehen – angeblich, weil er sonst kein gutes Gefühl mehr hatte. Dabei haben seine Nägel sowieso schon ganz seltsam ausgehen.«

Sofies Nasenflügel bebte leicht.

»Wie genau haben die ausgesehen?«, hakte sie nach.

»Gerötet und so komisch gestreift«, antwortete die junge Frau. »Als ob er sie sich lackiert hätte, aber das hatte er natürlich nicht. Mein Michel ist ja schließlich kein Ronaldo, der sich sogar die Fußnägel schwarz lackiert. Und so eitel wie der war er erst recht nicht.«

Die junge Frau schob sich eine helle Strähne aus der Stirn.

»Geh zum Arzt, habe ich ihn angefleht, aber er wollte eben erst alles andere auf die Reihe bekommen. Immer schlechter ging es ihm, auch wenn er versucht hat, es vor mir zu verbergen. Irgendwann lag er dann reglos auf dem Boden in der Altbauwohnung, in die wir bald ziehen wollten. Sein Puls war kaum noch zu spüren. Da habe ich sofort den Notarzt gerufen. Michel kam in die Klinik – und keine vierundzwanzig Stunden später war er tot.«

Sie begann erneut zu weinen.

»Wie alt war Ihr Mann denn?«, erkundigte sich Sofie.

»Fünfunddreißig – und immer kerngesund. Da stirbt man doch nicht einfach so!«

»Wir schauen ihn uns an«, sagte Sofie. »Mit Ihrem Verdacht sollten Sie sich aber dringend auch an die Polizei wenden. Ich gebe Ihnen eine Adresse …«

»Das kann ich nicht!«

Die junge Frau schluchzte auf.

»Mir wird das alles zu viel. Ich hab' so Angst, dass ich auch noch mein Kind verliere …«

Sofie überlegte kurz, dann griff sie zu ihrem Handy und rief Joes Nummer an.

»Ich bräuchte dich mal dringend«, sagte sie ohne große Vorrede zu ihm. »Ich habe hier eine merkwürdige Geschichte: ein toter Architekt mit auffälligen Symptomen und eine aufgelöste Schwangere, die von neidischen Kollegen spricht und glaubt, dass die etwas mit seinem Ableben zu tun haben könnten. Sie will aber nur hier im Institut mit dir reden. – Nein, obduziert ist er noch nicht. Wir machen ihn auf, dann wissen wir mehr.«

Die junge Frau hing förmlich an ihren Lippen.

»Das war der Hauptkommissar Lederer«, erklärte Sofie. »Ein versierter Ermittler, der sich alles in Ruhe anhören wird, was Sie zu sagen haben. Versuchen Sie sich in der Zwischenzeit weiter zu beruhigen, damit Sie nichts Wichtiges vergessen.«

Es dauerte nicht lange, bis Joe bei ihnen im Institut war. Er stellte sich vor, gab ihr die Hand, dann schrieb er sich zuerst ihren Namen auf: Gile Bertram. Anschließend stellte er ihr ruhig und präzise seine Fragen.

Gile Bertram sammelte sich und schilderte nun auch ihm die Symptome und den Krankheitsverlauf. Erst als sie die Situation im Architekturbüro schildern sollte, begann ihre Stimme erneut zu zittern.

»Da gönnt doch keiner dem anderen auch nur das Schwarze unter dem Fingernagel«, meinte sie. »Der Alte hält seine Leute wie ein Rudel Bluthunde. Ganz oben rangieren Frank und Jost als Alphatiere. Wer Schwäche zeigt, bekommt noch zusätzlich einen Tritt, wer versucht, die Hackordnung aufzubrechen, wird weggebissen. Michel hat sich eine ganze Weile im Mittelfeld gehalten, da war er für die anderen nicht so interessant.

Deshalb haben sie ihn einigermaßen in Ruhe gelassen. Doch als er jetzt mit seinem Entwurf ganz oben Furore zu machen begann, da wurden die Zähne gefletscht.«

»Neid und Missgunst, ja«, sagte Joe mit ruhiger Stimme. »Aber deswegen bringt man doch niemanden um. Das ist ein ziemlich schwerwiegender Verdacht, den Sie da äußern. Haben Sie denn auch irgendwelche Beweise dafür?«

»Der Kasten mit seinen Colaflaschen war weg, als ich seine Sachen aus der Arbeit holen wollte. Ebenso wie das Glas, aus dem Michel immer getrunken hat.«

»Vielleicht hatte er das alles nur vorher aufgeräumt?«

»Sein Arbeitsplatz war wie leer gefegt. Als hätte es ihn dort niemals gegeben.«

»Was auch an einem übereifrigen Putzdienst liegen könnte«, hakte Joe nach.

»Sie glauben mir nicht …«

Erneut füllten sich ihre Augen mit Tränen.

»Aber ich weiß genau, dass ich recht habe. Die gehen doch alle für ihre Karriere über Leichen …«

Joe schloss sein Notizbuch.

»Ich habe mir jetzt alles Wichtige hier notiert. Lassen Sie uns die Ergebnisse der Obduktion abwarten. Sollten die Ihren Verdacht erhärten, werde ich mir die Kollegen Ihres Mannes alle einzeln vornehmen, versprochen. Und wenn die etwas damit zu tun haben, dann finde ich das heraus. Wollen wir einstweilen so verbleiben?«

Gile Bertram biss sich auf die Lippen. Ihr Blick war ein Ausdruck reinster Verzweiflung.

»Gehen Sie dann nicht mit zur Vernehmung?«, wandte sie sich jetzt an Sofie. »Eine Frau hat doch ein ganz anderes Gespür dafür, wenn jemand lügt …«

»Ach, das erkennen die Männer schon auch, wenn's darauf ankommt«, erwiderte Sofie mit einem leisen Lächeln. »Unsere Arbeitsteilung funktioniert folgendermaßen: Ich bin für die Bestimmung der Todesursache zuständig. Die Ermittlungen führt Herr Hauptkommissar Lederer. Und er führt sie gut.«

## 17

# *Eine Landpartie*

Wie habt's ihr den Hofbauer jetzt eigentlich ausfindig gemacht?«, wollte Sofie wissen, während draußen die schönste oberbayerische Hügellandschaft an ihnen vorbeiflog. Poing, Markt Schwaben, Wasserburg – saftig, grün und im hellen Sonnenschein. Kein Wunder, dass die halbe Welt nach Bayern wollte! Kein Wunder aber auch, dass Joe grantig war, weil er lieber auf seiner sorgsam gepflegten BMW durch diese Landschaft geritten wäre, statt in einem uralten Dienstwagen zu hocken, dem noch ein zweiter folgte mit Mick Lorenz am Steuer und einem weiteren Kollegen. Aber sie waren ja schließlich nicht zum Vergnügen unterwegs. Gut möglich, dass sie sogar einem Mörder auf der Spur waren!

»Über die Mutter«, grummelte Joe. »Hildegard Hofbauer, so heißt die nämlich. Wer eine Witwenrente bezieht, der braucht auch ein Bankkonto. Und wer eine Bank hat, der hat auch einen Wohnsitz. Raiffeisenbank Chiemgau Nord. Der Filialleiter dort war äußerst kooperativ …«

Joe kurbelte das Fenster runter. Kaum zu glauben, wie antik das Gefährt war. Kräftige Landluft erfüllte den Wagen. Oder genauer: Es stank bestialisch.

Sofort wollte Joe das Fenster wieder nach oben kurbeln,

doch Sofie hielt ihn davon ab. »Lass nur. Die Bauern rechnen wohl noch mit Regen heute Abend. Deshalb düngen sie so fleißig. Mir macht das nichts aus, ganz im Gegenteil sogar. Auf dem kleinen Bauernhof, auf dem ich früher mit der Tante Vroni manchmal in den Ferien war, hat's immer so gerochen. Und ich hab das geliebt! Das war übrigens hier ganz in der Nähe. Wir sind immer mit dem Zug gekommen, und dann hams uns vom Bahnhof mitm Ochsenwagen abgholt: die reinste Gaudi für mich als Kind!«

»A Gaudi wird des heit sicherlich ned«, brummte Joe. »Der verkriecht sich doch nicht ohne Grund irgendwo am Ende der Welt!«

»Ach«, sagte Sofie. »Wenn das Ende der Welt *so* ausschaut …«

Vor ihnen glitzerte der Klostersee. Ein paar Enten zogen ihre Bahnen. Das Freibad war noch so gut wie leer, so früh waren sie dran. Weil sie stehen geblieben waren, fuhr der zweite Wagen zu ihnen vor.

»Alles in Ordnung, Joe?«, fragte Mick Lorenz.

»Ja. Da geht's jetzt nach oben. Aber bleibt's auf Abstand. Der Hofbauer muss das ja nicht gleich mitbekommen, dass wir nicht allein bei ihm aufkreuzen.«

Eine kleine ungeteerte Straße schlängelte sich bergauf. Mit jeder Kehre wurde die Aussicht immer noch grandioser. Der See, die Insel mit dem Kloster aus dem 10. Jahrhundert …

»Angeblich haben Engel das Bauholz in der Nacht zur Insel gebracht«, erzählte Sofie, die das noch von einem ihrer Ferienbesuche wusste. »Seit einigen Jahren dient es als Tagungsort, gerne auch für politische Veranstaltungen.«

»Heit kimmt koa Engel mehr«, kommentierte Joe. »Dafür die Großkopferten von der CSU, weil's grad so schee is.«

Er fuhr langsamer.

»Das müsste es eigentlich sein.«

Der große Hof war weiß getüncht und trug auf seinen braunen Balkonen den üppigen Blumenschmuck der Voralpenregion. Eine Katze sonnte sich auf der Hofbank. Ein brauner Hund kam freundlich angewedelt, als sie ausstiegen.

Joe machte eine knappe Geste. Mit Mick Lorenz und seinem Kollegen war vereinbart, dass sie anrücken sollten, sobald das Handy brummte.

»Hofbauer«, sagte Joe. »Da steht es ja. Erste Etage.«

Er klingelte.

»Ja, bitte?«, kam es nasal aus der Gegensprechanlage.

»Lederer. Mordkommission München. Öffnen Sie bitte, Herr Hofbauer. Wir müssen mit Ihnen reden.«

Nichts geschah.

»Ob er getürmt ist?«, fragte Sofie besorgt.

»Es gibt nur diesen Eingang. Und hinten am Bauernhof sind keine Balkone. Da müsste er sich schon in Luft auflösen können.«

Nach einer Weile hörten sie Schritte, dann ging die Tür auf.

»Was wollen Sie von mir?«

Der Mann sah genauso aus, wie Charly Loessl ihn beschrieben hatte: grau, unauffällig – einer, den man leicht übersehen konnte. Sein Haar war schütter, die Nase spitz. Er trug eine randlose Brille, die seinen hellen Augen etwas Verlorenes gab. Pullover und Hose, beides ebenfalls grau, waren viel zu weit, als ob sie eigentlich einem anderen, weitaus fülligeren Mann gehörten.

»Das würden wir Ihnen gerne drinnen mitteilen.«

Widerwillig trat Hofbauer zur Seite.

»Ich hab mir nichts zuschulden kommen lassen«, sagte er mit hörbarem Trotz in der Stimme. »Ich weiß gar nicht, warum Sie mich hier in aller Herrgottsfrüh aufscheuchen. Wir sind ja noch nicht einmal mit dem Frühstück fertig …«

Mit tapsigen Schritten stieg er vor ihnen nach oben.

»Wer wohnt in der unteren Wohnung?«, wollte Joe wissen.

»Die hat meines Wissens ein älteres Ehepaar aus Köln gemietet. Gesehen habe ich sie allerdings noch nicht.«

»Und oben wohnen Sie?«, fragte Joe nach.

»Ja, zusammen mit meiner Mutter. Wir wollten beide ins Grüne.«

*Oder endlich das Haus mit der eingemauerten Leiche verlassen*, dachte Sofie, die mit kühlem Blick alles wahrnahm, was sie umgab.

Auf einem runden Tisch war für zwei gedeckt. Ein Teller schien benutzt, der zweite wirkte unberührt.

»Sie hat leider wenig Appetit«, erläuterte Hofbauer ungefragt. »Und hinlegen musste sie sich auch schon wieder. Aber sie liebt die Berge so sehr. Und wir hoffen auf die frische Alpenluft …«

Er schien sich innerlich zu straffen. »Wer sind denn *Sie* eigentlich?«

»Das ist meine Kollegin, Frau Dr. Rosenhuth«, antwortete Joe und setzte ohne weiter darauf einzugehen mit seiner Befragung fort. »Sie haben Ihr Haus in der Auenstraße vor Kurzem an einen Herrn Karl Maria von Loessl verkauft?«

»Das ist richtig«, erwiderte Hofbauer. »Ist damit etwas nicht in Ordnung?«

Hofbauer schwitzte. Auf seiner bleichen Stirn bildeten sich winzige Schweißperlchen.

»Wie man es nimmt«, meinte Joe trocken. »Im Keller des Hauses wurde ein eigens neu gemauerter Raum entdeckt.«

»Davon weiß ich nichts.«

Das kam eine Spur zu schnell.

»Wie lange haben Sie denn in diesem Haus gelebt?«, fragte Sofie.

»Zwanzig Jahre. Meine Mutter ist dort nach dem Tod meines Vaters eingezogen. Und sie hat mich gebraucht. Sie braucht mich noch immer.«

Er schniefte.

»Dann muss Ihnen der Umbau im Keller bekannt sein«, sagte Joe.

»Nein, ich weiß davon nichts«, sagte Hofbauer. »Was ist denn damit?«

»Wir haben darin eine mumifizierte Frauenleiche gefunden«, erwiderte nun wieder Sofie. »Nach unseren Erkenntnissen und der speziellen Beschaffenheit des Fundortes könnte sie dort bereits um die acht Jahre gelegen haben.«

»Woher wollen Sie das denn wissen?«

»Ich bin Rechtsmedizinerin. Und in der Regel ziemlich präzise, was die Bestimmung von Fundzeiten betrifft.«

»Wer ist diese Frau?«, schaltete sich jetzt Joe wieder ein. »Und warum haben Sie sie getötet?«

»Ich?«

Hofbauer schien durchsichtig zu werden, jegliches Blut wich aus seinem Gesicht. »Ich habe gar niemanden getötet – niemals. Nicht einmal beim Bund war ich. Kaputter Rücken. So einen wie mich wollten die doch gar nicht. Keiner Fliege könnte ich etwas antun. Schauen Sie mich doch nur einmal an!«

In der Tat war Hofbauer eine eher jämmerliche Erscheinung, eine schwache, gebückte Kreatur, die sich vermutlich niemals richtig entfalten konnte. Aber gerade solche Menschen, wussten Joe und Sofie, waren manchmal zu den grausamsten Taten fähig …

Sofie stand auf. »Ich möchte jetzt Ihre Mutter sprechen, Herr Hofbauer«, sagte sie. »Frau Hildegard Hofbauer, so heißt sie doch?«

»Das wird leider nicht möglich sein«, stammelte Hofbauer. »Ich sagte Ihnen doch bereits, dass sie sich wieder hingelegt hat.«

»Ich störe sie nur ganz kurz«, beharrte Sofie. »Also?«

Er schüttelte den Kopf. »Nein, nein …«

»Doch!«, sagte Sofie, »ich muss. Hier ist das Schlafzimmer, nehme ich an?«

Sie drückte die Klinke herunter und ging hinein.

Einbauschrank, Doppelbett, zwei Nachtkästchen, alles in beigem Schleiflack, was allein schon gruselig genug gewesen wäre. Auf der Fensterseite des Bettes lag eine zugedeckte Gestalt.

*Alpenluft*, dachte Sofie unwillkürlich. *Vielleicht sagt er ja doch in manchen Dingen die Wahrheit?*

»Frau Hofbauer?«

Sie gab sich Mühe, freundlich zu klingen. »Darf ich Sie kurz sprechen?«

Keine Antwort.

Sofie kam näher, während sie Hofbauer hinter sich angstvoll japsen hörte.

Die Gestalt war fest zugedeckt, *zu* fest, wie Sofie dachte, als sie nah genug war. Beinahe, als wollte man …

Sie schlug die Bettdecke zurück – und erstarrte.

Eine Plastikpuppe. Der seitlich eingerissene Mund halb geöffnet, auf dem Kopf eine absurd-graue Kunsthaarperücke. Sie trug ein Nachthemd mit grünen Streublümchen, das fatal jenem ähnelte, das sie an der Mumie asserviert hatten.

Hofbauer lehnte am Türrahmen, von Weinkrämpfen geschüttelt.

»Jetzt haben Sie meine Mutter aufgeweckt«, schluchzte er. »Das dürfen Sie doch gar nicht.«

## 18

## *Dumm gelaufen oder: Ein mieser Ort zum Sterben*

Die Sektion begann wie gewohnt. Äußere Besichtigung der Leiche: Michael Wünsche, 35 Jahre, Größe eins achtzig, Gewicht 75 Kilogramm. Elke Falks Stimme war keinerlei persönliche Emotion anzumerken. Selbst Spike hatte ausnahmsweise auf eine Musikuntermalung verzichtet. Dabei wäre Sofie nach der skurril endenden Landpartie in den Chiemgau durchaus nach etwas richtig Schrägem zumute gewesen: die frühen Nine Inch Nails beispielsweise hätte sie passend gefunden, oder Bowie in seiner düster-genialen »Outside«-Phase …

»Lippenherpes«, diktierte die Falk ungerührt. »Dunkle Pigmentierung an Armen und Beinen.« Sie blickte auf. »Könnte eventuell ein Hinweis auf eine Arsen-Melanose sein.«

Sofies Nasenflügel kribbelten mal wieder. Manchmal konnte ihre Kollegin doch megacool sein.

»Arsen, meinen Sie?«

»Arsen.« Die Falk nickte. »Dazu würden auch die zahlreichen Hyperkeratosen passen. Da, sehen Sie: im Gesicht, auf der Brust, zwischen den Fingern, lauter verdickte weißliche Stellen. Wenn er Pech hatte, muss das überall ganz furchtbar gejuckt haben. Wahrscheinlich war er auch noch impotent.

Armer Kerl – und das mit gerade mal 35! Hatten Sie nicht eine hochschwangere Verlobte erwähnt?«

»Genau«, sagte Sofie, »die hat das alles ja erst ins Rollen gebracht.«

»Wie hart das Schicksal doch manchmal zuschlagen kann!«, seufzte die Falk, und Sofie wunderte sich: Dr. Iglu, wie die Falk nicht ohne Grund auch genannt wurde, heute so menschlich, fast schon mitfühlend?

Sie verstand die Welt nicht mehr. Ihre Chefin musste schwer verknallt sein, eine andere Lösung gab es nicht. Aber wenn es wirklich ein Kerl war, der diese Metamorphose verursacht hatte, dann musste es diesmal wirklich ihr Mr. Wunderbar sein. Und dann würde sie es vermutlich kaum erwarten können, sich öffentlich mit ihm zu brüsten. Sofie musste also nur noch ein wenig Geduld aufbringen …

»Sie könnten recht haben«, meinte sie jetzt zu Elke Falk. »Sein Haar ist am Ansatz ziemlich schütter. Das würde auch dazu passen. Und dazu diese Mees-Querbänder an Finger- und Fußnägeln, mattgrau wie im Lehrbuch. Allerdings kann man die auch nach einer Chemotherapie mit Zytostatika bekommen. Oder wenn man mit Thallium vergiftet wird.«

»Da sagen Sie mir wahrhaft nichts Neues«, nickte die Falk. »Allerdings sind bei dieser Leiche auch alle Binde- und Schleimhäute stark irritiert: Augen, Mund, sogar der Anus.«

Sie eröffnete die drei großen Körperhöhlen; Sofie untersuchte und asservierte mit Spikes Hilfe die Organe.

»Magen: Samtige Schleimhautschwellungen, Rötung, Petechien vorhanden, ebenso wie Erosionen, dazu zäher Schleim«, diktierte die Falk für den Obduktionsbericht. Sie entnahmen einige Proben, dann wurde der Leichnam für die weitere Untersuchung hergerichtet.

»Leberverfettung – das kann natürlich auch von übertriebenem Alkoholgenuss kommen. Dünndarm nur leicht gerötet, eher unspezifisch.«

Elke Falk blickte auf. »Die Kollegen von der Tox sollen die üblichen Testreihen durchführen. Ich bin mir ziemlich sicher, wir werden im Urin auch Eiweißspuren vorfinden. Natürlich müssen wir die Resultate noch abwarten, aber meiner Meinung nach spricht bereits jetzt vieles für einen nicht natürlichen Tod durch Arsenbeibringung.«

»Dann hatte die verzweifelte junge Witwe also recht mit ihrer Vermutung«, sagte Sofie. »Gut, dass sie auf einer Obduktion beharrt hat. Ich gebe ihr gleich Bescheid, sobald wir alle Ergebnisse haben.«

»Tun Sie das«, sagte die Falk gnädig. »Aber bitte ganz, ganz behutsam.« Ihr Blick bekam etwas leicht Entrücktes. »In diesem Zustand kann ja schon die kleinste Aufregung gefährlich sein.«

Jetzt führte sie sich auch noch auf wie eine Mischung aus besorgter Hebamme und Mutter Teresa! Dabei waren einer Elke Falk andere Menschen in der Regel doch so was von schnurzegal.

Ob sie selber schwanger war?

Ein Gedanke, der Sofie zutiefst erschreckte.

Dr. Iglu und ein Baby? – Das würde kräftige Gene brauchen, um diese Mutter zu überstehen …

Unauffällig musterte Sofie die Falk. Nein, das war es wohl doch nicht. Keine Spur von Brustzuwachs oder gar einem Bäuchlein. Die Nervensäge war so dürr wie eh und je.

»Gile Bertram hat gerade ihren Mann verloren«, erwiderte Sofie in nicht minder einfühlsam klingendem Ton. »Ehrlich gesagt wüsste ich nicht, wie das an Aufregung noch zu toppen wäre.«

»Ach, Sie wissen ganz genau, was ich damit sagen wollte! Schlimm genug, dass ich das überhaupt aussprechen muss. Aber Sie haben sich ja bislang nicht gerade durch besondere Feinfühligkeit hervorgetan, Frau Rosenhuth!«

Damit rauschte die Falk hinaus und ließ Sofie nachdenklich zurück.

War sie wirklich so ein emotionaler Trampel, wie dieses Nordlicht ihr unterstellte? Gut, sie trug ihr Herz oft genug auf der Zunge, konnte gut austeilen, wenn es darauf ankam, und gefallen ließ sie sich auch so schnell nix, vor allem nicht von dieser impertinenten Person. Aber davon abgesehen war sie doch wirklich ein sensibles, feinfühliges Wesen, oder nicht?

Zefix! Am liebsten hätte sie lautstark vor sich hin geflucht, als sie wieder in ihrem Kabuff saß, denn der beinerne George verweigerte natürlich mal wieder jegliche Stellungnahme.

Sofies Handy vibrierte.

»Servus, ich bin's, die Maria.«

Ihre Freundin aus Kindertagen klang freundlich und aufgeräumt wie immer. »Der Chef – also, Kardinal Marx – lässt mit freundlichen Grußen ausrichten: Die drei Köpfe werden keineswegs als Reliquien anerkannt. Das sind keine alten Funde; alle Experten waren einhelliger Meinung. Das Erzbischöfliche Ordinariat lässt sie an euch zurückliefern.«

Jetzt schwankte Marias Stimme doch ganz leicht.

»Was passiert denn jetzt damit?«

»Das ganze Programm«, erwiderte Sofie. »Knochenprobe, Zahnbestimmung, Radiocarbondatierung – das geht allerdings nur in Leipzig und dauert in der Regel etwas. Außerdem müssen parallel dazu die polizeilichen Vermisstendaten durchforstet werden.«

»Weil …«

»Weil diese Köpfe zu drei Frauentorsi gehören. Wir müssen herausfinden, wer diese Frauen waren. Und wer wann was mit ihren Körpern angestellt beziehungsweise wer es war, der sie ermordet hat.«

»Ganz schön gruselig.«

Maria Hierlmeier klang plötzlich richtig kleinlaut.

»Meinst du, es war nur ein Täter?«

»Allerdings«, sagte Sofie. »Und dieser Täter ist vermutlich auch noch ziemlich speziell. Auf die Idee, Köpfe vom Körper zu separieren und sie anschließend auf heilig zu trimmen, muss man erst einmal kommen.«

»Sag – soll ich heute Abend vielleicht kurz bei dir vorbeischauen?«, fragte Maria. »Ich hab da nämlich noch so einiges zum Thema Reliquienkult aufgetrieben, was dich vielleicht interessieren könnte. Hergestellt, wenn du so willst – oder besser gesagt: präpariert werden mussten sie ja auch früher, ob heilig oder nicht. Vielleicht hilft das ja weiter bei der Suche nach dem Mörder.«

»Warum eigentlich nicht?«, meinte Sofie, die sich nach diesem aufreibenden Tag zwar auch gern ein bisschen Ruhe gegönnt hätte, mit ihrem süßen Mops, einem guten Essen, einem hervorragenden Glas Wein. Aber Maria würde dabei kaum stören, ganz im Gegenteil.

»Ich find es nämlich super, dass wir zwei uns wieder gefunden haben«, sagte Maria, als hätte sie Sofies Gedanken erraten. »Das hat mich damals schon ziemlich gewurmt, dass wir uns so plötzlich aus den Augen verloren haben, als ich aufs Gymnasium kam.«

»Und mich erst!«, erwiderte Sofie. »Wie ein Paria bin ich mir vorgekommen. Jetzt redet sie nicht mehr mit mir, weil ich zu blöd bin. Genau das hab ich mir damals gedacht.«

»So ein Schmarrn.« Maria lachte. »Du und blöd – niemals! Außerdem sieht man ja jetzt, was aus dir geworden ist: ein echtes Ass!«

»Na dann, bis später!«

Sofie lächelte, als sie das Handy weglegte, und sie lächelte immer noch, als sie das Institut verließ, um draußen ihr Fahrrad aufzusperren. Die Wunde an ihrer Hand war gut verheilt. Sofie war also nicht länger auf die in den Sommermonaten besonders muffigen öffentlichen Verkehrsmittel angewiesen, sondern konnte sich auf der Heimfahrt den warmen Frühsommerwind um die Nase wehen lassen.

Doch sie hatte sich gerade erst auf den Sattel gesetzt, als sich erneut ihr Handy meldete.

»Servus, Spatzl.«

Joes Stimme klang wie aus der Gruft.

»Was ist passiert?«, fragte Sofie besorgt.

»Ein Riesenscheiß, das ist passiert. Wir haben den Hofbauer den ganzen Nachmittag verhört. Ja, es ist seine Mutter, die wir da als Mumie in seinem ehemaligen Haus gefunden haben. Aber er hat sie angeblich nie angerührt. Einfach tot sei sie eines Tages im Bett gelegen. Und weil er von ihrer Witwenpension leben musste, hat er sie dort im Keller eingemauert, statt sie anständig auf dem Friedhof bestatten zu lassen. Fast neun Jahre ist das so gut gegangen. Nur die Nachbarn haben nicht aufgehört, immer mal wieder nach seiner Mutter zu fragen. Irgendwann gingen ihm die Ausreden aus, da hat er Panik bekommen und wollte nur noch raus aus dem Haus. Deshalb hat er es dann schließlich auch an Loessl verkauft.«

»Glaubst du ihm?«, fragte Sofie. »Das mit dem natürlichen Tod kann auch eine reine Schutzbehauptung sein. Nach all der Zeit sieht man ja fast nichts mehr. Vielleicht hat er ja doch irgendwie nachgeholfen, auch wenn es keine verdächtigen Spuren mehr gibt?«

»Kann schon sein, ja …«

»Joe? Bist du noch dran? Die Verbindung ist grad so schlecht. Dann müsst ihr ihn halt noch einmal in die Mangel nehmen, bis er mehr ausspuckt. Das ist doch die leichteste Übung für euch.«

»Genau das haben wir doch auch versucht. Wir haben ihn in die Ettstraße gebracht und dort zum Nachdenken in eine Zelle gesperrt. Das hilft oft, aber leider nicht bei ihm.«

»So stur?«

»Aufgeregt hat er sich, als wäre er nicht mehr ganz bei Sinnen. Er sei doch kein Muttermörder, hat er immer wieder gesagt – niemals! Schier ausgerastet ist er, aber wir dachten, der beruhigt sich schon wieder. Von wegen …«

»Jetzt sag endlich«, drängte Sofie, »was ist passiert?«

»Aufgehängt hat er sich, der Hofbauer.«

»In seiner Zelle?«

»Ich hatte gleich ein ungutes Gefühl, deshalb haben wir natürlich seinen Gürtel einkassiert und die Schnürsenkel gleich mit dazu. Aber wer denkt schon an die Hose? Die haben wir ihm natürlich gelassen.«

»Der Hofbauer hat sich mit seiner Hose stranguliert? Ich fass es nicht!«, stöhnte Sofie. »Was meinst du: Ist das vielleicht auch so eine Art Schuldeingeständnis?«

»Mag sein. Oder eben nicht. Jedenfalls drehen sie jetzt hier alle fast durch. Kannst du bitte gleich mal in der Ettstraße vorbeikommen und ihn dir anschauen?«

»Mach ich«, sagte Sofie, schwang sich vom Rad und ging zurück ins Institut, um den Notfallkoffer zu holen.

Als Sofie in der Ettstraße ankam, hatten Beamte den Erhängten schon vom Fenster abgenommen und auf den Zellenboden gelegt. Grauer Mann, graue Wände, grauer Boden, graue Liege, schäbiges Metall-WC ohne Deckel. Es stank durchdringend nach Urin und Kot. Hofbauer hatte sich einen miesen Ort zum Sterben ausgesucht.

»Unregelmäßige Strangfurche, die oberhalb des Kehlkopfes verläuft und an beiden Seiten zum Hinterkopf steil ansteigt«, diktierte Sofie. »Massive Punktblutungen in den Augenlidern, den Augenbindehäuten und der Hinterohrregion. Speichelfaden aus dem rechten Mundwinkel, senkrecht nach unten …«

Sofies Stimme klang ungewohnt matt.

Das war nun wirklich nicht der erste Erhängte, den sie untersuchte, aber die Trostlosigkeit eines solchen Endes setzte ihr immer noch zu.

Auch Joe wirkte mitgenommen. Für die Presse waren solche Ereignisse ein gefundenes Fressen. Und kein Beamter der Kriminalpolizei rückte gern auf diese Weise ins Zentrum ihres Interesses.

»He«, sagte Sofie leise zu ihm. »Der Hofbauer *war* ein Spinner. Du hast doch die komische Puppe gesehen. Wer weiß, vielleicht hat er ja schon länger über einen Suizid nachgedacht, und seine Festnahme heute war nur noch der letzte Auslöser.«

Joe zuckte die Achseln. Zu trösten schien es ihn kaum.

»Ich brauch jetzt ein Weißbier«, meinte er. »Du auch, Sofie?«

»Zu mir kommt nachher noch die Maria«, antwortete sie, »und dann brauche ich nur noch meinen Mops und meine Ruhe. Sei mir bitte nicht bös. Morgen vielleicht?«

Jetzt klang sie wieder ganz offiziell: »Wir machen ihn auf, gleich morgen früh. Den Bericht bekommt ihr dann so schnell wie möglich.«

19

# Welche Farbe hat das Glück?

Das mit Murmel wäre fast noch schiefgegangen. Dabei hatte Elke Falk sich so beeilt. Flotter als diese dralle Weißwursttussi auf dem Fahrrad war sie mit ihrem schnellen Schlitten allemal. Allerdings hatte sie Giesing mit seinen Ministraßen unterschätzt, wo ständig rechts vor links galt und man zudem auf Fußgänger aufpassen musste, die eher über die Straße zu kriechen schienen, statt sie flott zu überqueren.

Diese Bayern!

Plötzlich musste sie grinsen.

Da hatte sie jahrelang mit ihnen gehadert – und nun war sie gerade dabei, sich Hals über Kopf in einen zu verlieben.

Alex. Alex. Alex.

Seinen Namen hatte sie schon im Blut. Wie ein treibender Beat hämmerte er in ihr. Köstliche kleine Schauer überliefen sie. Dabei war noch so gut wie nichts gelaufen zwischen ihnen.

Was sich heute allerdings ändern sollte …

Dafür lohnte sich jeder Einsatz. Selbst wenn das bedeutete, vor Rosenhuths Tante buckeln zu müssen, die ihr noch nie ganz geheuer gewesen war. Wer war sie denn, diese Ilmberger? Eine einfache Hausmeisterin. Aber wie die schauen konnte!

Im Moment sah die Tante sie besonders durchdringend an und hielt die Arme wie einen abwehrenden Panzer vor der Brust verschränkt.

»Die Sofie hat mir gar nix davon g'sagt, dass der Murmel heit zu Eahna soi.«

»Das konnte sie auch nicht.«

Elke Falk rang um die passenden Worte.

»Das ist uns beiden nämlich erst spontan im Institut eingefallen. Kann ich ihn jetzt bitte mitnehmen? Bin nämlich ein bisschen in Eile!«

»So, so, spontan. Und eilig sois aa no sei …«

Der kleine Mops schoss an ihr vorbei und begrüßte Elke stürmisch: Balsam für deren aufgeregtes Gemüt.

»Sehen Sie, wie er sich freut? Höchste Zeit, dass wir beide mal wieder zusammen sind. Jetzt bräuchte ich nur noch seine neue Leine. Sie wissen schon, die mit dem aparten Leodesign …«

»Nix da! Die Sofie wui, dass der Murmel a ganz a normales Zamperl bleibt. Sie können die blaue ham oder gar koane.«

Notgedrungen entschied sich die Falk für die blaue, verfrachtete den Hund ins Auto und düste mit ihm nach Neuhausen. Zum Glück gab es einen Parkplatz fast vor der Tür – die Wohnung hatte sie ja gestern schon auf Vordermann gebracht.

*Ich liebe alte Dinge …*

Zwei Stunden lang hatte sie auf dem Speicher in den Kisten ihrer verstorbenen Mutter gekramt und dort noch ein paar echte Preziosen gefunden, die jetzt wirkungsvoll ins Gesamtambiente integriert waren – zwei Leuchter aus Murano, ein ziseliertes Silberkästchen, zwei Biedermeierrahmen, die sie mit Fotos von Murmel bestückt und dekorativ in den Flur gehängt hatte.

Ob ihm das gefallen würde?

Ob *sie* ihm gefallen würde?

Du meine Güte, sie zitterte ja vor Aufregung!

Welche Farbe hat das Glück?, sinnierte sie unter der Dusche. Wie lange schon hatte sie nicht mehr solche romantischen Gefühle gehabt? Jetzt überfielen sie sie umso heftiger. Und wie würde es erst sein, wenn sie ihren Gefühlen endlich ganz freien Lauf lassen konnte?

Frisch geduscht, gecremt, gepudert und parfümiert warf sie einen letzten prüfenden Blick in den Spiegel: Ja, sie konnte sich durchaus sehen lassen: zum Anbeißen appetitlich sah sie aus. Das Kleid für diesen besonderen Anlass hatte sie sich auch schon gestern bereitgelegt: puderrosa, sündteuer – und so leicht abzustreifen wie sonst nichts …

Ein Stoff, so zart wie ein Hauch. Als sie hineinschlüpfte, schien er ihre Haut geradezu zu liebkosen. Ein Part, den Alex dann gern übernehmen durfte …

Elke strich sich das Haar aus der Stirn. Nichts musste. Alles durfte.

Ein Mann wie Alex brachte ihre Fantasie in Schwingung. Wie lange hatte sie darauf gewartet!

Die Gläser standen bereit. Oliven und Grissini zum Naschen ebenso – falls sie überhaupt noch dazu kommen würden.

Murmelchen hatte sich gerade erst neben der Couch zusammengerollt – ein Anblick, den die Falk zu sehr liebte! –, als der melodische Gong ertönte, den sie sich gleich nach dem Einzug hatte einbauen lassen. Sie zählte bis sieben, dann ging sie in den Flur und öffnete die Tür.

»Da sind wir, meine Schöne! Wenn du willst, gehören wir nun ganz dir.«

Heute war seine Rose gelb, mit jenem dunkleren Herz in tiefem Rot, das sie so sehr mochte.

Ob er wirklich Gedanken lesen konnte?

»Willkommen«, sagte sie und nahm die Rose entgegen. »Ich hab mich schon den ganzen Tag auf euch beide gefreut – und Murmel natürlich auch!«

Wie auf Kommando erschien der kleine blonde Mops neben ihr. Lady begann zu wedeln, und Elke genoss den besitzergreifenden Blick, den Alex über sie gleiten ließ.

Ja, dachte sie. Ja, ich will …

20

# *Die richtigen Fragen*

Ich bin ja so froh, dass du mitkommst zu den Architekten«, sagte Joe, nachdem Sofie neben ihm im Dienstwagen Platz genommen hatte.

»Das hatte ich der Witwe von dem Wünsche doch versprochen. Sie musste übrigens gestern in die Klinik – vorzeitige Wehen. Sicher die Aufregung. Aber heute darf sie schon wieder nach Hause.«

Schnittig fuhr Joe in den Altstadttunnel.

»Und der Hofbauer?«, erkundigte er sich. »Habt ihr bei der Sektion noch was Spannendes herausgefunden?«

»Allerdings«, erwiderte Sofie. »Ein Karzinom im Dickdarm, fast so groß wie eine Kinderfaust. Der hätte eh nicht mehr lang gelebt, so oder so. Und trotzdem ...« – sie zögerte.

»Du meinst, er hat doch seine Mutter aufm Gewissen?«

»Möglich. Aber jetzt bleiben uns nur Spekulationen, es sei denn ...«

Ihr schien auf einmal etwas eingefallen zu sein.

»Vielleicht müsst ihr noch einmal in seine Wohnung. Es könnte ja sein, dass er etwas Schriftliches hinterlassen hat, so schräg wie der drauf war.«

»›Heute bring ich meine Mutter um!‹ – so etwas in der Art?«

Joe verzog den Mund. »Das gibt's doch nur im Fernsehen, Spatzl!«

Da hatten sie auch schon den goldenen Friedensengel erreicht. Im Frühling, mit dem ersten Leuchten der Blätter an den Bäumen, war die Fahrt zu ihm hinauf besonders schön. Jetzt waren die Blätter schon deutlich dunkler, aber Sofie mochte diesen Ort hoch über dem Isarfluss zu jeder Jahreszeit.

»Versuchen würde ich's trotzdem«, beharrte sie. »Der Typ war schließlich jahrelang mutterseelenallein – im wahrsten Sinn des Wortes. Und so eine versteckte Leiche, das drückt doch ganz ordentlich auf die Seele, oder?«

»Mal sehen«, lenkte Joe ein. »Vielleicht finden wir bei der Gelegenheit ja auch gleich heraus, ob es Erben gibt. Falls ja, könnte es nicht uninteressant sein, die auch mal zu befragen. Immerhin geht es um einen ordentlichen Batzn Geld, nach dem Verkauf des Hauses an den Loessl. – Mei, wie der jetzt rumschleicht! Wia a Schluck Wasser in der Kurvn, nachdem er des ois erfahrn hat. In der Wohnung is er kaum noch, und des is mir aa ganz recht so. Es werd eh Zeit, dass der ganze Schmarrn ein Ende hat!«

Charly! Wie sehr hatte sie ihn vernachlässigt! Sofie nahm sich sofort vor, sich wieder mehr um ihn zu kümmern. Gleich heute noch wollte sie damit beginnen, egal was Joe davon halten würde.

Zefix, diese zwei! Auf was hatte sie sich da nur eingelassen?

»Lucile-Grahn-Straße«, sagte Joe. »Jetzt sind wir gleich da.«

»Ist die Maria gestern eigentlich noch lang geblieben?«, fragte Sofie unvermittelt.

»Gar ned.«

Joes Antwort kam wie aus der Pistole geschossen.

»Wir haben nur noch ein letztes Glas Wein getrunken. Weil du ja unbedingt schon ins Bett wolltest – und leider nicht in meins.«

Angriff als Verteidigung. Musste sie jetzt doch stutzig werden? Er sollte nur nicht glauben, dass sie auf der Brennsuppn dahergeschwommen wäre …

Sofie hatte sich gestern mit ihrer alten Schulfreundin in den Hof gesetzt, weil der Abend gar so einladend lau war. Eine kleine Bank stand dort schon seit Jahren unter der alten Linde. Und in diesem Frühjahr hatte Flo, Vronis liebenswertes Gschpusi, einen einfachen Tisch dazu gezimmert. Ein paar Klappstühle vervollständigten das Ensemble: der schönste kleine Biergarten der Stadt, ebenso romantisch wie gemütlich. Gebannt hatte Sofie Maria zugehört, was sie über mittelalterliche Schädelpräparierungen, über Abfleischen, Fäulnismazeration und Fliegenmaden wusste, alles garantiert original in uralten Klosterbibliotheken erkundet, als sich Joe ungefragt dazugesellte. Sitzfleisch hatte er ja schon immer bewiesen. Aber gestern war er ganz besonders hartnäckig gewesen.

Und Maria?

Die hatte auf einmal ständig die Finger in den Locken gehabt, auffallend oft ihr perlendes Lachen hören lassen und mit dem silbernen Herzanhänger gespielt, der verheißungsvoll zwischen ihren Brüsten baumelte.

Joe gefiel ihr, keine Frage. Aber wie gut gefiel Maria Joe?

»Ich mag die Maria«, sagte Joe beim Aussteigen, als hätte er ihre Gedanken erraten. »Die ist so lustig und stinknormal. Und schlau ist sie noch dazu. Ganz schön schlau, sogar.«

Im Gehen legte er seinen Arm um Sofies Schultern.

»Aber an dich kommt doch keine andere heran. Es gibt also gar keinen Grund zur Eifersucht, Sofie!«

Sie lächelte, nicht vollständig überzeugt, und machte sich frei.

»Jetzt werden wir erst einmal wieder dienstlich«, sagte sie. »Du nimmst dir die Architekten vor, und ich achte mal darauf, was und wie sie auf deine Fragen reagieren. Okay?«

»Okay!«

*Prof. Dr. Wegener & Partner – Architekten* verkündete ein geschmackvolles Kupferschild neben dem Klingelblock. Bald nachdem sie geläutet hatten, öffnete sich die Haustüre, und sie gingen hinein.

Der gläserne Aufzug war bestimmt nachträglich in das cremefarben gestrichene Jugendstiltreppenhaus eingebaut worden. Sofie und Joe nahmen trotzdem lieber die Treppen hinauf in den zweiten Stock, wo sie der Chef höchstpersönlich an der Tür zu seinem Büro erwartete: grau melierter Löwenkopf, römische Nase, helle Augen hinter einer Brille mit Horngestell, denen nichts zu entgehen schien.

»Wegener«, sagte er knapp. »Ich hoffe, Sie werden uns nicht allzu lang aufhalten, Herr Hauptkommissar. Wir stecken mitten in engen Terminvorgaben.« Sein nicht gerade freundlicher Blick glitt zu Sofie hinüber. »Und das ist …?«

»Meine Kollegin Frau Dr. Rosenhuth, Herr Professor«, sagte Joe. »Je besser Sie alle hier kooperieren, desto schneller sind Sie uns wieder los.«

»Dann kommen Sie mal.«

Das Büro befand sich in einer dieser rar gesäten Altbauwohnungen, wie es sie in München nur in ausgesuchten Stadtvierteln gibt: Nymphenburg, Neuhausen, Schwabing, in der Nähe der Theresienwiese – und eben rund um den Prinzregentenplatz. Verschwenderisch große Zimmer, hohe Stuckdecken, Flügeltüren, altes Parkett, das leise knarzte, wenn man es beschritt. Zum Wohnen ein Traum – allerdings fast unbezahlbar. Auch und gerade als Büro ein absolutes Prestigeobjekt: *Wir sind wer*, signalisierte hier jeder Raum. *Uns muss man sich leisten können.*

Graue Konferenztische mit Softdrinks, edle Freischwinger, lederbezogen, coole Designerlampen.

*Schick, aber kalt*, dachte Sofie. *Wie dieser grauhaarige Typ, der hier alles kommandiert.*

»Wie wollen wir denn nun vorgehen?«, erkundigte sich der Professor betont sachlich.

»Wie viele Leute arbeiten denn in Ihrem Team?«, fragte Joe zurück.

»Acht – bis vor wenigen Tagen. Nach Wünsches plötzlichem Ausscheiden sind wir nur noch zu siebt.«

*Ausscheiden. So, so. Interessante Art, einen Tod zu beschreiben*, dachte Sofie.

»Alles Männer?«

Sie konnte sich die Frage einfach nicht verkneifen.

»Natürlich«, antwortete der Professor prompt. »Ohne Stutenbissigkeit funktioniert ein Büro doch um einiges reibungsloser. Ich arbeite schon seit Jahren nur noch so. Nur jemanden, der das Telefon bedient, Rechnungen schreibt und den Kaffee bringt, braucht man eben doch.«

Seine Lippen ein dünner Strich.

»Möchten Sie Kaffee?«

»Danke, nein«, sagten Joe und Sofie wie aus einem Mund, und in diesem Moment liebte sie ihn fast wieder wie früher.

»Wir fangen mit Ihnen an, und dann schicken Sie uns die Kollegen jeweils zu zweit«, sagte Joe.

»Wenn es denn sein muss. Allerdings fürchte ich, ich werde nicht viel dazu beitragen können …«

Was sich leider bestätigte. Michael Wünsche war seit fünf Jahren im Büro gewesen, ein fleißiger, durchaus talentierter Architekt, allerdings ohne »genialische Höhenflüge«, wie der Professor sich ausdrückte. Erst beim letzten Projekt, einer Mehrzweckhalle, hätte er plötzlich ungewohnten Ehrgeiz entwickelt.

»Das war der Biss, auf den ich gewartet hatte. Doch dann ging es plötzlich gesundheitlich mit ihm bergab. Wünsche war blass und müde, ihm war ständig übel, die Leistung sank. Private Probleme, sagte er mir, als ich ihn zur Rede stellte. Er scheint eine sehr fordernde Partnerin gehabt zu haben, die ihm einiges abverlangte.«

»Herr Wünsche soll hauptsächlich Cola getrunken haben«, mischte Sofie sich ein.

Wegener sah sie an, als hätte sie den Verstand verloren.

»Sehen Sie, genau das ist der Grund, warum ich so ungern mit Frauen arbeite«, meinte er an Joe gewandt, als wäre Sofie gar nicht mehr anwesend. »Weil sie Wichtiges nicht von Unwichtigem unterscheiden können!«

»Wenn Sie sich da mal nicht täuschen.«

In Sofies Stimme blitzte blanker Stahl.

»Bei der Obduktion des Leichnams haben wir eindeutige Spuren einer Arsenvergiftung an mehreren Organen festgestellt. Die anschließenden Laborbefunde haben diese Erkenntnis weiter bestätigt. Ihr Mitarbeiter ist vergiftet worden, Herr Professor Wegener. Fragt sich nur, wo und von wem.«

Jetzt schien dem Professor sein Verhalten auf einmal doch

peinlich zu sein. Ungesunde Röte überzog sein Gesicht, auf dem nun deutliche Unterlagerungen erkennbar wurden – unterschiedlich große Schwellungen, als sei Eiweiß hässlich unter der Haut gestockt.

»Dann sind Sie also …«

»Fachärztin für Rechtsmedizin, genau«, antwortete Sofie knapp. »Wir werden übrigens immer mehr Kolleginnen. Weil wir Mädels einfach die besseren Abinoten haben und deshalb vermehrt zum doch recht anspruchsvollen Medizinstudium zugelassen werden. Wenn Sie meine Frage nun bitte beantworten würden?«

Ja, der Professor würde nun gerne gewollt haben – aber, nein, er hatte nichts gesehen. Nicht einmal das mit der Cola war ihm aufgefallen. Ähnliches galt für Tim Leonberg und Ulrich Wartmann, zwei arbeitsame Jungspunde, denen Wünsches Tod zumindest irgendwie nahezugehen schien.

»War eigentlich voll in Ordnung, der Michel«, meinte Leonberg. »Nur immer unter Druck. Hatte sich vielleicht auch ein bisschen zu viel aufgehalst: der Wettbewerb, das Kleine im Anflug – und dann auch noch die Wohnungsrenovierung. Keine Ahnung, was er am liebsten getrunken hat. Da müssen Sie den Haslwarter fragen. Der arbeitete mit ihm im gleichen Zimmer.«

Roland Haslwarter hatte ein Fuchsgesicht und war von Anfang an auf der Hut. »Jetzt kommen Sie auch noch mit dem Schmarrn an«, sagte er unwirsch. »Damit war doch schon Michels Verlobte unterwegs. Wie soll ich ihm denn was in seine Cola getan haben? Der hat die doch immer aus so einer komischen Plastikflasche genuckelt, wie ein Baby. Die Tragl mit den Softdrinks stehen bei Betty, unserer Sekretärin. Da nimmt sich jeder, was er mag.«

»Der Michel kam oft schon mit seiner Cola hier an«, sagte Betty Huber. »Ich glaub, der hat die bereits zum Frühstück inhaliert, damit er nicht so müde ist. Gemocht haben wir ihn hier eigentlich alle – ein feiner Kerl.«

Zuletzt waren die sogenannten Alphatiere dran, Frank Gehrung und sein jüngerer Bruder Jost, die den Alten mit ähnlichen Brillen und gleichem Gehabe imitierten – Gehrung I und Gehrung II wurden sie von den Kollegen genannt.

»Netter Typ, der Wünsche«, meinte Gehrung I, »kreativ, aber leider nicht wirklich belastbar. Seine Grundidee für den Wettbewerb war okay, vielleicht sogar mehr als nur okay, aber dann zeigten sich bald die ersten Schwächen.«

»Und wir beide müssen die Karre jetzt aus dem Dreck ziehen«, schaltete sich Gehrung II ein und bleckte die Zähne. »Sonst kommt nämlich ein anderes Team zum Zug. Und das wollen wir nicht. Verlieren gibt's bei uns nicht. Niemals!« Auch Gehrung I bleckte nun die Zähne. »Wenn Sie uns jetzt entschuldigen würden …«

»Puh!«, stöhnte Sofie, als sie wieder draußen waren. »Ganz schön viel Testosteron auf einem Haufen – ich glaub, ich muss erst einmal durchschnaufen! Die sind echt heftig drauf, diese Jungs – aber die waren es nicht. Keiner von denen. Vor lauter Hecheln und Buckeln kommen die doch zu gar nichts anderem mehr …«

»Aber irgendjemand muss Wünsche das Arsen doch zugeführt haben«, sagte Joe. »Und so, wie's aussieht, schön langsam, in kleinen, wohldosierten Portionen. Sonst wäre er doch auf einen Schlag gestorben, oder?«

»Richtig«, bekräftigte Sofie. »Da gibt's nur eines: noch einmal die trauernde Witwe befragen.«

»Gleich?«, fragte Joe.

»Warten wir besser bis morgen«, sagte Sofie. »Sie kommt doch heute erst aus der Klinik.«

Joes Handy meldete einen Anruf. Er nahm das Gespräch an.

»Ach?«, sagte er nach einer Weile. »Das ist ja interessant. – Ja, mach ich. Servus!«

»Was vom Fall?«

»Genau. Aber nicht von diesem. Jetzt konnte doch noch ein bisschen DNA an der Kleidung des überfallenen Mesners sichergestellt werden. Und siehe da: Es ist einer aus unserer Kartei. Sepp Keidel, vorbestraft wegen Raub, Hehlerei und schwerer Körperverletzung. Zuletzt gemeldet im Westend. Und weißt du, was das Allerbeste daran ist, Sofie?«

Sie sah ihn erwartungsvoll an.

»Der hat sich für ein paar Monate mit dem Auerbach, unserer Flaucherleiche, die Zelle in Stadelheim geteilt.«

# 21

## *Männer!*

»Manchmal mag ich einfach nicht mehr!«

Mit einem tiefen Seufzer streckte Joe die Beine von sich.

»Solche Tage kannst du einfach nur abhaken. Da glaubst du, du hast endlich eine heiße Spur – und dann verpufft alles im Nichts, weil der Dreckskerl sich schon längst aus dem Staub gemacht hat!«

Charly stand am Herd und hörte ihm aufmerksam zu, während er gleichzeitig mit Töpfen und Pfannen hantierte. Nudelwasser blubberte, eine grüne Kräutermasse duftete verführerisch.

»Magst mir was erzählen? Kann manchmal ganz guttun«, sagte er zu Joe.

»Ausgerechnet dir?«

»Warum nicht? Wenn wir schon WG-Genossen sind, rein übergangsweise natürlich …«

Charly steckte einen Löffel in die grüne Sauce und kostete. »Ich glaube, mein neues Korianderpesto wird ganz ordentlich. Das könnte sogar dir munden.«

»Mordfälle sind bis zur Aufklärung Verschlusssache. Das müsstest du als Gerichtsreporter doch eigentlich wissen.«

Schwungvoll drehte sich Charly zu ihm um.

»Das weiß ich natürlich. Außerdem sind unsere Spaghettini gleich so weit. Ich hab uns einen kleinen Tomatensalat mit Basilikum dazu gemacht. Also brauchen wir zwei große Teller und zwei kleine. Wenn du bitte so freundlich wärst? Ach ja, und Gläser brauchen wir natürlich auch!«

»Du hast für mich mitgekocht?«

Joe erhob sich zögernd, um das Gewünschte aus dem Schrank zu holen. Der stammte noch aus den Anfängen ihrer Ehe und hatte Sofies heiße Berliner Jahre in Tante Vronis Keller überstanden. Was für ein hirnverbrannter Hirnochse er damals doch gewesen war, sie überhaupt ziehen zu lassen! Wäre alles noch so wie früher, würde jetzt nicht dieser adelige Schnösel am Herd herumfuhrwerken, mit dem er sich immer wieder um Sofies Gunst streiten musste. Aber: Jammern war nutzlos. Jetzt musste er mit dem Schlamassel fertigwerden, den er sich selbst eingebrockt hatte …

»Für dich *und* mich. Für eine Person allein ist Kochen immer so langweilig. Nur was ganz auf die Schnelle, sommerliche Nudeln, im Handumdrehen fertig. Eigentlich bloß ein Vorwand, um diesen grandiosen Wein zu trinken. Einen 2015er *Cadia Chardonnay barrique* aus dem Piemont – der rollt so süffig auf der Zunge, dass du quasi noch das Holzfass schmeckst, in dem er gereift ist.«

Charly goss zwei Fingerbreit Wein in die Gläser, die Joe auf den Tisch gestellt hatte.

»*Salute!*«, sagte er und erhob sein Glas. »Auf dass euch alle Mörder schnell ins Netz gehen mögen.«

»Zum Wohl.«

Joe nickte anerkennend, nachdem er probiert hatte. »Den kann man trinken.«

»Da bin ich aber froh«, meinte Charly mit einem verschmitzten Grinsen. »Ich hab zum Glück gleich mehr als eine Flasche mitgenommen. Und jetzt lass dir das Essen schmecken!«

Für eine Weile wurde es still in Sofies kleiner Küche, und man konnte den Eindruck gewinnen, sie säße unsichtbar mit am Tisch. Tatsächlich war sie aber in Vronis gemütlicher Erdgeschosswohnung im Vorderhaus, wo sie sich um ihre Tante kümmerte, die heute in ihrer tiefsten Empörung über den dreisten Kapellendiebstahl in Harlaching so dynamisch zur Gottesmutter von Mariahilf gepilgert war, dass sie sich auf der Steige doch glatt den Fuß vertreten hatte. Der gute Flo war natürlich längst tröstend an ihrer Seite, bewaffnet mit essigsaurer Tonerde, Brezn, Grillhendl und Speiseis, damit nur ja niemand aus der Familie verhungern musste. Aber die Patientin war ungewöhnlich empfindlich gewesen und hatte ganz besonderen Wert auf Sofies Beistand gelegt, »wenn ma scho a echte Ärztin in der Familie hat«.

»Ned schlecht.«

Joes Teller waren im Nu wie blank geputzt. Einen Nachschlag hätte er gern auch noch genommen, aber Charly hatte nicht mehr als zwei große Portionen zubereitet.

»Zufrieden klingt das aber nicht gerade«, erwiderte Charly leicht amüsiert.

»Nein, weil du sie genau mit so was rumkriegen willst!«

Joe leerte sein Glas in einem Zug, Charly schenkte nach.

»Mit deiner Kocherei, den exquisiten Weinen und dem ganzen kulturellen Brimborium. Reiseerinnerungen hier, Opernbesuche da. Ausstellungen – als ob sich meine Sofie früher für so was interessiert hätte! Du bist wieder an ihr dran, aber so was von. Denkst du vielleicht, i merk des ned? Für so blöd darfst du mich aber nicht halten!«

Charly lehnte sich im Stuhl zurück.

»Deine Exfrau hat mich vom ersten Moment unseres Kennenlernens verzaubert«, gestand er bereitwillig. »Wenn du es schon so genau wissen willst. Sofies Mischung aus Weiblichkeit, Humor, Gefühl und blitzschnellem Verstand ist für mich eine atemberaubende Rarität. Und ich liebe nun mal Raritäten!«

»Liebst du sie?«, fragte Joe.

»Das würde ich Sofie dann doch lieber direkt sagen, falls du nichts dagegen hast.«

»Hab ich aber!«

Joe beugte sich weit über den Tisch und ballte die Fäuste. »Und zwar ganz gewaltig! Die Sofie und ich, wir gehören nämlich zusammen, immer schon! Was meinst du, warum wir damals so jung geheiratet haben? Weil wir zwei füreinander bestimmt sind!«

»Und als ihr dann ein wenig reifer wart, kam die Scheidung.«

Charly ließ sich nicht aus der Ruhe bringen.

»Weil Menschen sich im Lauf des Lebens entwickeln und verschiedene Wege nehmen können. Das habe ich ja selbst mit meiner Laura schmerzlich erleben müssen, wie so etwas laufen kann.«

»›Das Schicksal geht mit uns wie mit Pflanzen um‹, sagt Jean Paul. ›Es macht uns durch kurze Fröste reifer.‹«

»Hör mir auf mit deinen Sprüchen!«

Joe stand so abrupt auf, dass sein Stuhl fast umgefallen wäre. »In unseren Berufen müssen Sofie und ich uns tagtäglich dem ganz normalen Wahnsinn widmen. Ich jag Mörder, sie schneidet Leichen auf. Mit Schicksal hat das vielleicht weniger zu tun als mit ganz banalen menschlichen Schwächen.

Mit Hass, Neid und Missgunst. Gier, verletzte Eitelkeit. Gescheiterten Beziehungen. Uns geht es dabei vor allem um die Gerechtigkeit. Darum, dass die Schuldigen gefasst und bestraft werden, auch wenn ihre Opfer dadurch nicht wieder lebendig werden!«

»Aber es gibt doch auch ein Leben jenseits des Berufs«, widersprach Charly. »Die Sofie ist ein sinnenfroher Mensch, erfreulich neugierig und offen zu allen Seiten. Genau das mag ich doch so an ihr.«

Jetzt nahm er ebenfalls einen großen Schluck Wein, während auf Joes Stirn immer noch das dicke Fragezeichen stand, das er mit dem Wort »sinnenfroh« verknüpfte.

»Außerdem ist die Sofie doch ohnehin immer diejenige, die die Entscheidung trifft«, fuhr Charly fort. »Sie allein bestimmt, ob etwas mit einem Kerl läuft und was genau, und zwar innerhalb von Sekunden. Alles längst wissenschaftlich belegt. Wir Männer können nichts daran ändern. Das Einzige, was uns bleibt, ist, uns redlich anzustrengen.«

Jetzt begann er breit zu grinsen.

»Und wenn du wissen willst, ob ich bereit bin, mich für die Sofie ordentlich anzustrengen, dann sage ich dir hier und heute: Ja, das bin ich. Und zwar mit allem, was mir zur Verfügung steht – Reisen, Opernbesuche und Kochkunst inklusive!«

Joe sah ihn wütend an. »Eigentlich sollte ich dich jetzt hochkant aus der Wohnung schmeißen – aus Sofies Wohnung, wohlgemerkt. Aber weißt du was? Deine Ehrlichkeit imponiert mir irgendwie. Da weiß ich wenigstens, woran ich bin. Und dass ich alles dafür tun werde, dass dieses hirnrissige Hin und Her endlich ein Ende hat, versteht sich ja wohl von selbst.«

»Na wunderbar.«

Charly hob abermals sein Glas. »Möge sie sich also für den Richtigen entscheiden: für mich.«

»Von wegen«, protestierte Joe. »Und überhaupt: Mir reicht's jetzt. Ausg'redt is …!«

Eine Weile saßen sie still am Tisch, sahen auf ihre leeren Teller und tranken immer wieder einen Schluck.

»Jetzt, wo alles klar ist zwischen uns«, sagte Joe, »verrate ich dir doch noch was. Der Mike und ich, wir waren heut noch einmal in der Wohnung von dem toten Hofbauer im Chiemgau.«

»Der sich in seiner Zelle erhängt hat«, sagte Charly, »ich weiß. Schrecklich, trotz allem! War das ein Schuldbekenntnis, weil er seine Mutter vielleicht doch auf dem Gewissen hat? Gibt es da neue Erkenntnisse?«

»Spuren hat man jedenfalls keine mehr an der Toten gefunden. Sie hat ein ordentliches Testament gemacht, das ihren Sohn begünstigt. Interessant daran: Der Erhängte war zwar der nächste, aber nicht der einzige Verwandte. Es gibt da noch eine Cousine zweiten Grades oder so was in der Art, die ist weiter hinten im Testament aufgeführt, für den Fall der Fälle. Der ist jetzt ja eingetreten, und sie erbt alles. Vielleicht weiß die noch mehr über das seltsame Verhältnis von Mutter und Sohn: Erst mauert er ihre Leiche jahrelang im Keller ein – und dann legt er sich eine Gummipuppe als ihr Double ins Bett!«

»Gut möglich«, pflichtete Charly bei. »Vorausgesetzt, es gab da einen engeren Kontakt. Wo lebt die Frau denn?«

»Ganz hier in der Nähe. Karin Augustin heißt sie, gemeldet ist sie in der Untersbergstraße.«

Er musterte Charly.

»Was schaust du denn so kariert? Hab ich was Verkehrtes gesagt?«

»Nein; aber …«

Charly schüttelte den Kopf. »Das kann doch gar nicht sein!«

»Was kann nicht sein?«

Joe wurde ungeduldig.

»Karin Augustin«, sagte Charly, »ist Spike Moosbichlers Mutter. Sie war bei der Isartaufe ihrer kleinen Enkelin mit dabei – eine nette, sehr attraktive Frau.«

»Die heißt Augustin, nicht Moosbichler!«, korrigierte Joe augenrollend. »Oder sprech ich vielleicht so undeutlich?«

»Nein, nein: Karin Moosbichler hat nach dem Tod von Spikes Vater noch einmal geheiratet – und zwar einen Herrn Augustin. Inzwischen sind die beiden längst wieder geschieden, den Namen hat sie aber behalten.«

»Und wieso weißt du das alles so genau?«

»Ich war bei ihnen zu Hause, damals, als Shirin nichts mehr mit Spike zu tun haben wollte, weil sie dachte, er sei ein Dealer, der ihren Bruder Aram zum Drogenkonsum verführt und anschließend immer weiter beliefert hat. Vollkommen aufgelöst hat Mama Karin mir bei Tee und Kuchen Spikes ganze Biografie erzählt – und ihre gleich mit dazu. Deshalb weiß ich darüber Bescheid.«

Charly lächelte. »Da trifft es ausnahmsweise mal genau die Richtigen! Spike hatte mich schon angehauen, ob ich nicht vielleicht eine größere Wohnung für ihn und seine kleine Familie wüsste. Mit dem Erbe haben sie es jetzt sicherlich um einiges leichter.«

»Na, dann überbring ich ihm doch die frohe Kunde«, sagte Joe. »Ist doch fein, wenn die Mordkommission ausnahmsweise auch mal freudige Nachrichten hat. Zudem wird der Leichnam der Hofbauerin jetzt wohl zur Bestattung freigegeben. Was nichts anderes bedeutet, als: Du kannst bald zurück in dein Haus – und ich bin dich hier endlich wieder los!«

## 22

# Auf den Zahn gefühlt

Kniffeln und Knobeln hatte Sofie schon als Kind gelegen, weil sie den Dingen stets auf den Grund gehen wollte. Dennoch war es ein seltsames Gefühl gewesen, die drei Schädel nacheinander aus ihren gläsernen Behältnissen zu holen. Ein wenig überraschend an der ganzen Sache fand sie allerdings, dass Dr. Iglu ihr diese Aufgabe überlassen hatte, wo sie inzwischen doch angeblich im Palais Holnstein des Erzbischofs ein und aus ging, wenn man sie so reden hörte. Vielleicht lag es ja an ihrem total überdrehten Allgemeinzustand. Denn eins stand für Sofie inzwischen fest: Die Frostbeule hatte Feuer gefangen – und zwar heftigst! Inwieweit Murmelchen damit zu tun hatte, musste sie erst noch herausfinden, aber eine tragende Rolle schien er zu spielen, denn die Falk hatte ihr den Mops heute früh so widerwillig wie noch nie übergeben.

Hätte Sofie die angeblichen »Reliquiare« doch nur schon früher öffnen können! Bereits dabei ließ sich feststellen, dass allein die Gefäße mitnichten aus früheren Jahrhunderten stammen konnten. Dazu war das Glas viel zu blank, ohne Schlieren, Kratzer oder irgendwelche Reinigungsspuren, die einen langen Gebrauch dokumentiert hätten. Was auch für das Dekorationsmaterial galt, das die beinernen Relikte schmückte:

Samt, Litzen, Goldborten, übergroße Fake-Juwelen – alles eher aus einem modernen Faschingsfundus als aus altehrwürdigen Kirchen- oder Klosterbeständen.

»Man sieht eben nur, was man weiß«, murmelte Sofie vor sich hin. »Das zeigt sich immer wieder. Und das menschliche Gehirn lässt sich leider relativ einfach betrügen …«

Sie untersuchte die Schädel. Die Stirn erschien jeweils gewölbt, das Jochbein zierlich, die Nasenwurzel schmal. Überaugenregion, Kinn, Warzenfortsatz und die Muskelansätze am Hinterhaupt waren relativ schwach ausgeprägt, was auf Frauenschädel schließen ließ. DNA-Proben von allen drei Exemplaren gingen sofort ins Labor. Nach zwei Tagen – Sofie hatte ausdrücklich um rasche Erledigung gebeten – würden sie mehr wissen. Aber schon jetzt war sie sich so gut wie sicher, dass sie sich nicht getäuscht hatte.

Joe hatte sie diese ersten Eindrücke sofort telefonisch mitgeteilt.

»Okay, Sofie: Frauen, also. Da hatte ich wohl den richtigen Riecher, denn ich hab bei den Kollegen in der Vermisstenstelle schon mal vorgefühlt. Das dürfte jetzt schnell gehen, bis brauchbare Ergebnisse vorliegen. Du hörst von mir.«

Eine große Hilfe bei der Zahnbestimmung war Dr. Linsenmayr, die sofort ins Institut geeilt kam, nachdem Sofie sie über die drei bizarren Fundstücke informiert hatte. Ihre Wangen waren vor Aufregung leicht gerötet.

»Kann ich gar nicht leiden, wenn mit der Frömmigkeit der Menschen Schindluder getrieben wird«, meinte sie ungehalten. »Auch wenn ich als Westfalin sagen muss, dass ihr es hier in Bayern ziemlich übertreibt. Gebeine gehören auf den Friedhof – und sonst nirgendwohin. Die Totenruhe ist heilig, und das mit den ›Reliquien‹ fällt für mich doch eher in den Bereich Hokuspokus. Das mögen die Menschen in früheren Jahrhunderten anders gehalten haben – lässt sich nicht mehr ändern. Damals glaubte man ja auch noch, dass die Erde eine Scheibe sei und aufsässige Frauen vom Teufel persönlich geritten würden. Aber diese drei Schädel hier datieren eindeutig nicht aus jener finsteren Epoche.«

Sie deutete auf den ersten: »Sehen Sie? Im Seitenzahnbereich links wie rechts finden wir kaum sichtbare zahnfarbene Kompositfüllungen, vom Laien auch gern ›Kunststofffüllungen‹ genannt. Gut gemacht, übrigens. Nicht eine einzige Amalgamfüllung im ganzen Mund, dafür dreimal Porzellan, da hat sich jemand seine Zahngesundheit etwas kosten lassen. Wirkt alles für mich noch sehr frisch – vielleicht eine Restaurierung, die noch nicht allzu lange zurückliegt.«

Sofie hörte aufmerksam zu: »Spannend, Frau Dr. Linsenmayr!«

»Sagen Sie doch Gabi zu mir, meine Liebe! Wollte ich Ihnen schon längst mal anbieten. Sie liegen mir um Welten mehr als Ihre zugeknöpfte Kollegin.«

»Gern. Sie mir übrigens auch. Dann bin ich die Sofie.«

»Ich schaue in einen Mund und sehe ein ganzes Leben vor mir«, erläuterte die Fachärztin nicht ohne Stolz. »Da gehört natürlich jede Menge Erfahrung dazu, aber schließlich ist die Zahnheilkunde seit über dreißig Jahren meine Berufung. Auch hier haben wir einen gut gewarteten Zahnbestand: oberer Backenzahn rechts Keramikkrone, Backenzahn links, und das könnte jetzt besonders interessant für Sie werden: Vollkunststoffkrone als Provisorium, da war jemand also offenbar noch in Behandlung. Denn einer, der sein Gebiss so pflegt, lässt das nicht auf Dauer so stehen.«

»Und was sagen Sie zu Nummer drei?«, wollte Sofie wissen.

»Das ist sozusagen die Crème de la Crème unseres Trios! Veneers – Verblendschalen – im gesamten Frontzahnbereich, oben wie unten, die gibt es ja noch keine zehn Jahre, würde ich mal behaupten. Der Trend kommt natürlich aus den USA; woher auch sonst. Hollywoodstars waren mit die Ersten, die sich das haben machen lassen, um alte Versäumnisse zu kaschieren und perfekt in die Kamera zu strahlen. Dabei handelt es sich um hauchdünne, lichtdurchlässige Verblendschalen aus Porzellan, die in einem speziellen Adhäsivverfahren auf die Vorderseite der Zähne aufgebracht werden. Das wirkt erstaunlich natürlich, denn die Auflage verbindet sich mit dem Zahn. Man muss schon viel gesehen haben, um das auf Anhieb zu entdecken – aber meinem geschulten Adlerauge entgeht natürlich nichts. Garantiert keine Lösung für Arme, als Kosten kann man nämlich bis zu dreitausend Euro ansetzen – pro Zahn wohlgemerkt! Da hat jemand also stolze sechsunddreißigtausend Euro in seinem Gebiss herumgetragen.«

Gabi klang höchst zufrieden. »Zum Fazit: Wie gesagt, es handelt sich keineswegs um Schädel aus früheren Jahrhunderten, sondern definitiv um zeitgenössische Exemplare, äußerst zeitgenössische sogar, denn wir sehen hier die Errungenschaften modernster Zahntechnik. Sie bekommen das alles auch noch in schriftlicher Form von mir, liebe Sofie. Selbstredend zügig, ich weiß ja, dass es bei euch immer schnell gehen muss.«

Sie streifte sich den Kittel ab.

»Aber jetzt muss ich dringend zu meinem Puppy. Das letzte Mal hat ihn Ihr Zerberus an der Pforte mit etwas vollgestopft, das mein Kleiner so gar nicht vertragen konnte. Und fragen Sie mich jetzt bloß nicht, wie mein antiker Perserteppich im Wohnzimmer anschließend ausgeschaut hat!«

Wenig später brütete Sofie in ihrem Kabuff über verschiedene Methoden der Mazeration: Wie bekam man Schädel und Gebeine so sauber wie möglich vom Gewebe gelöst? Murmelchen ruhte entspannt auf ihrem linken Fuß. Leckerli, ausgiebiges Streicheln und vor allem eine lange Gassirunde im Medizinerviertel hatten ihn rasch wieder zu dem werden lassen, was er immer schon gewesen war, seitdem er in jener Nacht so jämmerlich unter ihrem Fenster gewinselt hatte: Sofies zufriedener blonder Mops.

»*Du* könntest zur Abwechslung auch mal was Vernünftiges zum Thema beitragen«, sagte Sofie zu George, ihrem beinernen Freund. »Besser als du weiß das schließlich keiner! Gut – wir brauchen natürlich Skelette zu medizinischen Demonstrationen. Es sollen ja gute Ärzte nachreifen, aber vieles gibt es inzwischen auch aus Kunststoff, was sich ebenso eignet, um damit zu lernen. Nur: Was in aller Welt treibt jemanden im 21. Jahrhundert dazu, Köpfe von Torsi zu sägen oder zu hacken und das Ganze anschließend als Reliquien zu präparieren? Das ist doch einfach nur krank!«

George blieb stumm, wie immer. Das hatte sie auch nicht anders erwartet – trotzdem tat es ihr gut, sich dem beinernen Freund immer mal wieder mitzuteilen. Da sie zudem jede Minute mit einem Anruf von Joe rechnete, der sie über die Auswertung der Vermisstendatei informieren wollte, harrte sie trotz Kaiserwetter noch weiter in ihrem Kabuff aus, damit sie der Anruf nicht ausgerechnet auf dem Fahrrad erwischte.

In diesem Moment sprang die Tür auf, und Spike stürmte herein, ohne anzuklopfen.

»Wie geil ist das denn!«, rief er überschwänglich. »Haben Sie es auch schon gehört? Voll krass: Mama erbt – und zwar von diesem Hofbauer, der sich in der Zelle aufgehängt hat!«

»Wie bitte?«, sagte Sofie kopfschüttelnd. »Ich verstehe gar nichts!«

»Ja, das ist alles ziemlich kompliziert.« Spikes Gesicht mit den vielen Piercings an Mund, Nase und Ohren strahlte vor Aufregung. »Meine Mutter ist über ein paar Ecken mit dem Hofbauer Hans verwandt, den wir vor Kurzem hier auf dem Seziertisch hatten. Seine Oma und ihre Oma waren Cousinen oder so was … Ich hatte selbst keine Ahnung, denn die beiden hatten schon seit Jahren gar keinen Kontakt mehr, aber nun steht die Mama im Testament von Großtante Hilde – der Ekelleiche!«

Sein Strahlen ging von Ohr zu Ohr.

»Und stellen Sie sich vor: Sie will uns alles schenken, Shirin und mir. Damit die kleine Familie endlich ein anständiges Dach über den Kopf bekommt.«

Er räusperte sich.

»Na ja, so klein wird sie ja bald gar nicht mehr sein …«

»Shirin ist wieder schwanger?«, fragte Sofie verblüfft. »Ihr beide lasst ja wirklich nichts anbrennen! Dabei dachte ich, ihr streitet nur noch.«

»Tun wir ja auch, beziehungsweise haben wir getan, aber nach einem Streit muss man sich doch auch mal wieder versöhnen … Außerdem soll unsere kleine Ayrun Sofie Elfe doch nicht allein aufwachsen. Geschwisterchen haben viel mehr voneinander, wenn sie vom Alter her nicht so weit auseinander sind!«

»Klingt alles nach einem echten Masterplan«, meinte Sofie. »Natürlich gratuliere ich Shirin und Ihnen von Herzen. Ein bisschen Geduld müssen Sie aber wahrscheinlich schon aufbringen, bis das alles offiziell über die Bühne gegangen ist. – Danach wird dann sicher alles ganz wunderbar.«

»Ach …«

Spike legte den Kopf zur Seite und sah trotz Iro und seiner wilden Piercings und Tattoos auf einmal aus wie ein romantischer englischer Lord.

»So nobel müsste es für uns gar nicht sein: ein hübsches Häuschen mit kleinem Garten, gut geschnitten und möglichst zentral gelegen, mit funktionierender Infrastruktur, netten Nachbarn, Kita am besten gleich um die Ecke – das würde uns schon reichen …«

»… und die gute Fee heißt Millimaus, hat Superlashes und kommt dann jeden Freitag für Spezialwünsche mit dem goldenen Zauberstab extra vorbei, oder?« Sofie lachte. »Jetzt bleiben Sie mal auf dem Teppich, Spike! Zu viel Glück kann auch übermütig machen.«

»Sie haben ja recht«, sagte Spike. »Dann fahre ich jetzt wohl am besten erst mal heim und besorg vorher noch einen großen Blumenstrauß für meine Schöne.«

»Tun Sie das. Und richten Sie Ihren beiden Goldstücken die allerbesten Grüße von mir aus.«

Lächelnd schaute sie ihm hinterher. War Spike etwa aus dem Zimmer *getänzelt?* Es sah ganz so aus.

Ihr Handy brummte.

»Servus, Spatzl«, hörte sie Joe am anderen Ende sagen. »Jetzt sind wir fündig geworden: Es gibt drei vermisste Frauen, auf die unser Raster passt – spurlos verschwunden in München beziehungsweise Umgebung in den Jahren 2012, 2014 und 2016. Alle drei sind zwischen dreißig und vierzig: Bianca Barth, 33, Doro Mittermayer, 36, Lena Huber, 38.«

»Gibt es irgendwelche Verbindungen zwischen den dreien?«

»Durchaus. Eine davon ist besonders interessant.«

»Und zwar?«

»Die sind alle im gleichen Monat verschwunden: im Juni. Und im Abstand von zwei Jahren, was heißt, dass der Täter bald wieder zuschlagen könnte. Alle zwei Jahre im Frühsommer, das scheint sein Muster zu sein, und dann wäre er jetzt, im Juni 2018, wohl gerade wieder auf der Lauer.«

»Gibt es noch andere Gemeinsamkeiten zwischen den drei Frauen?«, fragte Sofie nach.

»Ja. Die hatten alle a Zamperl – Pudel, Dackel, Mops. Und diese Zamperl san ebenfalls wie vom Erdboden verschwunden. Was sagst jetzt, Sofie?«

# 23

# *Schweinfurter Grün*

Noch immer ganz im Bann des eben Gehörten strampelte Sofie auf dem Fahrrad vom Institut in der Nußbaumstraße in Richtung Neuhausen. Frauen mit Hunden verschwanden also spurlos in München – und tauchten Jahre später als auf alt getrimmte Schädelreliquien hinter Glas wieder auf. Irgendeiner trieb da sein mörderisches Unwesen, und Joe hatte wohl recht, wenn er vermutete, dass die Serie noch nicht beendet war.

»Sogar a Mopsi wie du war mit bei den Verschwundenen«, sagte sie zu Murmel, der friedlich in seinem vorn angebrachten Hundekörbchen saß und sich den Fahrtwind um die Nase wehen ließ. »Frau mit Hund. Vielleicht san mir zwei ja ebenfalls gefährdet – und wissen es nur no ned!«

Murmelchen gab ein kurzes Wuff als Antwort, was immer das auch zu bedeuten hatte.

Sofie beschloss, sich wieder auf den Verkehr zu konzentrieren, was in der verdreckten Paul-Heyse-Unterführung, in der der Feinstaub geradezu in dicken Wolken zu stehen schien, auch besonders angeraten war. Ein Porschefahrer drängte sie beim Überholen so dreist an die Wand, dass sie beinahe gestürzt wäre.

»Geht's noch?«, schrie sie ihm erbost hinterher. »So a gscherter Hammel wie du, der gehört doch ausm Verkehr zogn – und zwar *subito!*«

Zum Glück wurde das Fahren wieder entspannter, als sie in die Nymphenburger Straße einbog und dann nochmals, als sie die ruhige Ysenburgstraße erreichte.

Hübsches Viertel eigentlich, dieses Neuhausen, dachte Sofie, während sie Murmel aus seinem Korb befreite. Trotzdem wollte sie nirgendwo anders wohnen als in ihrem geliebten Giesing.

Bertram/Wünsche stand auf dem Klingelschild. Sofie läutete. Als die Türe aufging, stieg sie mit Murmel an der Leine hinauf in den dritten Stock.

»Ganz schön hoch wohnen Sie hier«, schnaufte Sofie, die von der Schwangeren mit einem freudigen Gesicht begrüßt wurde.

»Dass Sie zu mir kommen! Und Ihren süßen Hund haben Sie auch noch mitgebracht! Darf man den mal streicheln?«

»Sie – ja«, sagte Sofie, woraufhin der Mops die zarte Berührung sichtlich genoss. »Murmel mag nette Menschen.«

Ein wenig schwerfällig kam Gile Bertram wieder nach oben.

»Kommen Sie doch bitte weiter!«

»Gern.«

Sofie folgte ihr durch einen langen schmalen Gang in die Küche und sagte: »Irgendwas an der Sache lässt mir keine Ruhe.«

Gile Bertram drehte sich zu ihr um. »Ihr Kollege von neulich war auch schon da. Mit einem anderen Kriminaler. Die im Büro waren es nicht, haben sie zu mir gesagt. Aber wer soll meinem Michel denn sonst das Gift gegeben haben? Ich bestimmt nicht!«

Erneut standen Tränen in ihren großen Augen.

»Da ist Ihre Schwiegermutter aber ganz anderer Meinung. Ella Wünsche hat ausgesagt …«

»Die hat uns doch unser Glück noch nie gegönnt!«, fiel Gile Bertram Sofie ins Wort. »Das ist nämlich eine von jenen Müttern, die ihre Söhne niemals loslassen, ganz egal, wie alt die sind. Wissen Sie, was ich meine?«

»Das ist nie gut«, sagte Sofie. »Und manchmal geradezu tödlich.«

»Ganz genau!«

Alles an der kleinen zarten Person schien zu nicken, sogar ihre große Babykugel.

»Eifersüchtig war sie auf mich, vom allerersten Tag an. Und natürlich war ich in ihren Augen niemals gut genug für ihren Wunder-Michel. Aber wer wäre das schon gewesen? Mein Liebster hat so vieles versucht, um sie doch noch umzustimmen – das ist alles an ihr abgeprallt. Für Ella war ich lediglich ein Stück Scheiße – bitte verzeihen Sie diesen drastischen Ausdruck, aber genauso war es, und daran hat sich bis heute nichts geändert!«

Sofie schaute sich unauffällig um, während sie der schwangeren Frau weiter zuhörte.

Auf den zweiten Blick wirkte die Wohnung eher düster. Der Boden war zerschrammt, die Küchenzeile abgenutzt, an der Wand neben dem Fenster entdeckte sie bläuliche Schimmelspuren.

Offenbar doch nicht alles so proper hier in Neuhausen, dachte sie, wie es von außen aussieht.

»Wir müssen dringend hier raus«, sagte Gile Bertram, der ihre Blicke nicht entgangen waren. »Allein schon aus gesundheitlichen Gründen. Der Vermieter macht gar nichts, weil er die Wohnung auch so mit Kusshand wieder loskriegt. Aber finden Sie mal was Bezahlbares in München! Fast zwei Jahre haben wir vergeblich gesucht, dann kam ganz überraschend die Erbschaft von Onkel Alf. Daraufhin hat Michel eine Eigentumswohnung in der Orffstraße gekauft. Das ist eines der ältesten Häuser dort, erbaut vor 1900. Ich hatte ja zunächst einige Bedenken, aber Michel hat mir Mut gemacht. ›Die Wohnung renovieren wir selbst, Baby‹, hat er zu mir gesagt. ›Wir bauen uns unser kleines Nest mit den eigenen Händen. Wozu bin ich schließlich Architekt?‹«

Gile Bertram musste sich setzen. Ihre Augen röteten sich schon wieder.

»Leider war ich ihm dabei keine große Hilfe. Wegen der Schwangerschaft war mir oft übel, und die Geschickteste beim Handwerken bin ich auch nicht. Da hat er das meiste eben allein durchgezogen. Anfangs ging ja auch alles gut. Michel war total euphorisch, wenn er vom Werkeln nach Hause kam, auch wenn es wieder mal sehr spät geworden war. Er hat unter der Dusche gesungen, und später haben wir uns oft noch geliebt, so viel Energie hatte er. Aber als es dann an die Wand hinter der Wand ging, wurde alles anders …«

»Wand hinter der Wand?«, hakte Sofie nach. »Was soll das sein?«

»Da gab es in einem der Zimmer so einen komischen Vorsprung. Als ob jemand später noch etwas davor gebaut hätte. ›Das reißen wir ein‹, hat Michel gesagt. ›Und dann brechen wir durch – dadurch bekommen wir ein anständiges viertes Zimmer statt zwei Kämmerchen, mit denen sich doch nichts Richtiges anfangen lässt.‹ Genau so hat er es dann auch gemacht.«

»Und sich dabei schon schlecht gefühlt?«

Gile nickte.

»Ja, das fing ziemlich schnell an. Beim Einreißen ging es noch halbwegs, aber als er dann die offenbar uralte grüne Tapete runterkratzen wollte, die so fest draufgeklebt war …«

Sofie stand so schnell auf, dass Murmelchen erschrocken einen Satz zur Seite machte.

»Kann ich mir das mal ansehen?«, fragte sie, »diese uralte grüne Tapete?«

»Jetzt gleich?«, frage Gile Bertram verblüfft zurück. »Na ja, weit ist es nicht.«

»Dann nichts wie los!«

Unten angekommen, schob Sofie ihr Rad. Murmels Leine hatte sie der Schwangeren in die Hand gedrückt, die das durchaus zu genießen schien.

»Schon was Schönes, so ein Hund«, meinte sie versonnen. »Vielleicht, wenn meine Penelope ein bisschen größer ist …«

Durch einige kleine Nebenstraßen mit aufwendig renovierten Häusern kamen sie in wenigen Minuten an ihr Ziel.

Gile blieb stehen. Sie sah blass aus, als sie sagte: »Ich war … seitdem nicht mehr da.« Dann schob sie gleich hinterher: »Ob ich jetzt da rein kann, weiß ich noch nicht.«

»Hauptsache, ich kann mich umschauen. Und Sie passen einstweilen auf mein Murmelchen auf.«

Sofie ließ sich die Türe aufschließen und betrat dann die Baustelle – etwas anderes war es nicht. Überall Farbeimer, Werkzeug, Lappen. In der ganzen Wohnung hing ein unguter Geruch, der sie zum Husten brachte.

»Sehen Sie schon was?«, rief Gile von der Haustür aus. »Es sind die beiden letzten Türen ganz hinten!«

»Ja, jetzt«, rief Sofie zurück.

Links und rechts standen noch Mauerreste, aber das Loch

in der Mitte war so breit, dass man entspannt durchgehen konnte. An der hinteren Wand klebten grüne Tapetenfetzen, an denen sich Michel Wünsche offenbar abgearbeitet hatte.

*Schweinfurter Grün.*

Plötzlich hatte Sofie diesen Namen im Kopf. Eine wunderbare Farbe, ein sattes, leuchtendes Grün, das von einem Schweinfurter Chemiefabrikanten, Wilhelm Sattler, zusammengemixt worden war – und das den Tod in sich trug. Vor Urzeiten hatte sie einmal eine spannende historische Abhandlung über diese Farbe gelesen, die in der Mitte des 19. Jahrhunderts recht verbreitet war, sogar für Ballkleider verwendet wurde – und für Tapeten. Damals war man sich der Gefahr, die von dieser – arsenhaltigen – Farbe ausging, nicht bewusst, aber spätestens seit der Wende zum 20. Jahrhundert war sie verboten.

Dieses Haus aber war ersichtlich schon sehr alt, und wenn man die Tapeten mit Wasser oder chemischen Mitteln von den Wänden zu lösen versuchte, konnte dabei durchaus etwas von dem Gift in die Haut eindringen. Hatten die Kollegen im Architekturbüro nicht sogar erwähnt, dass Michel Wünsche seinen Altbau meistens ohne Handschuhe renovierte? Oder war es die Witwe gewesen?

»Bleiben Sie, wo Sie sind«, sagte Sofie, während sie zurück zur Tür ging. »Und betreten Sie die Wohnung bitte vorerst nicht mehr. Ich schick ein Kollegenteam von der KTU vorbei. Die sollen sich die grünen Tapeten mal gründlich vornehmen. Danach wissen wir sicherlich mehr.«

»Aber Tapeten können einen doch nicht krank machen …«

»Manche schon«, erwiderte Sofie. »Leider.«

## 24

# *Träume und Schäume*

Enttäuschung pur!

Sie hatte sogar ein paar Tränen vergossen.

Dabei war der Anfang so gut gewesen. Aber das letzte Rendezvous war trotzdem nicht so verlaufen, wie sie es sich erhofft hatte.

Ein gut aussehender Mann und eine aufregende Frau wie sie, allein in einer Wohnung?

Prickelndes im Sektkühler, federleichte Häppchen, falls man sich danach stärken wollte – und die Hunde friedlich schnarchend im Nebenzimmer?

Da hatte sie sich schon eine Explosion der Leidenschaft erwartet, oder zumindest einen sagenhaften Trommelwirbel, der sich ins Unermessliche steigern würde …

Ravels *Bolero* lag schon im CD-Player bereit.

Nur: Alex war offenbar nicht in Stimmung gewesen. Jedenfalls nicht in der richtigen …

Nur so konnte sie sich erklären, dass er nicht wie ausgehungert über sie hergefallen war, wie sie das eigentlich erwartet hatte.

Stress im Job?

Obwohl: Kannte ein Privatier wie er überhaupt so etwas wie beruflichen Stress?

Bei ihr sah das schon anders aus: im Institut der übliche Tagesgeschäftswahnsinn, dazu auch noch der Druck von Kardinal Marx, der plötzlich Ergebnisse einforderte, obwohl ihn Leichen, die definitiv keine Reliquien waren, bei genauer Betrachtung doch rein gar nichts angingen. Und wie sie es immer wieder schaffte, in all dem Tohuwabohu ebenso elfengleich wie tiefentspannt durch die Gegend zu schweben – das sollte ihr erst einmal jemand nachmachen!

Vielleicht war sie Alex ja auch zu ungestüm angegangen?

Manche Männer stehen gar nicht so sehr darauf, wenn die Initiative von der Frau ausgeht. Die wollen immer selbst den ersten Schritt machen.

Aber was, wenn dieser Schritt eine geschlagene Stunde lang einfach nicht kommt?

Nur schauen und schmachten befriedigt eine Frau von ihrem sexuellen Kaliber eben nicht. Eine wie sie, die will riechen, schmecken, spüren, fühlen – und vor allem will sie wissen, ob sie sich auch das richtige Herzblatt ausgesucht hat. Deshalb und nur deshalb hatte sie überhaupt seinen Kopf in beide Hände genommen und ihre Lippen keck auf seine gedrückt.

Dann der Schock: Alex küsst lausig!

Kein Kosen, kein Knabbern, kein aufregendes Vorspiel, nichts von alledem.

Zunge rein. Wühlen. Zunge raus.

Angesichts von so viel Einfallslosigkeit hatte sie ihn abrupt weggeschoben. Was ihm nicht viel auszumachen schien. Alex hatte sie weiterhin angelächelt, als sei gar nichts passiert.

Sind die schönsten Männer also wirklich oft die größten Loser im Bett? Bis dato hatte sie solche Pseudoweisheiten aus Frauenjournalen nicht so ernst genommen. Nun aber fragte sie sich, ob doch mehr als ein Körnchen Wahrheit darin enthalten sein könnte.

Diese Augen, diese Muskeln, diese Hände – und dann einen tumben Fleischlappen im Mund ohne Finesse und Talent? Meine Güte, was ließ sich mit einer geschickten Zunge nicht alles anfangen!

Bei aller Contenance, um die sie gerungen hatte, musste Alex ihr die bittere Enttäuschung schließlich doch angesehen haben, denn plötzlich war er wie ausgewechselt. Er sprudelte über vor Komplimenten, pries ihre Wangen, ihren Hals, ihren Busen – ohne dass er den Worten Taten hätte folgen lassen. Dennoch hob sich ihre Stimmung wieder, sie fanden zum Dialog zurück, und als die Hunde dann ausgeruht ins Zimmer stürmten, war es für ein paar Augenblicke zwischen ihnen fast wieder heiter.

Und wenn er impotent war?

Dieser entsetzliche Gedanke hatte sie zum Glück erst mitten in der Nacht überfallen, als sie einsam in ihrem Bett lag – ohne den muskulösen männlichen Rücken, an den sie sich hätte schmiegen wollen.

Deshalb seine sorgsame Aufmachung, die bei jedem Treffen variierte?

Deshalb das Theater mit seiner Lady, die er nach Strich und Faden verwöhnte?

Deshalb auch sein Tummeln auf dieser hündischen Dating-Plattform, wo er sich wohl schon eine ganze Weile lang aufhielt, wie sie durch geschicktes Fragen herausgefunden hatte: Dabei stach so ein Pfundskerl wie Alex unter der blässlichen Masse der anderen Männer doch wie ein Monolith hervor!

Machte er also all das nur, um zu vertuschen, dass sich an seinem zentralen Südpol so gut wie gar nichts mehr regte?

Kurz ging ihr Atem schneller, so sehr regte sie die Vorstellung auf, aber dann wurde sie doch wieder etwas ruhiger. Schließlich kam es doch immer auch auf die Frau an. Die allein setzte die Signale, und sie würde das vielversprechende Übungsterrain namens Alex erst aufgeben, wenn sie definitiv wusste, dass bei ihm jenseits des Bauchnabels Hopfen und Malz unwiederbringlich verloren waren.

Als Nächstes, schon beim Aufbruch, schlug Alex einen Ausflug ins Grüne vor, und zwar in eine Idylle mitten in der Stadt, wo man sie gar nicht so vermutete.

*Schrebergarten* war jetzt eher nicht das Wort, das bei Elke Falk erotische Fantasien auslöste. Zwerge, Wichtelmänner, Schneewittchen und Tannen aus Plastik – na ja, jedem das Seine.

Aber sicher nicht das Ihre.

»Du wirst dich wundern, Elfe.« Seine Stimme klang plötzlich ganz samtig. »Die Wildnis beginnt gleich hinter dem Zaun. Ein unbekanntes Land im wunderschönen Giesing, mit vielen, vielen Überraschungen. Ich schick dir eine Kutsche. Und dann schließt du die Augen und lässt dich einfach nur noch fallen …«

Klar hatte sie zugesagt – warum auch nicht?

So lange träumte sie nun schon von einem veritablen Märchen, in das sich ihr Leben verwandeln sollte.

Würde es endlich wahr werden?

## 25

# *Endlich Gewissheit*

Es gab Augenblicke, da hasste Joe seinen Beruf. Vor allem, wenn er Angehörigen die tragische Nachricht vom Mord an einem geliebten Menschen mitteilen musste. Es hatte Jahre gedauert, bis er eine in seinen Augen halbwegs angemessene Form dafür gefunden hatte. Doch er haderte immer noch damit, und manchmal fühlte er sich wie beim allerersten Mal.

Besonders an Tagen wie diesem.

Von Sofie hatte er erfahren, dass die drei Schädelfunde definitiv weiblich waren: Zahnanalyse und DNA-Bestimmung hatten das bestätigt. Aber wie bringt man einer Mutter »schonend« bei, dass der Schädel ihrer seit sechs Jahren vermissten Tochter in einem auf alt getrimmten Reliquiar aufgetaucht sein könnte?

Dass Sofie an seiner Seite war, machte es etwas besser. Sie selbst hatte vorgeschlagen, ihn bei dieser schwierigen Mission zu begleiten, und er war froh darüber.

»Frau Barth? – Lederer, wir haben telefoniert. Und das ist meine Kollegin Frau Dr. Rosenhuth.«

Die Frau, die sie an der Wohnungstür im ersten Stock der Landlstraße 14 erwartete, war schlank und sehr gut in Schuss für eine Mittsiebzigerin – auf dieses Alter schätzte Sofie sie.

Rosa Polohemd, weiße Hose, die grauen Haare kinnlang zum exakten Bob geschnitten.

»Kommen Sie doch bitte weiter.«

Eine aufgeräumte Wohnung mit hellen Möbeln, ein paar geschmackvolle Drucke an den Wänden, beiger, fleckenloser Teppichboden.

Kaum hatten sie auf der mintgrünen Couchgarnitur Platz genommen, klagte Bettina Barth ihnen auch schon ihr Leid.

»Bianca ist mein einziges Kind. Als sie zur Welt kam, war ich schon Ende dreißig. Ich hab mir ständig Sorgen um sie gemacht, weil sie anfangs so klein und zart war und ich sie doch allein aufziehen musste. Mein Mann verstarb, da war sie gerade mal zwei. Seitdem hatten wir beide nur noch uns. Vor allem und jedem wollte ich sie beschützen – und hab es doch nicht gekonnt.«

»Das wollen doch alle Mütter«, erwiderte Sofie sanft. »Aber irgendwann sind die Töchter flügge und wollen selbst bestimmen.«

»Jahrelang waren wir ein Herz und eine Seele, Bettina und Bianca, die beiden Bs, Bekannte und Freunde haben schon über uns gelacht, weil wir gar so unzertrennlich waren: Urlaub, shoppen, Fitness, im Chor singen, alles gemeinsam, nicht einmal von daheim ausziehen hat sie wollen, weil sie bei mir bleiben mochte. Aber nach ihrem 33. Geburtstag hat sie sich auf einmal diesen Hund angeschafft. Und damit hat das ganze Elend angefangen.«

Sie schnäuzte sich ausgiebig.

»Ich war ja von Anfang dagegen. Aber mich hat sie leider nicht gefragt. Hunde machen doch nichts als Arbeit und – sie stinken.«

Sofie und Joe ließen ihre Blicke über die makellose Einrichtung schweifen und nickten sich zu: ein Mann, eine Frau, ein Gedanke.

»Dabei war der Karli eigentlich ganz niedlich. Ein schwarzer Pudel, freundlich und klug. Ich hatte fast schon angefangen ihn zu mögen, da kam dieser Mann ins Spiel.«

»Welcher Mann?«, fragte Joe.

Bettina Barth zuckte die Schultern.

»Das ist es ja! Ich weiß so gut wie nichts über ihn, nicht einmal den Namen. Bianca hat immer furchtbar geheimnisvoll getan. Vielleicht war er ja anderweitig gebunden? Auf jeden Fall war sie vollkommen verrückt nach ihm. Man könnte fast sagen: hörig.«

Sie schraubte ihre Stimme deutlich höher: »*Mein Liebster*, so hat sie ihn genannt. *Mein Liebster* hier, *mein Liebster* da. Der Liebste hat gepfiffen, und Bianca ist gerannt.«

Jetzt ließ sie sichtlich die Schultern hängen: »I bin scho ganz narrisch worn!«

Unwillkürlich schob sich Sofie auf der Couch weiter nach vorn.

»Wia hat er denn ausgschaut?«

»Des woaß i doch ned!«

Pure Verzweiflung stand in ihren großen, wasserblauen Augen.

»Angeblich war er megaattraktiv. Jedenfalls für mei naive Bianca. Dem Dearndl a X für a U vorzumachen, des is koa Kunst! Die war doch total unerfahren. An Hund hat er aa ghabt. Irgendwas Größeres. Ned amoi dem sein' Namen hat sie mia verratn!«

»Wo hat sie ihn denn kennengelernt?«, wollte Joe wissen.

»Angeblich beim Spazierengehen«, antwortete Bettina, die

sich nun innerlich einen Ruck zu geben schien und wieder ganz aufrecht dasaß. »Aber ich habe da so meine Zweifel. Da war irgendetwas, das sie mir verheimlicht hat. Eine Mutter spürt das doch. Etwas, das ich vielleicht kritisiert hätte. Oder wovor ich sie gewarnt hätte.«

»Hatte sie Freundinnen?«, hakte Joe nach.

»Freundinnen? Meine Tochter brauchte doch keine Freundinnen: Sie hatte ja mich.«

Wieder wechselten Sofie und Joe einen schnellen Blick.

»Hatte Ihre Tochter ein Handy, bevor sie vermisst gemeldet wurde?«, fragte Sofie.

»Klar! Aber das ist ja auch weg. Das war in ihrer Handtasche, als sie sich zum letzten Mal von mir verabschiedete. ›Ich geh mit Karli ins Grüne, Mama. Der Kleine braucht Auslauf.‹ Das schrieb sie mir am 22. Juni 2012, einem Freitag, nach dem Mittagessen. Danach hab ich sie nie wieder gesehen.«

Jetzt flossen die Tränen wie ein Strom.

Sofie drückte ihr Papiertaschentücher in die Hand.

»Wir wissen, wie schwer das für Sie sein muss«, sagte sie sanft. »Aber wir müssen diese Fragen stellen, um nach dieser langen Zeit Gewissheit zu erlangen, das verstehen Sie doch, oder?«

»Ja, endlich Gewissheit!« Es klang wie ein Aufschrei. »Das würde alles leichter machen …«

»Gut«, übernahm nun wieder Joe die Regie. »Bianca hat also noch zu Hause gewohnt. Dürfen wir ihr Zimmer sehen?«

»Bitte sehr.«

Sie standen auf und folgten ihr.

Die gleiche Ordnung wie im Wohnzimmer. Schrank, ein schmales Bett, volle Bücherregale, Schreibtisch. Hundekörbchen mit ein paar zerkauten Plastikspielsachen. Es sah aus wie das

Mädchenzimmer einer Sechzehnjährigen, nicht wie ein Raum, den eine erwachsene Frau bewohnt hatte.

»Gelernt hat sie ja Fremdsprachenkorrespondentin, Spanisch und Italienisch. Aber sie arbeitete vor allem als Übersetzerin. Romane, Sachbücher, Reiseführer. Immer pünktlich, immer akkurat. Die Verlage waren sehr zufrieden mit ihr.«

Bettina Barth öffnete den Schank.

»Links hängen die Sachen, die sie getragen hat, bevor sie ihn traf, ihren Mr. X.«

Das klang bitter.

Hosen, Blusen, Blazer, Faltenröcke, Pastelltöne und gedeckte Farben, gute Qualität, aber alles stockbieder, wie Sofie mit ein paar Blicken umriss. Die exakte Kopie von dem, was die Mutter selbst am Leib trug.

»Rechts hängen die Nuttensachen. Ja, das ist es doch! Die hat sie immer angezogen, wenn sie zu ihm wollte. Gassi gehen – dass ich nicht lache! Wer führt schon in solchen Fähnchen seinen Hund aus?«

Luftige Sommerkleider, vorn dekolletiert oder mit tieferen Rückenausschnitten, bunt, modisch, ein bisschen verrückt, aber nichts, was eine junge Frau nicht hätte tragen können. Von »nuttig« keine Spur.

Die Luft im Zimmer wirkte irgendwie miefig.

*Kein Wunder, dass die ausgebrochen ist,* dachte Sofie, während sie sich die Handschuhe anzogen. *Tragisch daran ist nur, dass dieser Ausbruch sie vermutlich in die Arme eines verrückten Mörders getrieben hat!*

»Sie werden nichts finden«, meinte Bettina Barth. »Ich habe das schon alles wieder und wieder durchgeschaut. Kein Zettelchen, keine Adresse, kein Hinweis auf diesen Kerl, einfach gar nichts. Außerdem ist hier natürlich alles frisch gereinigt. Sonst kommen ja noch die Motten, wenn die Kleidung jahrelang getragen im Schrank hängt.«

Na, prima! Damit war die Aussicht auf eine Vergleichs-DNA ja wohl perdu.

»Und was ist mit Mützen oder Schals?«, fragte Sofie weiter.

»Ich weiß, wonach Sie suchen.«

Bettina Barths Augen wurden noch größer.

»Haare, oder? Das kenn ich aus dem Fernsehen!«

»Ein Abstrich Ihrer Mundschleimhaut, gern als ›Speichelprobe‹ bezeichnet, wäre sogar noch präziser. Sind Sie damit einverstanden?«

»Aber ja doch. Für mein Kind – alles!«

Sofie holte das mitgebrachte Röhrchen aus der Jackentasche, Bettina Barth öffnete gehorsam den Mund, ließ sich abtupfen, und das Wattestäbchen wanderte anschließend zurück in sein Behältnis.

»Aber ich muss Ihnen doch noch etwas zeigen!«

Bettina Barth drängte Joe am Schreibtisch zur Seite, schob die unterste Schublade auf und entnahm ihr einen schmalen, langen Karton. Bevor sie den Deckel öffnete, zögerte sie, als ob sie das einige Überwindung kostete. Aber dann tat sie es schließlich doch.

Sofie, die neben ihr stand, sog die Luft zwischen die Zähne.

Auf weißer Seide lag ein weizenblonder Zopf, an beiden Enden mit je einer blauen Schleife geschmückt.

»Den hat sie sich abschneiden lassen«, erläuterte Bettina Barth mit tränenerstickter Stimme. »Extra für *ihn*. Jetzt haben Sie doch auch noch Ihre Haare, oder?«

Joe wartete ein bisschen, dann fragte er sie, ob ihre Tochter einen Laptop besessen hatte.

»In den Schuhschrank hab ich das verfluchte Ding geräumt, weil es mich jeden Tag an meine Bianca erinnerte. Und, ja, beißen Sie sich ruhig die Zähne an dem Passwort aus! Nächtelang bin ich daran verzweifelt…«

»Wir nehmen ihn mit«, meinte Joe ruhig. »Für so etwas haben wir unsere Spezialisten. Und was die DNA betrifft: Sie erhalten Bescheid, sobald wir neue Erkenntnisse haben.«

Das klang abschließend, aber jetzt wollte Bettina Barth es ganz genau wissen.

»Sie verlassen mir die Wohnung nicht, bevor ich nicht mehr weiß«, sagte sie. »Dass meine Tochter nicht mehr am Leben ist, ist mir schon lange klar. Streit hin oder her – mein Kind wäre niemals einfach so abgehauen, ohne mir eine Nachricht zu hinterlassen. Was haben Sie jetzt gefunden, das Sie veranlasst zu glauben, es könne sich um die sterblichen Überreste meiner Tochter handeln? Heraus mit der Sprache! Biancas Zahnarzt haben Sie sich ja bereits notiert, um die Unterlagen über ihr Gebiss einzusehen. Sie war so sorgsam mit allen Zahnsachen, ›die sollen doch ein Leben lang halten‹, hat sie immer gesagt. Und jetzt das! Ich weiß, es muss etwas Schreckliches sein, sonst wäre Bianca ja längst identifiziert oder Sie hätten mich aufgefordert, es zu tun. Also, was haben Sie?«

»Frau Barth, manche Funde sind so …«

»Sie schonen mich nicht, wenn Sie mir die Wahrheit vorenthalten. Ganz im Gegenteil, Sie quälen mich nur noch mehr! Ich kenne mich bestens aus auf dem tiefsten Grund der Hölle, das dürfen Sie mir glauben. Ich schmore da schon lange: seit 2135 unendlich langen Tagen, ganz genau. Und alles ist besser als diese furchtbare Ungewissheit. Das müssen Sie mir glauben.« Jetzt schrie sie fast: »Helfen Sie mir – bitte schön!«

Sofie schaute zu Joe, der ihr zunickte.

»Drei aufwendig präparierte Frauenschädel, sichergestellt bei Fundstücken aus diversen Einbrüchen«, sagte Sofie. »Einer davon könnte der von Bianca sein.«

## 26

# *Die ganz große Liebe*

Und jetzt?«, fragte Joe. »Also, ich bin ordentlich bedient, ehrlich gesagt.«

»Frag mich mal!«, sagte Sofie. »Aber wir sind am Ball. Und wie! Das sagt mir mein Nasenflügel – der juckt wie selten zuvor. So ein Dreckskerl, der muss doch unschädlich gemacht werden! Da gibt's nur oans: Mitm Zopf ins Institut, der geht glei zur DNA-Bestimmung – und wir zwoa fahrn dann glei no zur Schwester von der Lena Huber!«

Steffi Michelsberger wohnte in der Josephsburgstraße in Berg am Laim. Kaum ging nach dem Klingeln die Wohnungstür auf, schoss auch schon ein schwarzer Mops auf Sofie zu und begrüßte sie überschwänglich.

»Das ist Emma. Sie hat meiner Schwester gehört. Eigentlich hat sie ja mal Trudie geheißen. Aber mich hat es immer wieder gebeutelt, wenn ich sie bei diesem Namen rief. Deshalb hab ich sie umgetauft.«

Steffi streckte Sofie und Joe eine kräftige Hand entgegen.

»Haben Sie die Lena endlich gefunden? Mein Mann ist bei der Arbeit, die Kinder haben Unterricht. Wir können also ganz frei sprechen. Ich bin auf das Schlimmste gefasst.«

Emma alias Trudie wich nicht von Sofies Fuß, als sie in der gemütlichen Wohnküche Platz nahmen. Das hier war kein Mausoleum wie bei Bettina Barth – hier wurde noch wirklich gelebt.

Schnell räumte Steffi Michelsberger Malblöcke, Buntstifte und Kinderbücher vom Tisch, ehe sie ihnen drei Gläser und eine Wasserflasche hinstellte.

»Wie mein Murmel«, sagte Sofie. »Der ist allerdings blond. Aber heißt es nicht, die Hunde der Frauen seien ebenfalls verschwunden?«

»Frauen? Sind es gleich mehrere?«

Steffi Michelsberger sah Sofie eindringlich an.

»Ja, es geht um drei vermisste Frauen, die alle Hunde hatten«, antwortete Joe. »Eine davon könnte Ihre Schwester sein, jedenfalls passt der Zeitraum des Verschwindens. In der Vermisstenakte steht allerdings, der Mops sei ebenfalls abgängig.«

»Das war sie ja auch!« Steffi Michelsberger streichelte den muskulösen Rücken der Hündin. »Tagelang sogar. Wir hatten sie schon abgeschrieben. Aber dann stand sie eines Tages bellend vor dem Haus, mager und struppig. Als ob sie irgendwo eingesperrt gewesen wäre. Mei, war'n wir froh, als unser kleines schwarzes Schatzl wieder da war! Auch wenn uns das natürlich nicht über den Verlust von Lena …«

Sie brach ab, wischte sich mit der Hand über die Augen.

»Das hätte ich wohl bei der Polizei melden sollen, oder? Ich habe mir das auch mehrfach vorgenommen, aber dann habe ich es doch immer irgendwie nicht geschafft. Tut mir leid!«

»Ihre Schwester lebte mit Ihnen in diesem Haushalt?«, fragte Joe.

»Lena? Nein, wie kommen Sie denn darauf? Die wollte doch schon ganz früh selbstständig sein. Sie hatte eine Wohnung im Nachbarhaus, Nummer 42: ›klein, aber mein‹, hat sie immer gesagt. Da war sie uns nah genug, um ab und zu die Kinder zu hüten oder auf ein Glas Wein vorbeizukommen. Doch wenn sie ihre Ruhe brauchte, dann hatte sie die auch. Ich bin zwar die ältere Schwester, aber es sind ja nur zwei Jahre, die uns trennen – und eingemischt hab ich mich nie in ihre Angelegenheiten. Auch nicht, als sich Lena Knall auf Fall verliebte.«

»Wann war das?«, fragte Sofie.

»April 2016, kurz nach Ostern. Im Internet hat sie ihn kennengelernt, auf einer Dating-Plattform, irgendwas mit Tieren. Mehr weiß ich leider nicht. Aber warum eigentlich nicht?, hab ich mir gedacht. Das machen doch heute viele so! Offenbar hat es zwischen den beiden sofort gefunkt. Er hatte einen Hund, sie die Emma, das verbindet natürlich. Ziemlich fesch muss er auch noch gewesen sein. Jedenfalls habe ich meine Schwester noch nie zuvor so begeistert erlebt. Vollkommen aus dem Häuschen war sie. Es sei die ganz große Liebe, hat sie zu mir gesagt, ›einmal Himmel ohne retour‹. Ich hab ihr das so gegönnt, wo sie nicht viele Erfahrungen hatte wegen ihrem stressigen Job als Krankenschwester und dem ständigen Schichtdienst!«

»Wie heißt denn der Mann?«, erkundigte sich Joe.

»Keine Ahnung! Die haben sich da auf der Plattform Nicknames gegeben, so nennt man das wohl, oder? Scheint eine Art Spiel zwischen den beiden gewesen zu sein. Ich hab sie manchmal aufgezogen und gefragt, ob sie überhaupt seinen richtigen Namen wisse. Aber Lena schwieg eisern dazu und meinte nur, ›irgendwann zeig ich ihn dir. Aber jetzt gehört er erst einmal mir. Mir ganz allein!‹«

Steffi Michelsberger nahm einen großen Schluck.

»Ich dachte, ich find vielleicht was über den, wenn ich ihre Wohnung ausräume. Die ist inzwischen natürlich längst weitervermietet. Aber da war nichts von diesem Typ. Ein paar von Lenas Sachen habe ich aufgehoben, Kleidung vor allem; was mir halt auch passt. Sie war zwar viel schlanker als ich, aber Jacken und Mäntel gehen trotzdem. Ein Teil der Möbel ist im Keller, den Rest hab ich verschenkt oder verkauft. Kein Platz, Sie verstehen? Wir platzen hier ohnehin schon aus allen Nähten!«

»Handy oder Laptop?« fragte Joe.

»Das Handy hatte Lena immer bei sich. Das ist also auch weg. Einen Laptop hatte sie nicht. Nur so ein altes Tablet …«

»Ja?«, sagten Sofie und Joe wie aus einem Mund.

»Das ist mir leider runtergefallen. Totalschaden, wie es aussieht, jedenfalls habe ich es nicht wieder anbekommen. Und das Glas ist dabei auch zerbrochen.«

»Aber es existiert noch?«, fragte Joe.

»Irgendwo bestimmt. Ich glaub, ich habe es zuletzt bei den Kindern gesehen. Soll ich mal suchen gehen?«

»Ja, bitte, tun Sie das«, sagte Sofie. »Aber zuvor würde ich gern einen Blick auf die Kleidungsstücke Ihrer Schwester werfen.«

Das Schrankinnere erwies sich als liebenswert chaotisch und erinnerte Sofie ein wenig an ihre eigene Unordnung. Steffi Michelsberger musste ordentlich räumen, bis sie schließlich einen brombeerfarbenen Lodenjanker rausgezerrt hatte.

»Das hat sie immer auf der Wiesn überm Dirndl getragen«, sagte sie mit feuchten Augen. »An dem rauen Walkstoff bleiben Haare leicht hängen. Sehen Sie? Die dunklen sind von mir, die blonden noch von Lena. Ist mir erst neulich aufgefallen, aber ich hab's einfach nicht übers Herz gebracht, sie wegzubürsten.«

Sofie zog die Schutzhandschuhe an und verstaute den blonden Fund in einer kleinen Sicherungstüte aus Plastik.

»Wenn ich Sie jetzt noch um eine Speichelprobe bitten dürfte?«, sagte sie. »Um alles noch sicherer zu machen.«

Steffi Michelsberger ließ die kleine Prozedur mit geschlossenen Augen über sich ergehen, während Sofie innerlich resümierte:

Zweimal ein namenloser Mann mit Hund.

Zwei blonde Frauen, eine vielleicht noch einsamer als die andere.

Eine tierische Dating-Plattform.

Jäher Liebesbefall.

Schritt für Schritt kamen sie der Sache doch näher …

»Lena und Sie waren sich doch so nah«, sagte sie zu der Schwester, als sie das Kinderzimmer betraten. »Hat sie Ihnen denn wirklich gar nichts von diesem Mann erzählt? Jedes winzigste Detail kann uns vielleicht weiterhelfen …«

Steffi Michelsberger überlegte. »Doch«, sagte sie dann plötzlich. »Etwas hat sie mir erzählt. Dass er auf ›heilige Sachen‹ steht.«

»Heilige Sachen?«

»Ja, was man halt so in Kirchen findet. Ich weiß jetzt grad nicht, wie man das nennt: Knochen und so. Wir sind ja beide nicht einmal getauft, weil unsere Eltern nicht viel mit der christlichen Kirche am Hut hatten. Also: mit gar keiner Kirche. Die waren ja nicht einmal verheiratet. Aber die Lena hat das mit dem Heiligen wohl doch irgendwie beeindruckt. Einmal war sie mit ihm zusammen in einer großen Kirche in der Innenstadt, da hat er ihr was gezeigt. Hinter Glas. Irgend so was … was Heiliges, halt. Ich war ja nicht dabei. Aber ich fand diese Begeisterung schon etwas seltsam.«

»War das vielleicht im Alten Peter?«, fragte Sofie nach, die sich an ihre frommen Exkursionen mit Tante Vroni erinnerte, die ihr dort den Schrein der hl. Munditia zeigte, der römischen Katakombenheiligen, deren Anblick sie ziemlich erschreckend fand …

»Fragen Sie mich was Leichteres! Ja, kann sein, dass das im Alten Peter war. Oder nicht? Ich weiß es wirklich nicht mehr. Mich können Sie mit so was ja jagen. Einmal im Jahr mit den Kindern in die Geisterbahn, das reicht mir völlig.«

Dann wurde sie ganz bleich: »Und Sie meinen, dieser Kerl aus dem Internet hat sie …«

»Falls das so ist, wird ihm die Polizei diese Tat auch nachweisen«, sagte Sofie. »Einigermaßen clever scheint er zwar zu sein, aber jeder, der im Internet unterwegs ist, hinterlässt da auch Spuren. Und die sind häufig eben so eindeutig wie ein genetischer Fingerabdruck. Also hat er vielleicht schon seinen wichtigsten Fehler begangen …«

»Die Haare brauchen Sie, um die DNA abzuklären, nicht?«, fragte Steffi Michelsberger, als sie wieder zu Joe ins Wohnzimmer gingen. »Weil Sie meine Schwester sonst nicht mehr identifizieren können, richtig?«

Sofie nickte knapp, weil sie bereits ahnte, was als Nächstes kommen würde.

»Was hat er ihr angetan?«

Steffi Michelsberger umklammerte Sofies Oberarm.

»Hat er sie dermaßen zugerichtet, dass man sie anders nicht mehr identifizieren kann?«

*Die Leute sehen zu viele Krimis im Fernsehen*, dachte Sofie bei sich. Zu Steffi Michelsberger sagte sie ausweichend: »Wenn sie es ist, dann hat er nicht viel von ihr übrig gelassen …«

»Was soll das heißen? Die Arme? Die Beine? Den Rumpf? Hat er sie zerstückelt? Jetzt reden Sie doch endlich!«

Sofie machte sich frei und rieb sich die schmerzende Stelle an ihrem Oberarm.

»Hatte Ihre Schwester vielleicht Veneers im Frontzahnbereich?«, fragte Joe, als die beiden wieder bei ihm im Wohnzimmer waren.

»Sie meinen diese Verblendschalen aus Porzellan? Ja, die hatte sie. Ein Heidengeld haben die gekostet – Lena hat jahrelang jeden Cent dafür zur Seite gelegt, weil sie endlich schöne Zähne haben wollte. Ich kann Ihnen die Adresse ihrer Zahnärztin sagen, Frau Dr. Hornschild …«

Sie hielt inne.

»Aber das hieße ja, Sie müssen ihren Kopf haben! Warum fragen Sie mich dann überhaupt noch nach ihren Haaren?«

»Weil es nur ein blanker Schädel ist, den wir gefunden haben. Genauer gesagt: drei«, antwortete Sofie.

»Und der Rest?«, flüsterte Steffi Michelsberger. »Wo ist der Rest von Lena?«

»Bisher leider noch nicht wieder aufgetaucht«, erwiderte Joe. »Wir haben nur die drei Frauenschädel, sonst nichts.«

27

# *Schlagzeilen*

Zwei Schritte vor und drei wieder zurück – so fühlte sich das bei Sofie im Augenblick an. Und zwar auf allen Ebenen – also sowohl, was die laufenden Fälle betraf, als auch privat. Außerdem war Joe ziemlich grantig, weil der Druck von oben zunahm. Der Schädelfund hatte es auf wundersamen Wegen in die lokalen Zeitungen geschafft und wurde seitdem nahezu täglich in immer neuen Schlagzeilen ausgeschlachtet.

Serienmord in München – wer ist die Nächste?

Wie viele Vermisste liegen noch hinter Glas?

Reliquie oder Trophäe?

So oder so ähnlich texteten die Zeitungen und überboten sich gegenseitig in wilden Spekulationen.

Bald stellte sich heraus, dass die Pressestelle des Erzbischöflichen Ordinariats nicht ganz unschuldig daran war. Ein übereifriger Praktikant hatte mit einem Journalisten geplaudert und dadurch den Stein ins Rollen gebracht, der sich nun mehr und mehr zu einer Geröllawine zu entwickeln drohte. Natürlich hatte man ihn sofort freigestellt, was allerdings keineswegs zu einer Beruhigung der Öffentlichkeit führte. Ganz im Gegenteil: Denn der junge Mann, zutiefst enttäuscht über das jähe Ende seines Praktikums, tingelte nun munter als Gast durch die Münchner Radiosender und erzählte überall, wie hundsgemein man im Ordinariat mit ihm verfahren sei – und das, wo die Öffentlichkeit doch einen Anspruch auf seriöse Berichterstattung habe …

Insgeheim hatte Sofie ja ihre alte Freundin Maria Hierlmeier als »Leck« in Verdacht gehabt, die ständig bei ihr anrief und um Informationen geradezu bettelte, weil sie ja auch irgendwie in diese Reliquiengeschichte verwickelt sei. Doch Maria hatte eine solche Unterstellung strikt von sich gewiesen, als Sofie sie direkt darauf ansprach. Kein einziges Wort habe sie gegenüber den Pressefuzzis verloren, das schwöre sie bei allem, was ihr heilig sei. – Ein Wort, das bei Sofie inzwischen massives Unbehagen auslöste … Ihr Schwur hinderte Maria aber nicht dran, Joe auf die Pelle zu rücken, angeblich, weil sie den Fall »ja so spannend fand«. Sofie dagegen vermutete, dass mehr dahintersteckte: Maria war einsam, das hatte sie selbst unumwunden zugegeben, und dass Joe ihr gefiel, sah sogar der berühmte Blinde mit dem Krückstock. Außerdem hatte bei der praktizierenden Katholikin das Wort *Scheidung* offenbar so etwas wie einen inneren Erdrutsch ausgelöst. Wären Sofie und Joe noch verheiratet gewesen, hätte sie wohl alle Ambitionen zurückgestellt, weil die Ehe ihr heilig war – aber so?

So oder so aber war unübersehbar, wie sehr Joe Marias Avancen genoss: Endlich mal eine, die nicht ständig an ihm herumkrittelte wie Sofie, sondern ein attraktives Vollweib, das ihm gern zeigte, wie hinreißend er doch war. Er hatte sich mit ihr getroffen, angeblich nur auf einen schnellen Kaffee, wie Joe behauptete, um Marias verständliche Neugierde über den Fall zu stillen, »selbstredend nur im Rahmen des Erlaubten«, wie Joe ausdrücklich betonte.

Sonst sei nix passiert, rein gar nix, sagte er.

Auf seltsame Weise machte es Sofie sehr müde, ihm zuzuhören. Wie oft in den vergangenen zwanzig Jahren war dieser Satz so oder so ähnlich schon gefallen?

Betrogen – Besserung gelobt – verziehen – betrogen.

Und dann alles wieder von vorn …

All die Jahre über war Joe ein großer Junge geblieben mit einem noch größeren Herzen, das zwar ihr allein gehörte, wie er immer wieder beteuerte, das er aber doch zwischendrin gern mal an andere Frauen verlor.

War er gerade im Begriff, es erneut zu tun?

Einige dieser Frauen waren absolute Fehlgriffe gewesen wie jenes brünette Blunsenbummerl, das damals den letzten Anstoß zur Trennung gegeben hatte. Andere hatten sich als Leichtgewichte entpuppt, die bald wieder von der Bildfläche verschwanden und fast keine Spuren hinterließen. Nicht einmal die Namen hatte Sofie sich alle merken können – und Joe vermutlich ebenso wenig.

Bei Maria verhielt es sich jedoch anders. Sie war schön, klug und hatte einen starken Willen sowie durchaus das Zeug, einen Mann auf Dauer zu halten. Wenn Sofie tief in sich hineinhorchte, konnte sie sich Maria als Frau an seiner Seite sogar vorstellen … Dabei hing sie doch nach wie vor an ihrem treulosen Joe, auch wenn sie sich immer wieder maßlos über ihn ärgern musste. Wenigstens saß er ihr nicht in der Wohnung auf der Pelle, und Tante Vroni, der der bedrückte Zustand ihrer Lieblingsnichte natürlich nicht entging, hielt sich mit Kommentaren erstaunlich zurück.

»Werst scho des Richtige tua«, war das Einzige, das sie einmal wie nebenbei beim Frühstück anmerkte. »Und, ja, ma derf sei Meinung scho ändern. Aa und erst recht in Herzensdingen. Des woit i nur amoi gsagt ham.«

Ob sie dabei an Charly dachte, der gerade mit einer Tüte ofenfrischer Croissants vorbeikam und Sofie bat, noch ein paar Tage länger die Gastfreundschaft in ihrer Wohnung in Anspruch nehmen zu dürfen?

»Unten im Haus muss alles mit einem Spezialanstrich behandelt werden«, sagte er, und ihr fiel auf, dass er das Wort *Keller* vermied. »In mehreren Schichten. Das zieht sich leider, weil jede Schicht erst vollständig durchtrocknen muss, bevor die nächste aufgetragen werden kann. Ich hoffe, danach …«

»Den Geruch bekommst du sicher raus«, sagte Sofie, »mit deinen Bildern im Kopf wird das nicht so einfach sein. Glaub mir, ich weiß, worüber ich rede.« Sie legte die Hand auf seinen Arm. »Bleib nur, solang wie du willst. Für mich passt das hier grad so.«

Charly sah sie erleichtert an.

»Manche Kulturen halten ja viel vom zeremoniellen Ausräuchern«, meinte er. »Die Berber, die Tibeter, überhaupt viele Asiaten. Vielleicht würde …«

»Da brauchst gar ned so weit weg. Des hamma fria aa immer gmacht in dene Raunächt«, mischte sich Vroni ein. »Mit Salbei, Beifuaß und Engelwurz, um die bösen Geista zu vertreibn. Obs was ghoifn hat, des woaß i ned, aber gut grocha hats danach imma!«

»Ganz genau«, sagte Charly. »So was in der Art habe ich die nächsten Abende auch vor. Ich wollte Onkel Max dazu bitten, den alten Nomaden – und dich.« Jetzt sah er wieder die Sofie an. »Weniger, um die bösen Geister zu vertreiben, sondern vielmehr, um für einen guten Neuanfang zu sorgen. Würdest du denn kommen?«

»Claro«, sagte Sofie. »Gern sogar. Aber willst du deinen Vater nicht auch dazu einladen?«

»Nur die Menschen, die mir am allernächsten stehen.«

Charlys intensivem Blick aus graugrünen Augen heraus konnte sie nur mit Mühe standhalten, so tief ging er ihr.

»Das mit meinem Vater und mir ist auf einem guten Weg. Aber zwanzig Jahre Zwist und gegenseitige Schuldzuweisungen lassen sich eben nicht auf die Schnelle reparieren.«

An dieser Stelle war ein zartes kleines Bellen zu hören, als habe Murmel genau verstanden, worum es gerade ging. Jenes Murmelchen, das sie heute schon wieder in die gierigen Hände von Dr. Iglu geben sollte, weil die sonst gar keine Ruhe mehr geben wollte!

Manchmal hatte Sofie das Gefühl, dass die Falk seit einiger Zeit in anderen Sphären schwebte und ihr die ganze Rechtsmedizin im Moment herzlich gleichgültig war. Was doch gar nicht zu dieser frostigen Karrierefrau passte, für die der Beruf bislang stets an erster Stelle gestanden hatte.

Verwandelte sie sich gerade von einer Dr. Iglu in eine Dr. Hot? Auf den Kerl, der das zustande gebracht hatte, war Sofie wirklich gespannt!

Ihr selbst war die Arbeit so wichtig wie eh und je. Deshalb freute sie sich, als endlich die Ergebnisse aus der Tox kamen und ihre Annahmen bestätigten: In den grünen Tapeten, die Michel Wünsche so penibel abgekratzt hatte, befand sich tatsächlich Arsen – in erheblicher Menge. Beim Versuch, sie von der Wand zu bekommen, hatte er zudem chemische Lösungsmittel eingesetzt, die das Eindringen in die Haut erleichtert hatten.

Er war keines natürlichen Todes gestorben, genauso wie seine trauernde Witwe es vermutet hatte. Ganz zu Recht hatte sie auf seiner Obduktion bestanden. Aber es gab keinen Mörder, denn er hatte sich das Gift selbst beigebracht, peu à peu mit jeder weiteren Renovierungsarbeit.

Gile Bertram weinte, als Sofie ihr die Nachricht am Telefon

übermittelte, aber dieses Mal waren es Tränen der Erleichterung, wie sie versicherte.

»Es ist entsetzlich, dass Michel gestorben ist«, sagte sie, noch immer heftig schluchzend. »Die Katastrophe meines Lebens, wo ich ihn doch so sehr geliebt habe! Aber nun kann ich Penelope eines Tages erzählen, dass ihr lieber, lieber Vater bei einem tragischen Unfall ums Leben gekommen ist, als er ein neues Zuhause für uns drei schön machen wollte. Das ist doch etwas ganz anderes als ein Mord!«

Sofie pflichtete ihr bei und fragte: »Was machen Sie denn jetzt mit der Wohnung?«

»Ich hab schon eine Baufirma gefunden, die spezialisiert ist auf die Beseitigung von Giftrückständen in Gebäuden. Bis die kein grünes Licht ...« – sie stockte. »Ich glaub, das werd ich jetzt niemals mehr unbefangen sagen können! Also: Bis die keine vollständige Entwarnung gegeben haben, setze ich keinen Fuß mehr dort rein.«

»Sehr vernünftig«, sagte Sofie. »Das kommt alles natürlich auch noch einmal schriftlich. Und passen Sie bitte auf sich auf. Ihre Kleine, die braucht Sie jetzt!«

Sie hatte gerade aufgelegt, als Elke Falk ins Kabuff gerauscht kam, wie meistens ohne anzuklopfen. Aber in welcher filmreifen Aufmachung war sie denn heute? Fehlte ja nur noch ein Tropenhelm ...

Sie trug ein helles Kostüm mit langer Jacke, dessen Faltenrock knapp über ihren mageren Knien endete, darunter eine hochgeschlossene weiße Bluse nebst wehendem, ebenfalls weißen Schal. Die nackten Beine steckten in hochhackigen braunen Stiefelchen. Sogar Murmelchens Halsband plus Leine in Rehbraun waren farblich abgestimmt und brandneu.

*I had a farm in Africa ...*

Sofie verkniff sich ausnahmsweise einmal einen Kommentar zu Falks Outfit, stattdessen hatte sie unwillkürlich Meryl Streeps warme, leicht schleppende Stimme im Ohr, beziehungsweise die der deutschen Synchronsprecherin. Gefühlte tausend Mal hatte sie den Film mit Tante Vroni angeschaut, einer großen Freundin gemütlicher Heimkinoabende, dazu Köstliches geknabbert und jedes Mal wieder gemeinsam mit ihr am Ende geweint, als die beiden Löwen majestätisch in der Landschaft ruhten.

Aber würde die Falk wirklich so weit reisen wollen?

»Sie kennen sich doch aus in diesem … Giesing, oder?«, näselte sie.

»Scho. Was woins denn wissen?«

»Schrebergärten. Es geht um Schrebergärten.«

»Schrebergärten«, wiederholte Sofie genüsslich. »A geh! Sagens bloß, Sie woin sich einen anschaffen. Des is fei schwierig, da gibts nämlich endlose Listen. Und wenn die Eltern oder a anderer naher Verwandter ned aa scho …«

»Papperlapapp!«, unterbrach die Falk sie nervös. »So viel Zeit hab ich jetzt nicht, um mir Ihren Senf anzuhören. Ich werde nämlich erwartet. Ich will nur wissen, ob es in Giesing welche davon gibt. Also?«

»Scho«, wiederholte Sofie. »In Perlach, an der Grenze zu Giesing, da is meines Wissens a Kleingartenanlage, und dann mittendrin, hinterm Hans-Mielich-Platz, da is …«

»Das reicht!«, trompetete die Falk. »Mehr brauche ich gar nicht. Dann sause ich jetzt los.«

»Zu einem Picknick im Dschungel?«, setzte Sofie hinterher. »Wie aufregend! Passens nur auf, dass die Löwen koan Appetit auf Safarilook bekommen! So was zum Nagen, für zwischendrin …«

»Nur kein Neid!« Elke Falks Augen wurden schmal. »So ein Kostüm im Kolonialstil können sich nur die allerwenigsten Frauen leisten, denn es verzeiht nichts. *Gar nichts.* Bei Ihrem Kaliber«, ein abschätziger Blick fiel auf Sofies ansehnliche Rundungen, »würde einem dagegen wohl eher die berühmte Wurst in der Pelle in den Sinn kommen, meinen Sie nicht auch?«

Sie stöckelte hinaus.

Kopfschüttelnd blieb Sofie am Schreibtisch zurück.

Das war mal wieder Dr. Iglu in Reinform gewesen. Vielleicht lief es mit dem neuen Lover ja doch nicht ganz so wie erwartet? Oder warum war sie sonst so bissig?

Statt weiter darüber nachzudenken, konzentrierte sich Sofie lieber wieder auf ihre Akten …

Die DNA-Bestimmung hatte ihre Vermutungen bestätigt. Der eine Schädel gehörte Bianca Barth, die unter der Fuchtel der Mutter gestanden hatte, der mit den teuren Veneers gehörte Lena Huber. Beim dritten waren sie noch nicht viel weitergekommen; Doro Mittermayer, 36, zuletzt in Baldham gemeldet, war so oft innerhalb Münchens umgezogen, dass man sie keinem Zahnarzt zuordnen konnte. Zudem stammte sie ursprünglich aus Münster und hatte keine Verwandten vor Ort. Eine Nachbarin, dieses Mal von Joe und seinem Kollegen Mick Lorenz befragt, erwähnte eine Frau, die oft bei ihr gewesen sei. Allerdings erinnerte sie sich an den Vornamen nicht genau – Hilde, Hilke oder Hella, sie war sich nicht sicher –, und auch ihre Beschreibung war nur sehr allgemein: Groß. Schlank. Lange, blondierte Haare … Na prima! So sahen Tausende junge Frauen in München aus.

Ja, Doro hatte einen niedlichen Dackel gehabt: Beppi, rotzfrech und äußerst verfressen, der mit ihr zusammen verschwunden war. Die Wohnung wurde aufgelöst; ob diese Hilke-oder-wie-auch-immer daraus etwas entnommen habe, entzog sich ihrer Kenntnis.

Handy? Computer? Keine Ahnung.

Dating-Plattform? Davon hatte die Baldhamer Hausfrau in ihren 78 Jahren noch nie etwas gehört.

Sie kamen also keinen Schritt weiter. Aber die Zeit drängte, das spürte Sofie. Zwei Jahre war der letzte Schädel alt, und das Muster war eindeutig. Jeden Tag starrte sie auf die Vermisstenmeldungen, weil sie befürchtete, da könne wieder eine Frau aus dem Großraum München dabei sein, die in das Schema passt: Attraktiv, aber einsam. Zwischen dreißig und vierzig. Mit Hund.

Die Haarfarbe hatten sie inzwischen korrigiert, denn Doro Mittermayer hatte braune Locken gehabt – der Täter stand also nicht unbedingt nur auf blond.

Dating-Plattform?

Wo sollte man da anfangen, wo aufhören?

Einen Hoffnungsschimmer gab es zumindest: Das Tablet von Lena Huber war zwar vollkommen hinüber, das Passwort des alten Laptops von Bianca Barth aber konnte geknackt werden.

Zwar hatte jemand alles gründlich gelöscht, doch mit den heutigen Programmen ließ sich vieles wieder rekonstruieren.

Und die Kollegen arbeiteten schon eifrig daran …

## 28

# *Auf geht's!*

Nein, der Mann, der morgens im Polizeipräsidium in der Ettstraße anrief, wollte seinen Namen nicht nennen. Ähnliche Anrufe kamen dort täglich an, und meistens steckte nicht viel dahinter: Wichtigtuer, Denunzianten, Paranoiker. Dieser Anruf aber war etwas Besonderes.

»Ihr sucht's doch den Keidel Sepp, oder?«

»Bitte nennen Sie mir zunächst Ihren Namen …«

»An Deifi werd i! – Den, der des ganze heilige Glump stiehlt und na weidavahökert, oder?«

»Woher wissen Sie …«

»Den, der den Auerbach aufm Kerbholz hat. Gell, jetzt sans auf amoi ganz Ohr!«

Ein freches, selbstbewusstes Lachen.

»Beim Keidel dahoam, da warts wahrscheinlich scho. Und was habts dort gfundn? Nix, oder? Des hob i mia denkt! Ned amoi eahm selber.«

Er lachte wieder.

»Der Keidel, der hat nämlich a Lager. Bevor er in' Bau eingfahrn is, war des in der Hollertau, aber des is eahm jetzt wahrscheinlich zu weit. Ma wird ja schließlich ned jünger, gell? Jetzt lagert er des Zeig lieber näher – ned direkt im Stadtzentrum, a bissl mehr außerhalb liegts no immer, aber doch schneller zu erreichen.«

Dann nannte er die Ottobrunner Straße als Adresse.

»Nebendran is a oaner fürs Grobe – ihr wissts scho: Gas, Scheiße, Licht, wia ma so sagt. Irgendwas mit Kern. Na ja, des werdts scho finden!«

Es hörte sich an, als zöge er sich gerade eine große Portion Schnupftabak in die Nase.

»Der Keidel selber, der is wahrschlich bei seiner Schicksn, der Geli Wenzl in der Heßstrass irgendwas, da san lauter so mickrige Appartements, oans neben dem anderen. Des Madl is a bissl bläd, die is sicher ordentlich gemeldet … Warum i eich des ois verrat? Weil i koane Mörder ned mog. Leben und leben lassen, des is mei Motto – immer schon gwesn. Der Auerbach, der war eigentlich bloß a ganz a kloans Licht. Ja guat, a bissl Stehlen, an bissl Hehlen, a bissl Urkundenfälschung, des scho. Derf ma ja aa ned. Aber des tuat doch ned richtig weh, oder? Da ist der Keidel scho a anders Kaliber. A ganz a anders! Und seine angeblichen Freinderl erst – von dene möcht i koam im Dunkeln begegnen, besonders ned dem King. So oaner wia der, der ghört weggsperrt, am besten glei für immer! Und damit pfiat eich. Wünsche allerseits vui Erfolg, die Herrn!«

Natürlich wurde seine Aussage überprüft. Streifenbeamte fuhren in die Ottobrunner Straße und machten neben einer Installationsfirma die besagte Halle ausfindig. Weder dem Chef, einem beleibten Endfünfziger, noch seinen drei Angestellten war irgendetwas aufgefallen. Lieferautos – ja, ab und zu. Verdächtige Aktivitäten? Sie hatten weder etwas gesehen noch gehört.

Als Nächstes wurde die besagte Halle geöffnet: keine Menschenseele in Sicht, aber dafür sonst so allerhand: die vermissten Heiligenfiguren aus dem Harlachinger St.-Anna-Kircherl und noch jede Menge weiterer Statuen quer durch die Jahrhunderte. Mit diesen Engeln, Georgs, Sebastians, Elisabeths, Quirins, Kajetans, Annas, Joachims, Josephs und so ziemlich allem, was der Heiligenkalender hergab, hätte man mehrere gemischte Fußballmannschaften aufstellen können, so zahlreich standen sie hier herum.

Interessant daran war, dass einige davon nicht mehr intakt waren: dem einen fehlte ein Arm, dem nächsten ein Bein oder der Kopf, und das war beileibe keine Frage von Alter, unsachgemäßer Lagerung oder lieblosem Transport.

Dr. Maria Hierlmeier, die man als Expertin hinzuzog, wusste auf Anhieb die Antwort: »Man spricht hier vom sogenannten Mehrungsprinzip«, dozierte sie fachkundig und sah mit ihrer neuen kirschroten Designerbrille auf der hübschen Nase mal wieder klug und ausgesprochen attraktiv zugleich aus. »Aus eins mach zwei«, heißt das, »um nur mal ein Beispiel zu nennen. Wie das vonstattengeht? Denkbar simpel! Sie sägen den Arm eines hl. Michaels aus dem 17. Jahrhundert ab und setzen ihn an eine frisch geschnitzte Holzstatue, die anschließend natürlich entsprechend präpariert werden muss. Farbe, Vergoldung, Holz auf alt trimmen, alles, was so dazugehört. Schon haben Sie einen hl. Michael, dessen Arm neu geschnitzt werden muss, *und* einen hl. Georg, und Sie können gleich bei zwei Kunden abkassieren.«

»Und das funktioniert?«, fragte Joe ungläubig, der mit Mick Lorenz zur Halle gefahren war.

»Und wie!«, strahlte sie ihn an. »Die Leute sind ganz narrisch darauf, bei uns genauso wie im Ausland. Mit einigem Glück erhält man auf diese Weise sogar eine veritable kunsthistorische Expertise, weil der Kollege vielleicht grad den Teil der Statue begutachtet, der echt ist – das treibt den Wert noch weiter nach oben. Der Markt ist riesig, unüberschaubar, und er wächst von Jahr zu Jahr. Jetzt gibt es sogar schon chinesische Käufer, die bereit sind, dafür horrende Summen auf den Tisch zu legen.«

Schwungvoll drehte sie sich einmal um die eigene Achse, wobei ihr kirschroter Tellerrock gut geformte Beine freigab.

»Aber die anderen klerikalen Schätze, die hier lagern, sind ja auch nicht von schlechten Eltern!«, fügte sie hinzu

Wohl wahr: Gold und Silber, wohin das Auge reichte. Leuchter, Kelche, Monstranzen, Taufschalen und anderes mehr, ein buntes Sammelsurium kostbarer Gerätschaften, wie man sie für die Liturgie braucht.

»Das müssen aber viele Kircheneinbrüche gewesen sein«, meinte Mick Lorenz, beeindruckt ob so viel Glanz.

»Damit haben Sie sicherlich recht!«

Maria war ganz in ihrem Element.

»Vieles stammt erfahrungsgemäß aus Rumänien, Ungarn, Polen oder Tschechien, wird dort im Auftrag gestohlen und dann weiter in den Westen transportiert, weil die Preise hier um ein Vielfaches höher sind. – Sepp Keidel«, sie wandte sich an Joe, »so heißt der Mann doch?«

Joe nickte.

»Der hat garantiert Helfer und Mittelsmänner. Ich tippe sogar auf ein durchorganisiertes Netzwerk. Allein kann das keiner stemmen. Dazu ist das hier um einige Nummern zu groß.«

»Der anonyme Anrufer hat von einem ›King‹ gesprochen«, sagte Mick halblaut zu Joe. »Aber damit meint er ned den Grattler an der Dult, oder? *Kurios,* Schweigerstraße 4. Die Kinder san ganz narrisch drauf, weil sie die ausgestopften Viecherl so schön gruslig finden, die er dort rumhängen hat.«

»Bei dem war ma scho«, antwortete Joe. »Der King sagt nix. Aber dem fühlen wir jetzt no amoi gehörig aufn Zahn«, fügte er grimmig hinzu. »Und zwar gleich.«

## 29

# *Wir kommen wieder!*

Sie kamen ungelegen, *äußerst* ungelegen sogar, das ließ Richard König sie deutlich spüren. Ganz in sommerliches Weiß gekleidet, war er offenbar gerade am Gehen.

»Ich weiß gar nicht, was Sie schon wieder von mir wollen«, meinte er schmallippig. »Ich bin ein rechtschaffener Geschäftsmann mit vielen Außenterminen und hab mit Ihren Verbrechern nichts am Hut. Außerdem beginnt in ein paar Tagen die Jakobidult, dann ist bei mir jedes Mal die Hölle los. Und jetzt muss ich dringend mei Zamperl abholen, denn sonst nimmt es mir die Nachbarin vielleicht nicht mehr. Und dann hab ich ein echtes Problem, wenn die Dultbesucher meinen Laden stürmen und einer von ihnen vielleicht ganz aus Versehen ins Bein gezwickt wird. Dann kann ich meinen Laden gleich dichtmachen.«

König war ersichtlich aufgebracht, versuchte aber, sich im Zaum zu halten.

»Es geht um den immer noch ungeklärten Mord an Franz Auerbach«, sagte Joe kühl. »Sie erinnern sich, die Flaucherleiche, bei deren Habseligkeiten wir Ihre silbernen Schalen gefunden haben. Und eine Halle in Altperlach, vollgestopft mit Sakralgerät und wertvollsten Holzfiguren, allesamt aus Kirchenbesitz entwendet. Kennen Sie diese Halle?«

»In Perlach soll die sein? Muss ich leider passen. Da war ich schon seit Jahren nicht mehr«, erwiderte König mürrisch. »Für mich ist das kein lohnendes Viertel. Kaum brauchbare Ankäufe, und eine geldige Käuferschicht sitzt dort auch nicht gerade.«

»Sagt Ihnen der Name Sepp Keidel etwas?«, fragte Mick weiter.

»Keidel?« König schüttelte den Kopf. »Nicht dass ich wüsste.«

Joe und Mick tauschten einen Blick, dann fuhr Mick sich mit der Hand über den Nasenrücken: *Er weiß mehr, als er sagt*, bedeutete diese Geste.

Joe hüstelte kurz: *Glaube ich auch*, wollte er ihm damit signalisieren.

»Es gibt einen Zeugen«, fuhr Joe fort, »der Sie explizit im Zusammenhang mit diesen Straftaten erwähnt hat: King, so lautet doch Ihr alter Spitzname, richtig?«

Richard König schien zur Salzsäule erstarrt.

»Die einen sagen so, die anderen so«, brachte er schließlich hervor. »Das mit dem King ist Jahrzehnte her. Das ist doch schon gar nicht mehr wahr!«

»Wollen Sie vielleicht noch einmal nachdenken, ob Ihnen ein gewisser Sepp Keidel nicht doch ein Begriff ist?«

Joes Tonfall wurde fast beschwörend.

»Sie kommen doch mit so vielen verschiedenen Menschen zusammen, da kann man schon mal jemanden vergessen …«

»Wer das behauptet, der lügt! Ich kenn keinen Keidel, und ich hab mir nichts zuschulden kommen lassen.«

Er war nun deutlich lauter geworden.

»Keidel hat Ihnen niemals Diebesgut aus Kirchenbesitz angeboten?«, hakte Mick nach. »Vielleicht für ganz spezielle

Kunden, die bereit gewesen wären, auch mehr dafür hinzublättern?«

»Sind Sie taub?«

Königs Gesicht rötete sich ungut. »Ich kenne diesen Mann nicht – und jetzt muss ich Sie dringend bitten zu gehen. Wie gesagt, ich muss zu meinem Zamperl, und danach wartet ein wichtiger Termin auf mich, den ich nicht versäumen darf. Das verstehen Sie doch?«

»Ihre Entscheidung.«

Joe machte zwei Schritte zur Tür, dann drehte er sich doch noch einmal abrupt um. »Aber wir kommen wieder, das verspreche ich Ihnen.«

»Was für ein Widerling!«

Joe schüttelte sich, als sie wieder zusammen im Dienstwagen saßen. »Eiskalt und aufgeblasen. Möcht nur wissen, was die Weiber an so einem finden. ›Der scheene King von der Au‹ – irgendwoher muss er seinen Namen ja ham!«

»Sauber ist der jedenfalls ned«, bekräftigte Mick. »Aber inwieweit der im Kirchenraub mit drinsteckt, und wie tief...« Er schob sich einen Kaugummi in den Mund. »Schade, dass uns der Anrufer seinen Namen ned verraten hat. Dann stünden wir jetzt besser da. So isses halt nur a Behauptung ...«

Wellenklang. Sein Handy meldete sich.

»Alles klar, Kollegen«, sagte er, nachdem er den Anruf angenommen hatte. »Schade ja, aber ma konnt ja fast damit rechnen ...«

Joe sah ihn auffordernd an.

»Keidel und sei Schnucki san über alle Berge«, sagte er. »Die Wohnung is leer.«

»Die kemma ned weit«, sagte Joe. »Fahndung läuft, und so

grenzenlos wie noch vor ein paar Jahren ist Europa schon lange nicht mehr. Früher oder später geht ihnen die Kohle aus. Oder sie versuchen, etwas vom Diebesgut zu verschachern, und werden damit auffällig.«

»Oder er hockt seelenruhig hier im Umkreis in einem Versteck und wartet ab, bis der ganze Rummel sich etwas gelegt hat. Dann bricht er in seine eigene Halle ein und nimmt sich, was er braucht«, spekulierte Mike.

»Das mit dem Einbruch ins eigene Lager kann er ruhig machen«, erklärte nun wiederum Joe. »Das bringt aber leider nix.«

»Und warum ned?«, wollte Mick wissen.

»Weil die Maria längst den gesicherten Abtransport der Wertgegenstände organisiert hat. Das wird alles noch heute in der erzbischöflichen Schatzkammer zwischengelagert. Und zwar so lange, bis die rechtmäßigen Besitzer ermittelt sind.«

Er lächelte.

»Wenn der Keidel da einbrechen will, hat er verdammt schlechte Karten. Katholischer Hochsicherheitstrakt, sag ich nur!«

»Wow!«, entgegnete Mick beeindruckt. »Die Frau ist auf Zack!«

»Ja, das ist sie.«

Joes Lächeln wurde weicher.

»Die kennt sich eben aus mit dem heiligen Sach'.«

»Und gfoin tuats da aa, gell?«

Mick blinzelte Joe an. »Dabei hab i immer denkt, du und die Sofie, ihr zwoa seids …«

»Des oane hat mitm andern doch gar nix zum doa«, polterte Joe los. »Die Sofie, die is mei Herzblatt, immer scho gwesen, und daran wird si aa nix ändern. Die Maria dagegen, die is …«

»Ja?«, fragte Mick gespannt.

»Jetzt fahr endlich zua! Mir ham schließlich aa no was anderes zum erledigen!«

30

# *Zwiegespräch mit der Chefin*

I woaß, i war scho lang nimmer da.«

Vroni dämpfte ihre Stimme, dabei kniete sie ganz allein vor der Gnadenkapelle in der Mariahilfkirche.

»Und jetzt wirst vielleicht sagen, dass i immer nur dann kimm, wenn i gar nimma weida woaß. Is ja auch was Wahres dran, des gib i zua. Aber zum oana war mei Hax'n verstaucht, und wenn man si zu dir kutschieren lassen muaß, isses doch ned desseibe, oder?«

Sie suchte nach einer bequemeren Position. So ganz belasten durfte sie das rechte Knie noch immer nicht, obwohl der kleine Schlitten, den man ihr dort vor einigen Monaten anstelle des verschlissenen Gelenks eingesetzt hatte, wahre Wunder bewirkt hatte.

»Zum anderen bin i aa scho oft bei dir gwesen, um mi zu bedanken, zum Beispiel dafür, dass ich wieder so guad laffa ko. Und heit bin i froh, dass die ganzen Heilgenfiguren wieder do san und deine heiligen Eltern zruck ins St.-Anna-Kicherl kemma. Am allerscheensten aber isses für mi, wenn i bei dir meine Gedanken ordnen darf. Bei einfachen Belangen unterhalt i mi ja aa gern amoi mit den normalen Heiligen, aber bei besonders wichtigen Dingen muss es halt scho die Chefin sei – du!«

Vroni zog ein kleines Kissen aus ihrem Shopper und schob es sich unter das Knie.

»Jetzt passt's«, stellte sie lächelnd fest. »Es foit ma nämlich gar ned so leicht, mit der Wahrheit herauszurücken. Aber bei dir muaß ma doch ehrlich sei, sonst bleibt ma besser glei dahoam. Oder?«

Sie rückte noch ein winziges Stück nach vorn.

»I glaub, mei Sofie, die liebt den Joe nimmer richtig«, sagte sie leise. »Die ganze Zeit hab i woin, dass die beiden wieder zsammakemma, aber jetzt woaß i nimmer, ob des wirklich richtig is. Ja, die zwoa verbindet so einiges: das Viertel, der Beruf, die schönen Erinnerungen – aber des ist doch ois Vergangenheit. Vui, was war, und nix, was is. Reicht des denn für a gemeinsames Leben? I bin mir da fei gar nimmer so sicher!«

Orgelmusik ertönte, irgendwie klassisch und doch modern zugleich – Max Regers »Phantasie und Fuge über B-A-C-H« –, fast zärtlich gespielt, was gut zu Vronis melancholischer Stimmung passte.

»Und dann der Charly!«, sagte sie. »So lang war i innerlich gegen den, wegen der vornehmen Familie, weil er hoit koaner vo uns is und überhaupts. Damit die Sofie ned wieder weggeht von mir, vielleicht sogar no ganz weit. Und weil sie doch auf Biegen und Brechen den Joe kriagn soit. Aber inzwischen hab i den Charly Loessl richtig ins Herz gschlossen, weil er so a feiner Kerl is, bescheiden und klug, und weil i spür, dass er mei Dearndl richtig gern mog. Des fuit si für mi gar ned wia d'Vergangenheit o, sondern wia d'Zukunft. I wünscht, i kannt mi besser ausdruckn, aber du werst mi schon vastehen.«

Nun kramte Vroni in ihrem Shopper auch noch nach einem Taschentuch.

»Und jetzt? Kannst du mir verraten, was i dua soi? Einfach

nur abwartn? Du, des ko fei gfährlich wern! De Sofie ko so stur sei, wenns drauf okimmt, die vergeigt des vielleicht no!«

Sie tupfte sich über die Augen.

»Aber eingreifen is doch a Schmarrn, oder? Na hoaßts später vielleicht, wenn's doch nix worn is, ois nur zwengs dir!«

Hilfe suchend schaute sie zur Gottesmutter mit dem Kind.

»In Herzensdingen woaß doch koane so gut Bescheid wia du!«

Vroni schloss die Augen, um die Antwort; auf die sie wartete, besser zu verstehen. Irgendwann nickte sie. Eigentlich war schon alles in ihr da gewesen, wie so oft. Aber jetzt konnte sie es klarer sehen.

Sie erhob sich. Ihr Knie muckte nicht auf. Sie wusste genau, wer dafür verantwortlich war.

»Dankschön«, sagte sie leise, warf eine Münze ein und zündete ein Kerzlein an. »Dankschön – für alles!«

»Schön, Sie wieder bei uns zu haben, Frau Ilmberger!«

David Karisimbis warme Stimme klang nicht ganz so fröhlich wie sonst.

»Hochwürden!«

Sie wandte sich ihm zu.

»Jetzt bin ich fei fast verleg'n, weil's grad so dermaßen privat war …«

»Müssen Sie doch nicht!«

Er legte einen Finger auf seine Lippen.

»Hier ist alles *top secret*, wie man so schön sagt! Nichts verlässt dieses Gotteshaus, ob gesagt oder im Herzen getragen, das wissen Sie doch …«

»Des is guad«, erwiderte Vroni sichtlich erleichtert.

»Wollen Sie vielleicht noch einen Kaffee mit mir trinken?

Sie schauen so aus, als könnten Sie eine kleine Stärkung gut gebrauchen. Ich hab mir eine Thermoskanne für die Sakristei mitgebracht.«

»Da sag i ned naa«, antwortete sie erfreut. »Wenn's koane Umstände macht ...«

»Dann kommen Sie doch bitte!«

Er öffnete eine kleine Tür, und sie folgte ihm nach nebenan.

»Schee«, sagte sie, nachdem sie auf einem Holzstuhl Platz genommen hatte, und ließ ihren Blick über die Glasfront des Schrankes schweifen, in dem die vielfarbigen liturgischen Gewänder hingen, während er den Kaffee in zwei kleine Tassen goss. »I bin so gern, wo's heilig is!«

»Das haben wir beide gemeinsam«, sagte er. »Aber ich muss Sie warnen: Der Kaffee ist auf afrikanische Art zubereitet und stark.«

»Des macht mia nix aus.« Vroni lächelte. »Inzwischen hob i mi an Ihr Afrika scho gwöhnt. Is doch guad, wenn amoi a frischer Wind weht. Sonst rost ma nämlich no ganz ei.«

»Ich wünschte, alle hier würden so denken.«

Auf einmal war das Lächeln aus seinem Gesicht verschwunden. »Manche in der Gemeinde scheint ein Pfarrer aus Ghana doch sehr zu stören. Natürlich sagen sie das nicht offen. Dazu fehlt ihnen der Mut. Aber sie schreiben sehr hässliche Briefe – sogar Erzbischof Marx belästigen sie damit.«

»Des is doch ned Ihr Ernst!«, rief Vroni empört.

»Leider doch«, erwiderte er leise.

»Seitdem Sie da san, is doch alles hier so vui ... heller worn und fröhlicher. Und die Kirch is aa voller. Weil Sie so schee predigen. Und dann die andere Musik. Ned immer nur des Oide von fria!«

»Danke für Ihre lieben Worte! Ja, ich gebe mir große Mühe,

weil ich viele Gläubige erreichen möchte – und vielleicht sogar die, die nicht mehr ganz so gläubig sind. Ich wusste von Anfang an, dass es nicht einfach werden würde in einem so traditionellen Stadtviertel wie diesem hier. Aber meine Herkunft und meine Hautfarbe kann und will ich nicht ändern.«

»Sie denken doch ned etwa ans Aufgeben?«, sagte Vroni entsetzt. »Des geht fei ned, Hochwürden!«

»Aufgeben ist niemals die beste Option. Aber wenn die Widerstände allzu groß sind …«

»Na, na, na, des wui i jetzt gar ned hör'n! Warum packens den Stier ned bei de Hörner, wia ma so sagt, und sprechen des direkt o? Zum Beispiel bei Ihrer Sonntagspredigt zum Dultbeginn? Die Feiglinge in der Gemeinde wern sich danach nimmer trau'n. Und a paar Mitläufer vielleicht doch zum Denken anfangen …«

Sein Gesicht wirkte entspannter.

»Verpackens des doch in eine Ihrer Geschichten aus Ghana. Die hören viele gern, weil's exotisch san. Fast wie Märchen. Und scho hat ma die Wahrheit intus, ohne es zu merken.«

Sie zwinkerte ihm zu. Außer einem winzigen Schluck hatte sie nichts getrunken.

»Der Kaffee is übrigens fein. Aber nur was für ganz starke Mägen.«

»Und Sie san großartig, Frau Ilmberger!«, meinte er bewegt. »Von Ihrem Schlag könnten wir mehr gebrauchen.«

»A geh«, wehrte sie bescheiden ab. »I bin doch nur a ganz normale Hausmeisterin und sonst nix. Aber solchene wie Sie, die brauchen wir, Hochwürden! Und die Gottesmutter in der Gnadenkapelle, die braucht Sie aa. Sonst wirds in Marahilf nämlich wieder ganz traurig und fad. Und des mogs überhaupts ned. Des zum Beispiel woaß i ganz genau.«

Er sah sie eindringlich an.

»Vorhin hab ich Sie bei der Andacht gestört, gell? Entschuldigen Sie bitte! Das darf natürlich nicht sein …«

»Passt scho«, meinte Vroni großzügig. »Die Chefin und i waren mitm Wichtigsten ohnehin durch.«

# 31

## *Heidi weiß mehr*

Die Idee kam von Charly – und sie fruchtete prompt.

*Dringend gesucht wird die Freundin der seit 2014 vermissten Doro Mittermayer. Der Vorname lautet Hilde, Hilke oder Hella. Nachname leider unbekannt. Es ist sehr wichtig! Bitte melden Sie sich bei der Mordkommission oder bei der nächsten Polizeiinspektion.*

Die beiden Münchner Boulevardzeitungen hatten den Aufruf abgedruckt, und Heidi Grammelsberger, wie ihr richtiger Name lautete, saß bereits am nächsten Vormittag bei Joe und Mick im Büro.

»Ich bin so froh, dass endlich was passiert«, sagte sie. »Doro und ich waren wie Schwestern. Sie können sich gar nicht vorstellen, wie sehr sie mir fehlt!«

Das klang vielversprechend.

Vielleicht hatte Doro ihrer Vertrauten dann ja auch viel von sich erzählt?

»Alles!«, versicherte Heidi. »Jede wusste alles über die andere. Manchmal haben wir fünfmal und öfter am Tag telefoniert. *WhatsApp* kam damals in Deutschland ja gerade erst raus, das konnten wir nur ein paar Mal probieren …«

»War Ihre Freundin auf einer Dating-Plattform?«, fragte Joe.

»Einer?« Doro strich sich eine brandrote Strähne aus der Stirn. »Mindestens fünf! Auf Biegen und Brechen sollte jetzt endlich der Ritter fürs Leben her. Das kann man doch nicht erzwingen, hab ich sie immer wieder gewarnt. Aber sie wollte partout nicht auf mich hören. Und es hat sie maßlos gestört, dass sie als Familienstand immer *geschieden* angeben musste.«

»Sie war geschieden?«, fragte Mick nach.

»Seit Urzeiten! Eigentlich hieß sie Doro Thiel, aber sie hatte mit zwanzig quasi aus Versehen einen Benno Mittermayer geheiratet, gleich nachdem sie nach München gekommen war. Das hat nur zwei Jahre gehalten, dann war Schluss. Seinen Namen behielt sie weiterhin, den mochte sie lieber als ihren alten.«

»Und der Exmann?«, wollte nun Joe wissen. »Gab es noch Kontakt mit ihm?«

»Nur auf dem Friedhof. Benno ist 2010 bei einem Lawinenunglück ums Leben gekommen. Das hat meine Doro schwer mitgenommen. Trotz Scheidung.«

Der fiel also aus. Joe und Mick dachten mal wieder das Gleiche, auch wenn keiner es laut sagte.

»Kommen wir zurück zu diesen Datingportalen«, sagte Joe. »Ihre Freundin Doro hatte einen Hund?«

»Waldi.«

Heidi Grammelsberger nickte.

»Münchens frechster Dackel, so hab ich ihn immer genannt. Sie hat ihm jede Menge Kunststückchen beigebracht. Wenn er gut drauf war, konnte er im Biergarten ganze Tische unterhalten.«

»Waldi ist mit Ihrer Freundin verschwunden?«

Sie nickte.

»Allerdings ...«

»Allerdings, was ...?«, wiederholte Mick.

»Ich bild mir ein, ich hätt ihn ein paar Tage später noch einmal gesehen. Mit einem Mann, der ihn an der Leine geführt hat. Natürlich hab ich ihn gerufen, aber die beiden waren schnell in einem Auto verschwunden.«

»Marke? Farbe? Kennzeichen?«, fragte Mick.

»Keine Ahnung. Ich bin passionierte Radlerin und kenn mich mit Autos leider nicht aus. Etwas Großes, Dunkles. Schwarz vielleicht. Oder grau. Und beim Nummernschild muss ich erst recht passen, sorry!«

»Hat sich die Doro mit Männern aus den Datingportalen getroffen?«, fragte Joe.

»Aber hallo! Das konnten schon mal bis zu drei die Woche sein. Ihr Profil kam ungeheuer gut an. Doro ist ja auch eine Hübsche.« Plötzlich sah sie sehr traurig aus. »Oder muss ich vielleicht sagen, sie ›war‹ eine Hübsche?«

»Hat sie Ihnen die Namen dieser Männer verraten?«, fragte Mick.

»Natürlich! Doro und ich hatten keine Geheimnisse voreinander. Damals hätt ich sie allesamt im Schlaf runterbeten können plus deren jeweilige Eigenschaften, weil wir die alle einzeln durchgekaut haben – aber das ist vier Jahre her.«

»Ein Favorit? Ein Lieblings-Datingportal?«

*»Die Liebe sagt wuff«,* erwiderte sie mit großer Ernsthaftigkeit. »Das fand sie am lustigsten. Dort hat sie auch Lucki kennengelernt.«

Joes Brauen schnellten nach oben.

»Ein Ami?«, fragte er.

»Keineswegs. Kommt wohl von Ludwig. Aber für Doro hat

es Glück bedeutet. ›Lucki macht mich lucky‹, hat sie gesagt und sich dabei halb totgelacht.«

Sie schlug sich die Hand vor den Mund. »Du liebe Güte, was rede ich denn da?«

»Ludwig, also«, sagte Joe. »Und der Nachname? Wissen Sie den auch?«

»Kaiser, glaub ich. Bin mir aber nicht mehr ganz sicher. Irgendwie war das nicht wichtig. Sie hat immer nur vom Lucki geschwärmt. Die beiden haben sich ja noch nicht sehr lang gekannt, als sie verschwunden ist, sechs, sieben Wochen vielleicht. Aber sie war dabei, sich so richtig in ihn zu verlieben.«

»Sie haben ihn nicht kennengelernt?«, fragte Mick.

»Leider nein. Wir wollten zusammen essen gehen, das war mehrfach ausgemacht, aber dann ist bei ihm immer was dazwischengekommen. Er schien jede Menge um die Ohren zu haben.«

»Und was genau?«, hakte Joe nach.

Sie schüttelte den Kopf.

»Berufliche Verpflichtungen. Mehr weiß ich leider nicht. Hätte ich doch nur genauer nachgefragt! Aber Doro wollte die ganze Zeit nur über ihre Gefühle reden.«

»Gibt es Fotos von diesem Lucki?«, fragte Joe. »Auf der Plattform ist doch bestimmt eins!«

»Nur vom Hund«, antwortete Heidi Grammelsberger. »Das ist nämlich deren Philosophie: über das Tier zueinanderfinden. Doro fand das toll. ›Das schließt die Aufreißer schon mal aus‹, hat sie gesagt. ›Und die, die bloß aufs Aussehen fixiert sind.‹«

»Ich schau mal schnell rein«, sagte Mick. »Vielleicht …«

»Sie können Doros Laptop haben.«

Heidi Grammelsberger öffnete ihre große rote Handtasche. »Ich hab ihn an mich genommen, als ihre Wohnung aufgelöst wurde.«

Jetzt hatten sie endlich die nahezu ideale Zeugin gefunden – und wussten noch immer herzlich wenig.

*Die Liebe sagt wuff* existierte zwar noch als Datingportal, hatte seine besten Zeiten aber wohl schon eine Weile hinter sich. Joe kontaktierte den Betreiber und erfuhr, dass Profile, die sechs Wochen lang in Zahlungsverzug sind, automatisch gelöscht werden. Das galt natürlich für das von Doro Mittermayer, die sich »Hexi« genannt hatte, wie ihre Freundin sich erinnerte. Ein Profil »Lucki«, »lucky« oder »Ludwig« existierte ebenfalls nicht mehr.

»Das hätte ich an seiner Stelle auch gelöscht, wenn ich ein Mörder wär«, stellte Mick knurrig fest, nachdem Stunden nutzloser Arbeit hinter ihnen lagen. »Und mit den anderen Portalen, auf denen sie auch noch war, brauchen wir gar nicht erst anzufangen. Das wäre ja uferlos! Himmihergott – dass die Leute heue so sehr auf diesen anonymen Schmarrn abfahren …!«

»Das ist aber schon sehr praktisch, wenn ich meine Identität verschleiern will«, meinte Joe. »Fake-Name, Fake-Foto, sogar der Wauwau kann ein Fake sein und mir gar nicht gehören. Irgendjemand schreibt meine Posts. Das geht eine Weile gut, bis die Frau, die sich nach Liebe sehnt, so richtig in Flammen steht. Da ist dann ein ganzes Lügengebäude konstruiert – und nix davon ist echt. Schon der Wahnsinn!«

»Aber irgendwann musst du dann trotzdem die Hosn runterlassen«, spann Mike den Faden weiter. »Spätestens beim ersten Rendezvous. Denn dann sieht sie nämlich, ob du 150 Kilo wiegst, a Glatz'n und Pickel hast und kaum einen halbwegs vollständigen Satz rauskriegst. Und dann kann der Zauber schnell verflogen sein ...«

»Die Doro Mittermayer hat sich aber mehrmals mit dem Lucki getroffen«, erwiderte Joe. »Also scheint er ihr gefallen zu haben. Sie hat sogar zur Heidi gesagt, dass sie dabei sei, sich richtig in ihn zu verlieben.«

»Das hört sich auch nicht viel anders an als bei den beiden anderen«, meinte Mick. »Nur ein bisschen reflektierter.«

»Tot ist sie trotzdem«, stellte Joe trocken fest.

Es gab zwar keine DNA-Funde mehr von Doro Mittermayer, aber der Gebissabgleich durch ihren behandelnden Zahnarzt war eindeutig gewesen.

»Der hat sie alle drei auf dem Gewissen«, meinte Mick, »dieser Dreckskerl. Immer die gleiche Methode, nur im Lauf der Jahre ein bisschen verfeinert. Solche Datingportale für einsame Herzen sind für ihn wie ein großer See, in dem er seine Angel auswerfen kann. Ich wette, die Barth hat er auch dort geködert! Das mit dem Spazierengehen hat sie der Mutti nur erzählt, damit sie nicht ausflippt.«

Joe nickte grimmig.

»Und dann hat er sie in seinen Mails vollgesülzt. *Liebling, Engel, du, die Eine.* Einiges davon konnten unsere IT-Leute rekonstruieren. Doch was nützt uns das? Kostenlose Mail-Accounts gibt es im Netz an jeder Ecke, da kannst du dich auch als Herr von und zu Hintertupfing ausgeben, egal wie du wirklich heißt. Und nach sechs Jahren ist jede Spur gelöscht. Bei Doro war er schon gewitzter – und die Technik weiter. Da haben wir zwar den Laptop – unzerstört und nicht gelöscht –, aber es sind keine Nachrichten von ihm drauf.«

»Nein, die beiden haben offenbar ausschließlich per Handy kommuniziert. Und das ist leider verschwunden«, bestätigte Mike. »Er kann also ungehindert weitermachen.«

»Das wird er auch«, meinte Joe. »Und im Moment haben wir keinerlei Handhabe, ihn daran zu hindern.«

»Es sei denn, wir finden den Ort, wo die Leichen sind, und können ihn so überführen. Irgendwo müssen die ja schließlich sein, oder?«, überlegte Mike. »Körper lösen sich bekanntlich nicht in Luft auf …«

»Verbrannt, vergraben, verätzt, in Säure aufgelöst – da gibt es so einiges, wie man tote Körper für immer loswerden kann«, antwortete Joe. »Wer so krank ist, einsame Frauen unsterblich in sich verliebt zu machen, sie dann umzubringen, ihnen die Köpfe abzutrennen und ihre Schädel als Reliquie auszustaffieren, der ist in meinen Augen zu allem fähig. Das ist ein Monster, Mick, das wir da jagen. Kein ganz normaler Mörder!«

»Dann müssen wir eben schlauer sein als er«, meinte Mick, während er nachdenklich in seinem eiskalten Kaffee rührte. »Und versuchen, ihm einen Schritt voraus zu sein.«

»Geniale Idee«, sagte Joe. »Wenn du mir jetzt freundlicherweise noch verrätst, wie wir das konkret anstellen sollen?«

»Das weiß ich auch noch nicht«, erwiderte Mick. »Aber ich finde, das sind wir ihnen schuldig.«

Beide Ermittler blickten zur Pinnwand mit den Fotos der getöteten Frauen: Bianca Barth, noch mit Zopf, blond und zart, hatte etwas Unschuldiges an sich; sie wirkte jünger als die 33 Jahre, die sie bei ihrem Verschwinden war. Lena Huber dagegen strahlte selbstbewusst in die Kamera, die Lippen leicht geschürzt – wohl um ihre wunderschönen Zähne zu präsentieren, die sie so viel Geld gekostet hatten. Am interessantesten war das Porträt von Doro Mittermayer, das Heidi Grammelsberger ihnen bei ihrem Besuch überlassen hatte: ein Wust dunkler Locken, die ein ovales, nahezu perfekt geschnittenes Gesicht umrahmten. Große, dunkle Augen, hohe Wangenknochen, der volle Mund mit geschwungenem Amorbogen durch Lipgloss geschickt betont.

Weiblichkeit pur, gepaart mit einer ansteckend wirkenden Lebenslust.

»Die Doro«, meinte Mick, »könnte doch glatt die Schwester von der Maria Hierlmeier sein!«

»A geh«, erwiderte Joe.

»Doch! Schau doch noch mal ganz genau hin!«

»Na ja, eine gewisse Ähnlichkeit ist vielleicht schon da …«

»Denkst du eigentlich oft an sie?«

Mick konnte gerade noch rechtzeitig in Deckung gehen, damit der Aktenordner, den Joe nach ihm warf, nur die Stuhllehne traf.

»Autsch«, sagte er trotzdem. »Ich bin ja schon still!«

»Das wollte ich dir auch geraten haben«, knurrte Joe. »Jetzt streng gefälligst dein Hirn an und überleg, wie wir den Kerl dingfest machen können, bevor er ein neues Opfer findet!«

Beide wandten sich wieder ihren Schreibtischen zu, als auf einmal Joes Festnetzanschluss klingelte.

»Dr. Hierlmeier«, sagte eine aufgeregte Frauenstimme. »Ich müsste dringend Herrn Hauptkommissar Lederer sprechen.«

»Das tust du bereits«, sagte Joe. »Was ist denn los, Maria? Du klingst ja völlig aufgelöst.«

»Allerdings. Ihr müsst sofort herkommen, Joe. In die Schatzkammer, zu den sichergestellten Gegenständen.«

»Und warum?«

»Wir haben einen vierten Schädel gefunden. Gut versteckt in einem silbernen Schrein. Ich hab gedacht, da sind geweihte Kerzen drin, mach ihn ahnungslos auf – und dann das!«

»Alles klar«, sagte Joe. »Wir sind sofort bei dir!«

## 32

# *Für mich soll's rote Rosen regnen …*

Nie wieder, hatte sie sich geschworen. Nie wieder!

Sie einfach sitzen zu lassen, gestiefelt und gespornt, ohne Ansage, ohne irgendwas. Das Maximum an männlicher Unverschämtheit, das sie je erlebt hatte. Ihre Wut hatte noch einige Stunden angehalten, und das war gut so gewesen. Als sie endlich realisierte, dass er *gar nicht* kommen würde, nicht jetzt und auch nicht in drei Stunden, riss sie sich das bescheuerte Kostüm vom Leib, ebenso die steife Bluse, die am Hals scheuerte, auch wenn sie ihn besonders fragil wirken ließ.

»Fragil! Wofür denn das? Für WEN?«

Sie war doch eine Frau aus Fleisch und Blut, keine Wiedergängerin aus früheren Epochen.

Als sie nur noch in BH und String dastand, fühlte sie sich sofort besser, aber auch das musste runter: *Alles* musste runter, bis sie ganz nackt war. Nackt und verletzlich wie nie …

Gleich darauf stand sie unter der Dusche, schäumte sich ein, spülte sich ab, und wenn es so aussah, als ob sie weinte, dann lag das sicher nur an diesem doofen Shampoo, das ihr in die Augen gekommen war.

Murmel hatte ihr die ganze Zeit erstaunt zugesehen, dann seine neue Leine apportiert, als wolle er sie zum Gassigehen ermuntern, und sich schließlich in seinem Körbchen zusammengerollt, bis der Sturm vorüber war.

Leider hatte sich danach die Traurigkeit wie ein schweres dunkles Tuch auf sie gelegt. Das kannte sie schon von früher, wenn die anderen Kinder nicht mit ihr spielen wollten, weil sie zu klein, zu neunmalschlau, zu schnell war und immer die Klappe ganz weit auf hatte.

Besser den andern wehtun, bevor jemand ihr wehtun konnte.

Als Kind war sie immer eine Außenseiterin gewesen. Aber das würde sich ändern, wenn erst mal die Männer auf sie stehen würden: Schon als busenlose Dreizehnjährige mit Akne und Zahnspange hatte sie sich geschworen, dass dann ihre Stunde schlagen würde!

Und in der Tat war sie nach der Pubertät wie Phönix aus der Asche – oder besser: schaumgeboren wie die Venus von Botticelli – wiedererstanden, gertenschlank und platinblond, mit scharfem Verstand gesegnet und fest entschlossen, alle wegzufegen, die sich ihr in den Weg zu stellen wagten.

Sie verdiente nur das Beste – und *den* Besten.

Hildegard Knefs Chanson war seitdem zu ihrer heimlichen Kampfhymne geworden: *»Für mich soll's rote Rosen regnen …«*

Und warum saß sie dann jetzt in ihrem ältesten Kuschelanzug mutterseelenallein auf der Couch, löffelte Eis aus der Großpackung in sich hinein und redete laut mit einem Mops, der ihr nicht mal allein gehörte?

Nicht einmal der!

Diesen Abend würde sie ersatzlos aus ihrer persönlichen Biografie streichen, ebenso wie den Tag danach. Und den folgenden noch dazu.

Natürlich kontrollierte sie ihre Mails, trotz allem. Aber da war nichts. Gar nichts. Bis auf dem Smartphone dieses zarte kleine Pling zu hören war, das neue Nachrichten ankündigte.

*Bin untröstlich.*

… weiß nicht mal mehr, wer du bist.

*Nicht meine Schuld*

… kann jeder sagen

*Echt wichtig. Familie. Ging um Leben und Tod*

… was Schlaueres fällt dir nicht ein? Anrufen geht immer

*Manchmal nicht. Kannst du mir verzeihen? Brauche meine Elfe*

Such dir eine neue. Hab keine Lust mehr

*ES GIBT NUR EINE ELFE!*

… Manches muss man sich eben vorher überlegen …

*Mit dir werden meine kühnsten Träume wahr. Ohne dich bin ich nichts …*

Ein winziges Lächeln stahl sich in ihr Gesicht. Alex litt. Gut so. Er sollte weiter leiden! Sie drückte seine Nummer weg. Unbekannte Anrufe nahm sie nicht an.

Als sie vom Institut nach Hause kam, waren die Rosen da. Nicht fünf, nicht ein Dutzend, auch nicht fünfzig. Das ganze Treppenhaus war voll, von unten an der Eingangstür bis hinauf in den zweiten Stock zur ihrer Wohnung lagen dicke Sträuße.

»Das sind ja mindestens dreihundert«, sagte ihre Nachbarin beeindruckt. »Baccararosen, das sind die allerteuersten. Da muss Sie aber jemand sehr, sehr lieb haben!«

*Oder ein sehr, sehr schlechtes Gewissen haben,* dachte die Falk, sammelte die Sträuße ein und trug sie in ihre Wohnung. Dort füllte sie alles, was einen Boden und Wände hatte, mit Wasser, um sie einzustellen.

Das ganze Wohnzimmer leuchtete im blutroten Rosenrot. Sie schlüpfte aus den Pumps, legte sich aufs Sofa und genoss den Anblick.

*Du Verrückter*, dachte sie in einem Gefühl jäh aufschießender Zärtlichkeit. *Vielleicht passt du ja doch ganz gut zu mir.*

Bald darauf klingelte auch schon ihr Telefon.

»Magst du sie?«

Eine Stimme wie Samt.

»Ich liebe rote Rosen.«

»Nur das Schönste für die Schönste!«

»Wann sehen wir uns?«

»Bald. Muss nur noch eine Kleinigkeit erledigen. Wie geht es Murmel?«

»Der vermisst dich.«

»Und du?«

»Das sag ich dir, wenn wir uns wiedersehen. Dann geht es doch ins Grüne, oder?«

»So ungeduldig?«

Er lachte.

»Gedulde dich noch ein kleines Weilchen. Du wirst es nicht bereuen.«

»Aber du hältst mich nicht mehr hin! Versprochen?«

»Das Schönste, liebste Elfe, kommt immer am Schluss. Ich bete dich an. Wir hören uns!«

Aufgelegt.

Nicht einmal die Mailbox sprang mehr an, als sie die Nummer erneut anrief.

War das sein Plan? Sie weichkochen und mürbe machen? Wollte er sie um den Verstand bringen?

Das würde sie nicht zulassen, und wenn er noch so sehr gurrte. Sie wollte sich sehnen, nicht sich verzehren, wollte hoffen, nicht ständig bangen.

*Drei Tage, Maximum*, dachte sie, während sie sich einen steifen Gin Tonic mixte und ihn in kleinen Schlucken trank. *Dann gibt es entweder ein Rosenwunder – oder es ist endgültig Schluss.*

## 33

# *Schädeltrauma*

Jetzt wird's aber langsam a bissl zu viel.«

Dr. Linsenmayr kam nach Sofies Anruf sofort im Institut für Rechtsmedizin angeschnauft.

»Das sind ja geradezu Schädel wie vom Fließband, die Sie mir da präsentieren!«

»Fragen Sie mich mal, liebe Gabi!«, pflichtete Sofie ihr bei. »Ich fang schon an, von Schädeln zu träumen!«

»Sie brauchen Urlaub, meine Liebe. Könnte das sein?«

»Ja«, sagte Sofie aus ganzem Herzen. »Verdammt lang her, verdammt lang her …«

Beide lachten. Dr. Gabriele Linsenmayr war aus Köln zugezogen und, wie Sofie wusste, ein eingefleischter BAP-Fan.

»Dann zeigen Sie mal, was wir heute haben«, forderte die Zahnärztin sie auf.

»Definitiv wieder ein Frauenschädel«, sagte Sofie. »Stirn, Jochbeine, Nasenwurzel, Kinn, Warzenfortsatz sind zu zierlich für einen Mann. DNA-Bestimmung läuft natürlich, aber für mich gibt es keinerlei Zweifel.«

»Sehe ich genauso«, erwiderte Dr. Linsenmayr. »Allerdings gibt es zu den Vorgängern doch ein paar gravierende Unterschiede. Und damit meine ich nicht nur dieses Loch, das ich hier im Schädel sehe.«

»Trepanationen, also Schädelbohrungen, waren in der menschlichen Frühgeschichte offenbar gang und gäbe«, erläuterte Sofie. »Von den Steinzeitmenschen bis hin zu den alten Ägyptern hat man sie durchgeführt.«

»Und ein durchgeknallter Hippie hat sich anno 1977 selbst so ein Loch im Kopf beigebracht, weil er den Hirndruck senken wollte, um immer glücklich zu sein. Hat aber nicht ganz geklappt.«

»Hier dagegen haben wir eine formidable Kalottenfraktur«, sagte Sofie. »Und zwar über der sogenannten Hutkrempenebene, was für einen oder mehrere Schläge auf den Kopf spricht. Bei der Größe des Lochs dürfte sie das allerdings nicht überlebt haben.«

»Zumal sie alles andere als jung war, wenn Sie mal den Abkauungsgrad der Zähne betrachten.«

Gabi Linsenmayr war bereits bei der Inspektion des Kiefers angelangt. »Sagte ich nicht neulich, jeder Mund erzähle eine eigene Geschichte? Diese dürfte nicht ganz so erfreulich verlaufen sein. Ein Gebiss typisch für die Kriegs- und Nachkriegsgeneration, wo man anderes zu tun hatte, als sich regelmäßig mit der Zahnpflege zu beschäftigen. Das allgemeine Bewusstsein war einfach noch nicht so entwickelt wie heute, seien wir doch mal ganz ehrlich. Irgendwann kommen ja ohnehin die dritten Zähne an die Reihe, das haben die meisten Leute geglaubt. Wieso also dann überhaupt noch regelmäßig putzen? Von der Wichtigkeit der Zähne für die allgemeine Gesundheit hatte man keine Ahnung. Das Ergebnis sehen Sie hier!«

Sofie folgte ihrer Erläuterung aufmerksam.

»Weisheitszähne extrahiert, ebenso die Backenzähne rechts

oben und links unten. Große Karieskrater im Seitenzahnbereich, mit Amalgam gefüllt, das machen heute nur noch die, die gar kein Geld haben, weil man es sieht, wenn man zu herzhaft lacht. Früher dagegen war es durchaus üblich, außer bei den wirklich Vermögenden, die damals schon Goldinlays hatten. Schneidezahn rechts abgebrochen – so etwas lässt man doch nicht unbehandelt! Ich werde jetzt mal ein wenig emotional: Der gesamte Mund wirkt auf mich karg und ärmlich. Überhaupt scheint mir der ganze Schädel in keinem besonders guten Zustand zu sein.«

»Da haben Sie recht«, sagte Sofie. »Der Schädelknochen ist verfärbt und fleckig.«

»Und er riecht ziemlich streng.«

Gabi zog die Nase hoch.

»Irgendwie nach Verlies, finden Sie nicht?«

»Mit Verliesen kenn ich mich nicht so gut aus«, antwortete Sofie. »Aber mit feuchten Kellern sehr wohl. Von denen gab's in Giesing reichlich, als wir darin noch als Kinder Verstecken gespielt haben. Und da hat es auch immer so muffig gestunken. Nur die Mutigsten haben sich da hinunter getraut.«

»Puppy ist übrigens ganz verrückt nach muffigen Kellerabteilen. Wenn er dürfte, würde er dort am liebsten einziehen. Aber ich lass ihn diese Lust nicht ausleben.«

Sie schmunzelte. Dann wurde sie wieder ernst.

»Wir haben hier also einen Frauenschädel mit zertrümmerter Kalotte und – mutmaßlich kriegsbedingt – schlechten Zähnen, der nach feuchtem Keller stinkt. Ich will mich nicht exakt festlegen, aber die Dame dürfte meiner Schätzung fünfzig plus gewesen sein, als sie das Zeitliche gesegnet hat, vielleicht sogar darüber. Wie lange sie schlecht gelagert war, wissen wir natürlich nicht. Wird nicht einfach sein, sie zu identifizieren. Denn wo um Himmels willen soll man da überhaupt ansetzen?«

»Leider wissen wir noch nicht einmal, wo sich ihr Körper befindet«, erwiderte Sofie. »Allerdings gehe ich davon aus, dass es sich um kein normales Grab handelt. Denn bei uns gehen Bestattungen in der Regel ja mit Kopf vor sich.«

»Sehen Sie denn einen Zusammenhang mit den drei Pseudoreliquienschädeln? Die Boulevardpresse war ja tagelang voll mit diesem Thema und hat sich zu den wildesten Spekulationen aufgeschwungen. Inzwischen scheint mir die allgemeine Hysterie ein wenig abgeflaut zu sein.«

»Zum Glück«, erwiderte Sofie. »Die armen Beamten von der Mordkommission kamen vor lauter Druck von allen Seiten kaum noch zum Arbeiten, dabei wurden quasi stündlich Ergebnisse von ihnen erwartet. Es gab da ein Leck in einer Pressestelle, aber das ist, wie ich gehört habe, inzwischen gestopft.«

»Sie meinen den wilden jungen Kerl im Frühstücksradio? Putzig, richtig putzig! Puppy hat immer wie wild zu bellen angefangen, wenn er die aufgeregte Stimme hörte.«

»Ich hoffe, dieses Mal dringt nichts davon an die Presse. Dass Sie schweigen können, weiß ich ja, sonst würden Sie nicht so lang und so erfolgreich mit dem Institut zusammenarbeiten.«

»Wie ein Grab.« Gabi Linsenmayr hob drei Finger hoch und legte sie dann auf ihren üppigen Busen.

»Ja, ich glaube durchaus, dass es einen Zusammenhang gibt«, sagte Sofie. »Ein Mann, der zur Fahndung ausgeschrieben ist, scheint darin verwickelt zu sein. Aber noch ist er flüchtig, und wie das alles genau zusammenhängt, werden wir vermutlich erst erfahren, wenn er gefasst ist.«

Sie verabschiedeten sich, und Sofie saß noch immer nachdenklich vor dem Schädel, als Elke Falk hereinkam.

»Nein«, sagte Sofie, bevor die Falk auch nur den Mund aufmachen konnte. »Und noch mal nein, falls Sie vorhaben sollten, wieder zu bohren. Keine Chance. Nicht die allergeringste. Heute kommt Murmel mit zu mir. Sie bringen ihn jetzt sofort in mein Büro. Sonst komme ich ihn bei Ihnen abholen.«

»Aber gerne doch«, flötete Dr. Iglu. »Warum denn gleich so grantig, werte Kollegin? Das passt mir sogar ganz ausgezeichnet ins Konzept. Wir könnten in Zukunft ganz spontan verfahren, was meinen Sie? So nach Tagesform, gewissermaßen …«

»Drehen Sie jetzt vollkommen durch?«, schimpfte Sofie. »Murmel is doch a Lebewesen und koa Spuizeig, das aufn Knopfdruck an- und ausgeht, wanns Eahna in den Kram passt! Wissen Sie was, werte Frau Dr. Falk? Das Leihhundprojekt ist hiermit beendet. Murmel ist ab jetzt *mein* Mops. Aus. Äpfel. Amen!«

34

# *Schüsse in der Nacht*

Die Männerstimme am Telefon klang leise und sehr ängstlich. »Bei uns is gschossen worn. Dreimal hintereinander. Gleich nebenan, in der Halle mit de gstohlenen Kirchensacha. Kommen Sie bitte schnell!«

»Von wo aus rufen Sie an?«

»Installation Herbert Kern. Ottobrunner Straße 138. Ich bin's selbst, Herr Kern. Ich steh in meinem Schlafzimmer und kann nach drüben sehen.«

»Gut, Herr Kern. Treten Sie jetzt bitte vom Fenster zurück und verlassen Sie Ihre Wohnung nicht. Die Kollegen von der Streife sind gleich vor Ort.«

»Ja … eine Frage noch.«

»Ihnen wird nichts passieren, wenn Sie sich an unsere Anweisungen halten, Herr Kern. Haben Sie bitte keine Angst!«

»Darf ich … mich anziehen?«

Die Halle war aufgebrochen und leer – bis auf die männliche Leiche, die rücklings in einer Blutlache auf dem Holzboden liegend unweit der Tür gefunden wurde. Deren Beine waren leicht gespreizt; im Vergleich zum kurzen, recht gedrungenen Körper waren die Füße, die in schwarzen Budapestern steckten, auffallend groß. Am Rumpf konnte man keine Verletzungen erkennen. Doch da, wo einst das Gesicht gewesen war, klaffte nun eine undefinierbare Masse aus Blut und Knochen.

Neben der Leiche stellte die SpuSi eine schwarze, ziemlich abgewetzte Lederjacke sicher.

»Joseph Keidel«, sagte Joe, nachdem er die Jackentaschen durchsucht hatte. »Alles da: Perso, Führerschein, Krankenversicherungskarte. Schaut fast so aus, als hätte man gewollt, dass wir ihn sofort identifizieren – obwohl man ihm mitten ins Gesicht schoss.«

»Gesehen hat niemand etwas, aber Anwohner haben ein Auto wegfahren hören. Nach ihren Angaben ein auffallend lauter Motor, womöglich getuned«, sagte Mick, der im Neonlicht der Deckenbeleuchtung grau und übernächtigt wirkte.

»Anja und Ollie haben jetzt zum dritten Mal aus dem Hort Scharlach mitgebracht«, erklärte er, als Sofie ihn darauf ansprach. »Da weißt du dann auch, was schlaflose Nächte in Folge heißen.«

Jetzt kniete sie gerade im weißen Schutzanzug neben der Leiche.

»37 Grad«, sagte sie, nachdem sie die Rektaltemperatur bestimmt hatte. »Der ist ja fast noch warm. Beginnende Totenflecken. Die Totenstarre beginnt gerade erst im Kiefer.«

»Also vor ein, zwei Stunden erschossen?«, fragte Joe.

Sofie schaute ihn an und nickte.

»Ein Schuss hätt schon gereicht aus dieser kurzen Entfernung, aber es waren drei. Der erste, als er noch stand. Glatt durch die Schädeldecke durch. Das Projektil werden die Kollegen von der SpuSi sicherlich irgendwo finden. Zweiter und dritter Schuss dann im Liegen, direkt aufgesetzt. Schaut's doch mal unter dem Kopf im Holzboden nach, da dürften sie stecken.«

»Ein Racheakt?« mutmaßte Mick Lorenz.

»Möglich«, sagte Sofie. »Könnte aber auch eine regelrechte Hinrichtung gewesen sein. Das Gesicht vollständig auszulöschen ist ein starkes Symbol. Das kommt nicht gerade häufig vor.«

»Genau«, spann Joe den Faden weiter. »Jemand hat dem Keidel hier aufgelauert, weil er noch eine Rechnung mit ihm offen hatte …«

»Dann muss derjenige allerdings von der Existenz der Halle gewusst haben«, gab Mick zu bedenken. »Wenn dem so ist – warum kam er dann nicht schon früher hierher und hat sich bedient? Genug zu holen gab es ja!«

»Vielleicht weil er da mit Keidel gemeinsame Sache machte?«, überlegte Joe. »Es könnte auch einer aus dem Netzwerk gewesen sein, von dem die Frau Dr. Hierlmeier gemutmaßt hat …«

»Ach, jetzt ist die Maria also auch schon zur Expertin für Bandenkriminalität avanciert?«, kommentierte Sofie spitz. »Geht ja wirklich fix bei dir, Herr Hauptkommissar!«

Demonstrativ wandte sie sich Mick Lorenz zu.

»Ich dagegen würde als bekennende Anhängerin altmodischer Ermittlungsarbeit erst einmal abwarten, ob wir fremdes DNA-Material am Körper des Ermordeten oder seiner Kleidung sicherstellen können, das uns dann möglicherweise zum Täter führt. Nicht ganz so spektakulär vielleicht, aber in der Regel doch äußerst sinnvoll …«

»Sie haben recht gehabt, Frau Dr. Rosenhuth.«

Ein junger Mitarbeiter der Spurensicherung stand neben Joe.

»8 x 57 IS, die Standardgewehrpatrone des deutschen Militärs während der beiden Weltkriege. Lag unterhalb der Betonwand. Die beiden, die wir aus dem Holz holen mussten, sehen nicht mehr ganz so schnittig aus.«

»So ein altes Zeug?«

»Alt, aber bewährt.« Der junge Mann lächelte. »In den Achtzigerjahren des 19. Jahrhunderts als Wunderwaffe gegen Frankreich entwickelt und bis heute als Patrone für die Jagd in Gebrauch. Klassischerweise schoss man mit einer Mauser damit. Mit dem Modell 98 war die Infanterie des deutschen Heeres während des Ersten Weltkriegs ausgestattet.«

»Wow! Ein Waffenhistoriker in unseren Reihen«, sagte Mick.

»Hab ich alles von meinem Opa, aber der hat sich zeitlebens aus ganz anderen Motiven mit Waffen beschäftigt: ›Nie wieder Krieg‹, hat er immer gesagt. Sieben Jahre Front plus anschließende Gefangenschaft in Russland ließen ihn zum überzeugten Pazifisten werden. Mich übrigens auch.«

Sein Lächeln vertiefte sich.

»Deshalb arbeite ich hier.«

»Eine Mauser als potenzielle Mordwaffe hat eher Seltenheitswert«, meinte Joe. »Aber was ist an unseren derzeitigen Fällen schon normal?«

Er drehte sich zur Leiterin des SpuSi-Teams um.

»Seid ihr dann durch, Inge?«, fragte er.

»So gut wie. Die Tür zur Halle wurde ziemlich brachial aufgebrochen. Da haben wir jede Menge verschiedenster Fingerabdrücke sichern können. Mal sehen, ob wir da noch welche zuordnen können. Fast noch verheerender sieht es mit Fußabdrücken aus. In der Halle liegt ganz feiner Sand, was eigentlich ideal gewesen wäre, aber darüber müssen ganze Horden getrampelt sein.«

»Klar«, sagte Joe. »Die Männer, die das Diebesgut in die erzbischöfliche Schatzkammer transportiert haben. Da wusste ja noch keiner, dass das hier mal ein Tatort werden würde.«

»Ganz im vorderen Bereich sieht es besser aus. Fußabdrücke Größe 47 mit ausgeprägten Profilsohlen, die gehören eindeutig zum Opfer. Und welche in Größe 43 – so ziemlich der bundesdeutsche männliche Durchschnitt. Es gibt natürlich auch Ladys mit so großen Füßen, aber die sind eher selten. Schwaches Profil. Könnten Mokassins oder Slipper gewesen sein – was der modebewusste Mann heutzutage eben gerne trägt.«

Sie kratzte sich am Kopf. Die weißen Schutzanzüge waren alles andere als bequem.

»Direkt neben der Leiche haben wir dann den gleichen Fußabdruck noch einmal in blutig gefunden. Für mich sieht das fast so aus, als hätte er sich noch einmal aus nächster Nähe überzeugen wollen, dass Keidel auch wirklich tot ist.«

»Keine Kampfspuren?«

Sie schüttelte den Kopf.

»Vielleicht hat der Mörder ja schon in der Halle auf ihn gewartet und sofort geschossen, als der Keidel reinkam«, mischte sich nun Mick ein, der konzentriert zugehört hatte.

»Und dann zieht er noch in Seelenruhe die Jacke aus, damit der andere ihn mit seinem Gewehr besser treffen kann? Das gibt doch alles keinen Sinn!«, schnaubte Joe.

»Woher wissen wir denn, ob der Schlüssel für die Halle Keidel auf seiner Flucht nicht irgendwie abhandengekommen ist?«, Sofie hatte ihren Tatortkoffer geschlossen. »Vielleicht musste er ja selbst die Halle aufbrechen, um reinzukommen. Und dort hat der Mörder ihn dann erwischt …«

Sie gähnte ausgiebig.

»Ihr könnt jetzt den Toten in die Rechtsmedizin bringen

lassen. Morgen nehmen wir ihn uns dann vor. Aber jetzt brauche ich erst einmal eine Runde Schlaf, sonst bin ich in der Früh zu nichts zu gebrauchen.«

»I fahr di gern, Spatzl«, sagte Joe halblaut. »Schließlich ham wir ja denselben Weg. Aber i brauch hier no a bissl …«

»Lieb von dir, aber mach dir keine Umstände. Ich ruf mir a Taxi – und dann bin ich auch schon weg. Gute Nacht, die Damen und Herren!«

## 35

# *Ausgelöscht*

Elke Falk hielt sich eine ganze Weile mit ihren üblichen zynischen Bemerkungen zurück, als sie sich mit der Leiche von Joseph Keidel beschäftigten. Überhaupt schien ihre desolate Laune der vergangenen Tage wieder einer etwas heiteren Stimmung gewichen zu sein. Sie wirkte ausgeruht, hatte sich die Haare frisch blondieren lassen und zartblauen Lidschatten aufgelegt. Unter dem Kittel blitzte ein enges blaues Fähnchen hervor – garantiert aus einer der Nobelboutiquen, die sie so gern frequentierte. Nicht einmal das Körpergewicht des Toten von stolzen 95 Kilogramm, verteilt auf eine Größe von gerade mal 1,74 Meter, veranlasste sie zu bissigen Kommentaren, geschweige denn, dass sie es in irgendeiner Weise mit Sofies Rundungen in Zusammenhang gebracht hätte. Vielleicht weil auch ihr bei aller Professionalität dieses Ausmaß an Gewalt doch zusetzte.

»Wirklich rar«, murmelte sie bei der äußerlichen Begutachtung der Leiche, deren Kleidung inzwischen entfernt worden war, um im Labor auf fremde DNA-Spuren untersucht zu werden. »Tötungsdelikte mit Schussverletzungen im Gesicht liegen in Deutschland statistisch gerade mal bei 0,2 Fällen pro hunderttausend Einwohner. Wir sind ja schließlich nicht mehr im Krieg!«

»Manche offenbar doch immer noch – oder schon wieder«, murmelte Sofie zurück, die sich gerade um die Sicherung der DNA-Spuren unter den Fingernägeln kümmerte.

»Aber dass er ihn so zugerichtet hat!«

Spike, der am Obduktionstisch eher selten seinen Senf dazugab, wirkte ehrlich betroffen.

»Eine alte Langfeuerwaffe war das«, erläuterte Sofie die Erkenntnisse der Nacht. »Erprobt in zwei Weltkriegen. Ein Kollege von der SpuSi, der sich gut damit auskennt, tippt auf eine Mauser 98.«

»Aber schießt so ein altes Ding überhaupt noch?«, fragte Spike.

»Das sehen Sie doch, Moosbichler!«, sagte die Falk. »Kleiner Tipp von mir: Erst denken, dann reden. Manche gehen noch heute damit auf die Jagd. Was schauen Sie mich denn jetzt so kariert an? Mein Onkel Heinz aus dem Sauerland hat mich als Kind öfter mit auf seinen Hochsitz genommen. Der hatte auch so eine Waffe, vorn und hinten abgesägt, damit sie handlicher zu bedienen war. Das waren herrliche Morgen, an die ich mich gern zurückerinnere, so mit ihm ganz allein im Wald!«

»Über eine Million Schusswaffen sind allein in Bayern registriert«, sagte Sofie. »Der Freistaat rüstet auf.«

Ohne darauf einzugehen, diktierte die Falk nun wieder betont sachlich: »Hände sowie Unterarme ohne Abwehrspuren.«

Dann schaltete sie das Diktafon kurz aus.

»Er hat nicht damit gerechnet, in Gefahr zu sein«, meinte sie. »Oder er kannte seinen Mörder.«

»Natürlich hat er ihn gekannt«, erwiderte Sofie. »Diese Tat schreit in ihrer Grausamkeit doch geradezu vor Emotionalität: ›Ich lösche dich aus, indem ich dein Gesicht bis zur Unkenntlichkeit zerstöre. Damit hörst du auf zu existieren, weil ich es so bestimme.‹ Da schwingt ein ungeheures Dominanzstreben mit. Wir haben es hier mit jemandem zu tun, der es womöglich erregend findet, Herr über Leben und Tod zu sein.«

»Grundkurs Psychologie für Erstsemester, oder?«

»Da haben Sie aber gut aufgepasst, werte Kollegin! Doch was in solchen Tätern wirklich vorgeht, wissen die meisten vermutlich nicht einmal selbst. Ich halte mich lieber an die Fakten. Aber …«, sie ließ ihren Blick über den Leichnam wandern, »… gründlich war er schon, der Mörder.«

Jetzt lief auch das Diktafon wieder.

»Komplette Schädelsprengung mit weitgehender Enthirnung, fetzige, breit klaffende vielfache Aufreißung der Kopfhautschwarte und der gesamten Gesichtsweichteile. In der Haut feine schwärzliche Schmandpartikel. Angesichts des Grades der Zerstörung sind einzelne Schusskanäle nicht mehr abgrenzbar …«

Sie schaute zu Sofie.

»Gab es eigentlich Zeugen?«, wollte sie wissen.

»Nur indirekt. Der unmittelbar angrenzende Nachbar will drei Schüsse gehört haben«, sagte Sofie. »Die entsprechenden Projektile konnten am Tatort sichergestellt werden.«

»Kein Steckschuss also«, sagte Dr. Iglu fachmännisch. »Dazu war das Kaliber zu stark. Bei Onkel Heinz und seinen wilden Sauen damals war das durchaus keine Seltenheit.«

Der Mörder hatte noch zweimal geschossen, als Keidel schon tot am Boden lag.

»Wie groß war seine Wut?«, murmelte Sofie vor sich hin, als sie wieder in ihrem Kabuff saß. »Wie tief sein Hass? Was hast du ihm angetan oder genommen, dass er dich vom Antlitz der

Erde tilgen wollte? Und warum sollten wir durch deine Papiere erfahren, dass du das Opfer warst?«

Da gab es so vieles, das große Rätsel aufwarf …

Hinter ihr stand George, dessen stille Gegenwart sie im Moment als besonders beruhigend empfand, weil die Falk sie vor der Umkleide natürlich doch noch einmal wortreich wegen Murmel angehauen hatte.

»Rede ich vielleicht chinesisch?«, hatte Sofie sie abblitzen lassen wollen. »Diese Angelegenheit ist für mich durch. Und fertig.«

»Aber das können Sie doch nicht machen …«

»Und ob ich kann! Und wenn Sie jetzt noch lange weiterbenzen, dann bleibt der Murmel bei Tante Vroni und kommt gar nimmer ins Institut. Wäre Ihnen das vielleicht lieber?«

Elke Falk war unter ihrer sommerlichen Bräune jäh erblasst. Oder war es doch nur Bronzepuder gewesen, den sie geradezu verschwenderisch aufgelegt hatte?

»Sie brechen mir das Herz, wissen Sie das eigentlich?«, sagte sie leise und sah auf einmal richtig elend aus. »Ich brauch ihn doch auch, den süßen kleinen Kerl, jetzt mehr denn je …«

Ihre Hand flog zu ihrem Haar, aber da saß wie immer alles tippitoppi. »Dann vielleicht wenigstens mal zum Gassigehen, nur mal eine kleine Runde in der Mittagspause, bitte, liebe Frau Rosenhuth, sind Sie doch nicht gar so hart zu mir …«

Sofie hatte schließlich nachgegeben, wie denn auch nicht, angesichts ihres Leids, aber inzwischen bereute sie es schon wieder.

*Du bist und bleibst eben inkonsequent*, nörgelte die innere Stimme, die in letzter Zeit so erfreulich ruhig gewesen war. *Bei allem und jedem. Das Thema Sport erwähnen wir am besten gar nicht mehr. Und ist der Reißverschluss der weißen Hose heute früh etwa leicht zugegangen? Die Antwort kennst du selbst! Bei jeder Eiskugel, die dir auch nur von Weitem zuzwinkert, wirst du schwach. Ja, Sofie Veronika Therese Rosenhuth, bei dir ist wirklich Hopfen und Malz verloren …*

Sofie war heilfroh, als ihr Smartphone klingelte, und ihr Gesicht hellte sich sofort auf, als sie Charlys Stimme hörte.

»Wie geht es dem Spezialanstrich?«, erkundigte sie sich.

»Frag lieber nicht!«, stöhnte er. »Ich komme mir schon fast vor wie Penelope in der Odyssee. Nur dass ich nachts mein Gewebtes, beziehungsweise frisch Getünchtes nicht selbst auftrennen muss. Das besorgen in meinem Fall schon die anderen, meine Spezialisten für Bausanierung, die jeden Morgen von immer neuen Schichten reden und mich damit noch halb um den Verstand bringen. Wenn du denen so zuhörst, wohne ich wahrscheinlich Weihnachten noch nicht drin!«

»So schlimm?«

Sofie musste grinsen, weil das alles doch sehr nach Charly klang.

»Schlimmer!«, stöhnte er.

»Aber jetzt gibt es einen Break. Man muss ja zwischendrin auch mal durchschnaufen. Du bist dabei?«

»Beim Durchschnaufen?«

Sofie lachte.

»Gern – wenn du mich mitnimmst!«

»Dann komm doch heute so gegen 21.00 Uhr zu meinem Haus. Ich hoffe, du hast Zeit und Lust.«

»Zum Räuchern? Soll ich dazu vielleicht Tante Vronis eiserne Bestände plündern? Wird sie nicht gern sehen, aber bei dir drückt sie bestimmt beide Augen zu.«

»Nicht nötig. Max hat versprochen, sich darum zu kümmern. Bring einfach nur dich mit. Das ist alles, was ich mir wünsche.«

»Was sich durchaus einrichten ließe«, erwiderte Sofie, die plötzlich einen Frosch im Hals spürte. Charly hatte ungewohnt ernst geklungen. Schien ihm wirklich sehr wichtig zu sein.

»Gut. Dann freue ich mich schon mal.«

»Ich mich auch.«

Jetzt fiel ihr plötzlich doch noch etwas ein.

»Was ist eigentlich mit Murmel?«, fragte sie. »Darf der auch mit?«

»Blonde Mopshunde namens Murmel sind ganz besonders herzlich eingeladen«, versicherte Charly. »Ich hab beim Metzger schon seine Lieblingswienerle bestellt.«

# 36

# *Blaue Nacht I*

»Du bist ja vollkommen narrisch!«, brauste Joe auf. »Was du dir da in den Kopf gesetzt hast, ist viel zu gefährlich. Das kommt auf keinen Fall infrage!«

»Aber du sagst doch selbst, dass sie mir ähnlich sieht. Und, ja, ich find es auch.«

Maria schaute wieder auf das Foto. »Sehr sogar. Diese Doro Mittermayer und ich könnten Schwestern sein oder zumindest Cousinen. Warum versuchen wir es nicht einfach? Ich stell ein Foto von mir auf diese Dating-Plattform mit einem Fakeprofil dann beißt er vielleicht an, dieser Scheißkerl!«

»Und ich darf dann vielleicht Jahre später deinen blanken Schädel aus irgendeinem Behältnis holen und mir ein Leben lang die größten Vorwürfe machen, dass ich dich nicht vor dieser Dummheit bewahrt habe? Nein, Maria, nicht mit mir. So läuft das nicht!«

Sie saßen im Wohnzimmer – Sofies Wohnzimmer, wie er mit einem Anflug von schlechtem Gewissen zwischendurch immer mal wieder dachte, weil es mit dem Trockenlegen seiner von oben gefluteten Wohnung gar so langsam voranging – und verstanden sich blendend. Ganz überraschend war sie vorbeigeradelt gekommen, in einem roten Sommerkleid mit Neckholder und weitem Rock, wie das auch Gina Lollobrigida hätte tragen können. Silberne Creolen in den Ohren, ohne Lippenstift (wie ihm gleich auffiel), einen Korb über dem Arm, gespickt mit sommerlichen Delikatessen, die ihm das Wasser im Mund zusammenlaufen ließen.

Und nicht nur die, wenn er ehrlich war.

Das heikle Thema, ob Maria wusste, dass Sofie zurzeit bei Tante Vroni logierte, sprach Joe gar nicht erst an. Stattdessen schenkte er ihr ein Glas von dem köstlichen Vermentino ein, den er im Kühlschrank entdeckt hatte, und gemeinsam verzehrten sie dazu die mitgebrachten Schinkenröllchen mit Paprika, den Schweizer Wurstsalat, die mit Frischkäse gefüllten Aprikosen, die Minifleischpflanzerl und das Walnussbrot.

Dabei traf es sich gar nicht schlecht, dass Charly angekündigt hatte, dass es spät werden könnte – ideale Voraussetzungen also für einen ungestörten Abend zu zweit. Und da kam sie jetzt mit dieser Schnapsidee daher, von der sie gar nicht mehr ablassen wollte!

»*Mein Hund & Du*«, insistierte Maria weiter, »ist quasi der Nachfolger von *Die Liebe sagt wuff*. Wenn irgendwo, dann dort! Es handelt sich sogar um dieselben Betreiber, wenngleich sie noch eine Frau mit an Bord genommen haben. Da, schau, da steht alles!«

Ihr rot lackierter Fingernagel deutete auf das Impressum, das auf dem Tablet aufleuchtete, das sie ganz zufällig mitgebracht hatte.

»Falls der Kerl immer noch nach dem gleichen Muster verfährt, dann hier«, fügte sie hinzu. »Und wenn er noch immer auf den gleichen Typ Frau steht, würde ich doch …«

»Die Letzte in seiner mörderischen Reihe war eine Blondine. So viel dazu. Außerdem hast du doch gar keinen Hund«, sagte Joe.

»Wenn du dich da mal nicht täuschst!«

Sie scrollte zurück. Ein bezauberndes Foto zeigte die lachende Maria mit einem weißen Westie, dessen rosige Zunge ihr gerade hingebungsvoll die linke Wange ableckte.

»Hundebussi von Archie«, sagte sie. »Das ist der Hund von Kaplan Theo Jäger und genauso schwul wie sein Herrchen. Archie und ich lieben uns heiß und innig. Den kann ich so oft haben, wie ich will!«

»Und wenn schon. Ich bin strikt dagegen!«

Plötzlich wurde Maria ganz ernst.

»Mir tun diese Frauen so leid«, sagte sie, »die ihm auf den Leim gegangen sind. Alle im besten Alter. Alle hübsch und voller Hoffnungen, voller Sehnsucht nach Liebe – und dann enden sie als blank polierte Pseudoreliquien. Wie krank ist das denn? Da kann man doch nicht einfach tatenlos zuschauen!«

»Tun wir ja auch nicht. Die Ermittlungen laufen auf Hochtouren.«

»Aber festgenommen habt ihr ihn noch nicht. Und wie wollt ihr überhaupt herausbekommen, wer er ist? Auf klassischem Weg werdet ihr da wenig erreichen.«

»Der Typ ist ein Monster«, sagte Joe, jetzt seinerseits ganz ernst. »Und mit einem Monster spielt man nicht, denn dabei zieht man sehr schnell den Kürzeren. Ich würde niemandem erlauben, sich dem auszusetzen, schon gar nicht jemandem, an dem mir etwas …«

»Ja?« Maria horchte auf.

»Ich mach uns noch einen Wein auf. Da ist immer so wenig drin in den Flaschen.«

Als er mit einer neuen Buttel aus der Küche zurückkam, klebte sie immer noch an diesem verdammten Portal.

»Ich könnte auch nur mein Foto einstellen und ein paar

Worte über mich sagen, gar nix weiter. Dann warten wir einfach ab, wer sich da meldet. Kein Telefonieren, kein Treffen, nicht einmal antworten. Das ist total ungefährlich …«

»Logo!«, sagte Joe, der nun wirklich keine Lust mehr auf diese sinnlose Diskussion hatte. »Und der schreibt dir dann auch gleich: ›Hi, ich bin der Peter, der olle Schädelmörder, drei hab ich schon – ach ja, jetzt sind es ja schon vier. Und wann darf ich mir deinen holen?‹ – Vergiss es, Maria! Selbst von Angesicht zu Angesicht: Die meisten Perversen schauen ganz normal aus. Man sieht ihnen doch nicht an, welche Abgründe in ihnen lauern. Das ist ja gerade das Schwierige an meinem Beruf. Du stehst vor einem Menschen und denkst: *netter Kerl*. Dabei hat er gerade eine Frau umgebracht. Was ich da schon alles erlebt habe, das glaubst du nicht!«

»Ich beneide dich trotzdem darum«, sagte sie leise. »Du bist da so ganz am Puls des Lebens, während ich in meinen alten Schriften und Akten immer mehr Staub ansetz'.«

»Vielleicht doch eher am Puls des Todes«, korrigierte Joe. »Die Mordkommission kommt immer zu spät. Daran musst du dich im Lauf der Jahre erst gewöhnen, und manchmal gelingt mir das bis heute noch nicht so ganz.«

»Aber wenn ihr dann den Mörder habt, muss das doch eine richtige Befriedigung sein, oder?«

»Das schon«, bestätigte Joe. »Unsere Aufdeckungsrate bei Mord ist auch ganz ordentlich – aber werden die Toten davon wieder lebendig? Das Leid und die Trauer der Angehörigen bleiben, auch wenn ein Schuldiger verurteilt werden kann und seine Strafe absitzen muss. Und: Kaum ist der eine Fall abgeschlossen, folgt schon der nächste. Es ist das reinste Hamsterrad!«

»Und ich dachte bis grad eben, du liebst deinen Beruf!«, wunderte sich Maria leise.

»Das tu ich ja auch – aber weitgehend illusionslos, verstehst?«

Joe hob sein Glas, um ihr zuzuprosten. »Und an einem so schönen Abend mit einer so schönen Frau würde ich jetzt gern mal über etwas anderes reden als über Mord und Totschlag. Einverstanden?«

»Einverstanden!« Sie prostete zurück.

Dann wischte sie kurz am Tablet herum, bis Musik erklang. *Sehr romantische* Musik.

»Muss das sein?«, fragte Joe.

»Ja! Manchmal *muss* es der alte Eros Ramazzotti sein.«

Maria warf die Locken nach hinten, lachte und zog Joe vom Sofa.

»Magst tanzen?«

»Hältst du das wirklich für eine gute Idee?«, fragte er leise, als sie ihre Arme um seinen Hals legte.

*Er sollte doch nicht … er wollte doch nicht …*

»Für eine megagute sogar«, erwiderte sie, drückte ihr Becken noch eine Spur enger an seins, legte den Kopf in den Nacken und öffnete erwartungsvoll die Lippen.

## 37

# *Blaue Nacht II*

Max von Loessl, Charlys lange verschollener Patenonkel, trug eine verschlissene Djellaba und sah in diesem bodenlangen Kapuzenmantel mehr denn je aus wie ein Nomade aus den Ländern des Maghreb, in denen er so viele Jahre gelebt hatte. Es war ein weiter Weg zurück in seine alte Heimat München gewesen, und nach der langen Zeit der »Walz«, wie er das nannte, fühlte er sich bis heute an jedem Fluss und unter jedem Baum wohler als in geschlossenen Räumen.

Das Räuchern ging ihm spielend von der Hand, als habe er es schon viele Male zelebriert. In der ovalen Specksteinschale glühte Räucherkohle. Darüber hatte er irgendein Yerba Santa gestreut, ein »Wandlungskraut«, wie er sagte, »das gegen schädliche Einflüsse hilft, Böses vertreibt und die Kraftreserven neu auftankt«.

Sofie zuckte davor zunächst zurück, denn es roch unvermutet stark und streng, wie sie fand. Aber der Nomade, den sie sehr schätzte, wusste sicher genau, was er tat.

»Ich geh allein«, erklärte Max. »In einem ersten Durchgang. Danach rufe ich euch.«

Sofie und Charly saßen schon eine ganze Weile an der kleinen Feuerstelle im Garten, die eigentlich zum Grillen gedacht war. Über ihnen spannte sich ein wolkenlos dunkelblauer Nachthimmel, zu dem die Flammen emporzüngelten. Auch Murmel schien sich wohlzufühlen. Er hatte ein paar Insekten gejagt, solange es noch hell genug gewesen war, und seine Wienerle gefressen, während die Menschen sich an den von Charly zubereiteten arabischen Köstlichkeiten labten. Jetzt döste er ganz nahe bei ihnen auf der mitgebrachten Hundedecke.

»Irgendwie ist alles anders, als ich mir das gedacht hatte«, sagte Charly nach einer Weile des Schweigens. »Ich hatte mich längst im Haus gesehen, umgeben von Büchern und Platten, an meinem Buchprojekt schreibend, das endlich fertig werden soll, und jetzt …«

»… sitz ma da und genießen die Nacht.«

»Ja«, sagte er und goss ihr Wein nach – einen feurig-dunkelroten Sizilianer. »Mit dir, Sofie, ist es überall schön. Sogar vor einem Haus mit einer eingemauerten Leiche …«

Sie wandte sich ihm zu.

»Gell, des hat dir a bissl den Spaß an der Freid verdorben?«, sagte sie leise. »Ich seh doch, wie du rumschleichst, seitdem des passiert is. Dein Onkel Max is bestimmt a kluger Mo. Und a guads Räucheraroma kann a bestimmt ned schaden. Aber auf di kimmts o, Charly. Die bösen Geister sitzen hier.«

Sie berührte mit der Fingerspitze seine Stirn.

»Und hier.«

Sofie tippte ganz leicht auf seine Brust.

»Ich weiß«, murmelte er und wollte ihre Hand festhalten, doch Sofie hatte sie schon wieder zurückgezogen.

»Aber ich hatte doch so viel vor mit diesem Haus! Fertig wollte ich es haben, ganz und gar fertig für mein neues Leben, und danach wollte ich dich fragen …«

»Ja?« Sofie war ganz Ohr.

»Der Joe und du …«

Er brach ab.

»Das war deine Frage?«

Sofie klang ein wenig enttäuscht.

»Die Frage vor der Frage sozusagen.«

Sofie rutschte auf ihrem Gartenstuhl herum.

»Mei, der Joe und i«, sagte sie schließlich. »Des is a bissl wie die unendliche Geschichte. Mia kenna uns scho so lang, und am Anfang wars wunderbar aufregend, aber na hamma uns trennt, weil i koan Mo mehr woit, der wo ständig andere Weiber hot. Dann bin i nach Berlin, des woaßt du ja ois, möglichst weit weg von München …«

»… und bist doch wieder zurückgekommen«, ergänzte Charly.

»Ja, aber doch wegen der Tante, ned wega meim Ex!«

Sofie richtete sich auf.

»Dann war der Joe wieder da, hot ma des Blaue vom Himmel vasprocha, und i mog eahm ja aa, weil er eben der Joe is, aber …«

»… so richtig geändert hat er sich nicht. Willst du das sagen?«

Sofie nickte und stand auf, irgendwie verlegen.

Charly stand ebenfalls auf.

»Dann liegt es ganz allein an dir, Sofie«, sagte er mit einem feinen Lächeln, »die Geister der Vergangenheit zu vertreiben, um Raum für Neues zu schaffen. Sie sitzen nämlich hier.«

Mit dem Zeigefinger berührte er ihre Stirn.

»Und hier.«

Er tippte zart auf ihr Brustbein.

Na ja, vielleicht auch ein wenig tiefer.

Jedenfalls bekam Sofie am ganzen Körper Gänsehaut. Eine aufregende, wohlige Gänsehaut.

Charly schien das zu spüren.

»Soll ich dich wärmen?«, fragte er leise.

Sie nickte.

Charly zog Sofie sanft zu sich heran, ohne jede Eile. Erst nah, dann noch ein wenig näher, schließlich ganz nah, bis sich ihre Körper überall berührten, und er hielt sie in seinen Armen. Er roch nach frischem grünem Gras und den exotischen Gewürzen, mit denen er sein Essen verfeinert hatte.

Und er fühlte sich gut an – *so* gut!

Aber konnte es eigentlich anders sein in dieser blauen Nacht, in der sogar die Zeit für ein paar Momente stillzustehen schien?

»Ich bin da«, hörte sie ihn leise sagen. »Aber du musst es wollen – ganz und gar. Ich bin kein Mann, der seine Frau mit einem anderen teilt. Das liegt mir nicht, Sofie.«

»Ich …«

»Scht!« Er schob sie ein Stück zurück und legte seinen Finger auf ihren Mund. »Nicht immer nur träumen«, sagte er. »Tun!«

Sie kam ihm wieder näher, stellte sich auf die Zehenspitzen, bis ihre Lippen sich berührten. Es war kein richtiger Kuss, nur eine zarte Berührung – ein wortloses Versprechen.

»Ich bin dann so weit«, hörten sie nun Max sagen, der die ganze Zeit im Haus rumhantiert hatte. »Das heilige Kraut hat seine Wirkung entfaltet. Jetzt gehen wir noch einmal mit einer Schale Sandarak durch alle Räume, dem Harz der marokkanischen Gliederzypresse. Kommt, bitte!«

»Das riecht ja um Klassen besser«, sagte Sofie, als sie ins Wohnzimmer kamen. Im Mondlicht, das durch die Scheiben fiel, erkannte man, wie liebevoll alle Böden und Wände renoviert worden waren – genau so, wie Charly es liebte.

»Das will ich meinen!«

Max lächelte zufrieden.

»Diese Mischung klärt und beruhigt, beseitigt Anspannung und Stress, schenkt Mut. Spürt ihr die Wirkung schon?«

»Unbedingt!«, versicherte Charlie.

»Aber so was von«, sagte Sofie.

Hinauf in den ersten Stock ließ sie die beiden allein gehen. *Das ist noch zu früh*, dachte Sofie. *Erst, wenn alles klar ist.*

Sie wartete an der Treppe, bis die beiden wieder herunterkamen, dann ging sie mit ihnen in den Keller.

Die Wände waren weiß und glatt, keine Spur mehr von dem grauslichen Leichengrab, in dem die Hofbauerin Jahre zugebracht hatte. Dass es ein wenig medizinisch roch, fiel wahrscheinlich nur Menschen mit besonders ausgeprägtem Geruchsinn auf. Das Weinregal wirkte verwaist, weil während der Spezialbehandlung der Wände alle Flaschen in Kisten und Kartons gepackt worden waren. Aber die würden bald wieder an dem für sie vorgesehenen Platz sein, den Charly für sie auserkoren hatte.

Grund zur Freude also – aber seine Schultern zeigten steil nach oben, und sein Rücken wirkte nun unter dem grünen Leinenhemd um einiges steifer als zuvor – so gekonnt Max die weißen Schwaden auch in den Räumen verteilte.

*Die Geister sind noch da*, dachte Sofie. *Seine wie meine.*

Und plötzlich war da diese Idee in ihrem Kopf. Aber wie sollte sie die ihm beibringen?

Ihr wurde ganz heiß.

»Ich mach uns jetzt noch einen ganz besonderen Wein auf«, sagte Charly, als sie wieder zurück im Garten waren. »Ein edler Tropfen aus Chile, der …«

»Ich muss los«, sagte Max. »Löscht die Schale noch sorgfältig aus, ja? Sonst steht hier womöglich alles in Flammen. Servus, ihr zwei!«

Er verschwand in der Nacht.

»So war er immer schon«, sagte Charly. »Wunderbar, aber unberechenbar. Ach, Max!«

»Lass uns noch amoi zum Feuer gehn«, sagte Sofie. »I muaß dir was sagn, des werd dir vielleicht zerscht gar ned schmeckn. Aber es kannt di aa froh macha. Richtig froh sogar. Auf Dauer gesehen.«

»Jetzt machst du mich aber neugierig«, meinte Charly. »Also, was ist es, Sofie? Ich bin ganz Ohr!«

38

## *Blaue Nacht III*

Es war noch nicht ganz hell, als Sofie und Murmel zurück in die Zugspitzstraße kamen. Der Mops saß nun wieder in seinem Körbchen, ausgepowert von der ausführlichen Gassirunde mit Sofie und Charly durch ein Viertel, in dem die meisten anderen noch gar nicht auf waren. Eine ganze Nacht freiwillig durchgemacht hatte Sofie schon lange nicht mehr. Nur wenn sie zu Tatorten gerufen wurde, musste sie oftmals viele Stunden im Dunkeln wach und konzentriert durchstehen. Anschließend fiel sie total erschöpft in ihr Bett und konnte doch erst einmal lange nicht einschlafen.

Heute dagegen fühlte sie sich frisch und fit wie nach einem langen, tiefen, erquicklichen Schlaf.

*Alle werden glücklich*, dachte sie. *Der Charly und ich und der Murmel, die Tante Vroni, der Spike und die Shirin und die kleine Ayrun Sofie Elfe – sie alle werden es gar nicht glauben können, nur der Joe, der wird nicht ganz so …*

Sie stutzte, als sie den Hof betrat.

Das war doch das blaue Rad von der Maria, das da neben der alten Linde parkte!

Vergessen?

Garantiert nicht!

Ja, Maria war eine, die gern schnell ans Ziel kam. Aber in der Wohnung einer Freundin mit deren Ex?

Und Joe?

Kaum dass sie ihm mal den Rücken zudrehte – der Hundling!

Treue schwören war eins, Treue halten etwas anderes. In dem einen war er perfekt, im anderen ganz und gar nicht.

*Und du?*, begann die innere Stimme zu bohren. *Wo kommst du denn gerade her? Doch auch direkt aus einer blauen Nacht …*

»Ja«, sagte Sofie so laut, dass im ersten Stock ein Fenster aufging. »Aber ohne Ringelpiez mit Anfassen. Jedenfalls fast ohne.«

Das Zweitere sagte sie viel leiser …

Sofie hob den Mops aus seinem Körbchen und blieb noch einmal kurz stehen.

Sollte sie hinauf in ihre Wohnung gehen, um sich mit eigenen Augen zu überzeugen?

Wozu?

Sie wusste ohnehin, was sich ihr da bieten würde.

Joe: zerknirscht, am Boden zerstört. Maria: verlegen. Aber auch ein bisschen siegesgewiss? – Die Freundin aus Kindertagen hatte viele Gesichter …

Nein, auf all das konnte sie in dieser blauen Nacht bestens verzichten. Und das Seltsame daran: Da war kein Schmerz mehr. Nur noch ein leises Echo von früher.

Sie nahm Murmels Leine, ging ins Vorderhaus und schloss Vronis Wohnung auf.

In der Küche duftete es schon nach frischem Kaffee. Tante Vroni saß im rosa Morgenmantel am Tisch, las in der Zeitung und trank ihre erste Tasse.

»Servus, Sofie«, sagte sie. »Guad schaust aus! Rundum zufrieden. Na, wars wohl recht schee beim Charly.«

Sofie lächelte.

»Und des do …«

Vroni deutete zu dem blauen Fahrrad im Hof, dem sich gerade eine rot gekleidete Frauengestalt näherte, die es eiligst aufschloss und sich auf den Sattel setzte, dabei immer wieder nervös zu einem bestimmten Küchenfester schauend, bis sie schließlich davonradelte.

»Des …«, sagte Sofie langsam, während sie Murmel ableinte, sich kurz die Hände wusch und sich danach auf die Eckbank neben ihre Tante setzte, »… sollen mir die beiden gefälligst selbst erzählen. Von mir kimmt dazu koa Wort.«

## 39

# *Ins Netz gegangen*

Die Frau, die Joe und sein Kollege Mick Lorenz gerade in der Ettstraße verhörten, erinnerte fast ein wenig an ein Grillhendl, so tiefbraun hatte das Solarium ihre Haut verschmort. Mit weniger Schminke, einer Spur mehr Fleisch an den Kochen und ohne diesen Tick – ständig beim Reden mit dem rechten Auge zu zwinkern – hätte sie gar nicht so schlecht ausgesehen. Sie war in Furth im Wald über die tschechische Grenze gegangen und dort nach wenigen Metern auf dem Vietnamesenmarkt, wo Fälschungen von Designerklamotten und anderem angeboten wurden, in einen Kaufrausch verfallen.

Mit vier großen Plastiktüten weiter zu fliehen war ihr offenbar nicht allzu sinnvoll erschienen. Also ging sie wieder zurück über die Grenze nach Deutschland, um dort einer Freundin die soeben günstig erstandenen Schätze in Obhut zu geben. Das war allerdings keine gute Idee, wie sich herausstellte, denn dabei geriet sie in eine jener Grenzkontrollen, die hier trotz Schengen nach wie vor routinemäßig durchgeführt werden. Und weil die Fahndung nach Keidel und seiner Lebensgefährtin noch nicht ausgesetzt worden war, hatte man sie festgenommen und nach München gebracht.

Europa wird kleiner – Joes Spruch bewahrheitete sich.

»Er kann nicht tot sein.«

Ihre Tränen flossen unentwegt.

»Nicht mein Sepp!«

»Leider doch«, erwiderte Mick ungerührt. »Ihr Sepp war ein erfahrener Berufsverbrecher. Und nun hat es ihn erwischt.«

»Und wie?« Ihre Unterlippe zitterte.

»Gar nicht schön«, erwiderte Mick. »Kennen Sie jemanden aus seinem Umfeld, der eine Mauser hat?«

»Einen Vogel?« Die dunkel umrandeten Augen wurden riesig.

»Nein«, sagte Joe. »So heißt ein altes Gewehr. Siebzig Jahre und mehr, je nachdem. Aber funktionieren tut es noch immer ganz gut.«

»Er ist erschossen worden?« Jetzt zitterte das ganze kleine Gesicht. »Von wem?«

Mick packte ihren Stuhl und zog ihn ganz zu sich heran. »Sehen Sie, Frau Wenzl, genau das wollen wir eigentlich von *Ihnen* hören! Wer waren seine Kumpane? Wer hat die Kirchen ausgeraubt? Wer vor allem hatte noch eine Rechnung mit ihm offen?«

»Aber das weiß ich doch alles nicht«, greinte sie. »Gar nix weiß ich! Der Sepp hat mich immer rausgehalten aus dem Geschäftlichen. Des is nix für Frauen, hat er gesagt. Je weniger du weißt, umso besser!«

»Schluss jetzt mit der Märchenstunde, Frau Wenzl«, polterte Joe los. »Wie lange sind Sie eigentlich schon mit dem Keidel zusammen?«

»Sechs Jahre.«

»Das ist ja eine kleine Ewigkeit.«

»Schon«, sagte sie, und in ihrer dünnen Stimme schwang ein bisschen Stolz mit.

»Dann wissen Sie garantiert auch jede Menge über seine Geschäfte! Oder stecken Sie selbst so tief mit im Sumpf, dass Sie sich nicht belasten wollen?«

Joes sonst so schmelzender Bariton klang auf einmal beinhart.

»Es geht hier nicht nur um Diebstahl, Raub und Hehlerei, Frau Wenzl! Es geht um zwei Morde: den an Ihrem Freund – und den an Franz Auerbach, seinem ehemaligen Zellengenossen, für den Keidel unser Hauptverdächtiger ist.«

Geli Wenzl schwieg, weinte und schniefte, den Kopf tief gesenkt. Nach einer Weile hob sie ihn wieder und schaute Joe an.

»Der Sepp war's nicht«, sagte sie. »Er kann den Franz gar nicht umgebracht haben. Wir waren zusammen am Gardasee, als der Mord passiert ist. Malcesine, Hotel Venezia, älterer Kasten, aber mit direktem Seezugang. Vier Tage lang *Signora* und *Signore* Keidel. Das können Sie nachprüfen.«

»Machen wir. Ganz bestimmt!«

Aus Joes Stimme war plötzlich der Druck raus.

»Der Franz hat ihm leidgetan. Der ist kein großes Licht, hat er immer gesagt – einer, zu dem das Leben nicht gut ist. Deshalb hat der Sepp ihn ja auch unterstützt.«

»Indem er sein Diebesgut in dessen Loch untergestellt hat?«, hakte Mick nach. »Ein wahrhafter Freund!«

»Davon weiß ich nichts.« Jetzt klang sie wieder trotzig. »Aber ich weiß, dass der Sepp ganz komisch wurde, als das über den Franz in der Zeitung stand.«

»Was meinen Sie damit?«, fragte Joe.

»Komisch halt. Fast ängstlich. Dabei hatte der Sepp sonst eigentlich vor nix und niemandem Angst. Außer …«

Sie verstummte.

»Außer?«, wiederholte Mick.

»Außer vorm K4 vielleicht.«

»K4 – wer soll das sein?«, fragte Joe.

»Ich hab ihn selbst nur einmal gesehen, von hinten, da war es fast schon dunkel. Groß ist der. Längere Haare. Aber genauer beschreiben könnt ich ihn nicht«, fügte sie schnell hinzu. »Der Sepp und er hatten öfters miteinander zu tun. Aber er wollte nie, dass ich da bin, wenn der K4 kommt.«

»Und warum?«, wollte Mick wissen.

Abermals Schulterzucken.

»Vielleicht hat der Sepp ja befürchtet, dass er mich ihm ausspannen wollte. Dabei bin ich doch treu wie Gold – bis in den Tod.«

Die Tränen begannen erneut zu fließen.

»Woher stammt dieser komische Name?«, fragte Mick, der ihr ein Taschentuch reichte, während er weiterfragte.

»Keine Ahnung.«

Sie zuckte die Schultern.

»Vielleicht noch aus der Schulzeit? Die haben ihn alle so genannt. Ich hab nie einen anderen Namen gehört.«

Beim Wort »alle« horchten die beiden Kommissare auf, und siehe da: Nach zwei weiteren Stunden Verhör hatten sie fünf Namen aus ihr herausgepresst, die sie sofort an die Kollegen vom Einbruchs- und Raubdezernat weiterleiteten. Vier davon waren aktenkundig, zwei davon in München gemeldet. Es gab also tatsächlich eine Art Netz, wie Maria Hierlmeier das schon vermutet hatte, und es war sicherlich noch wesentlich dichter und weiter gespannt, als sich das beim augenblicklichen Ermittlungsstand genau erkennen ließ.

Geli Wenzl wirkte maßlos enttäuscht, als sie in ihre Zelle in der Ettstraße zurückgebracht werden sollte.

»Jetzt hab ich Ihnen doch alles gesagt – und Sie sperren mich trotzdem ein«, wetterte sie. »Das ist so was von hinterhältig und gemein von Ihnen!«

»Wir brauchen Sie noch«, sagte Joe. »Denn Sie wissen garantiert noch viel mehr.«

»Außerdem sind Sie hier sicher«, fügte Mick hinzu. »Hier bei uns kann Ihnen keiner nach dem Leben trachten wie bei Auerbach und Keidel. Das hat doch auch sein Gutes!«

»Und jetzt?«, fragte Mick, als sie wieder im Auto saßen. »Zurück in die Hansastraße?«

»Scho, aber i brauch jetzt zerscht a Stärkung«, sagte Joe. »Is nach Dienstschluss, und a kurze Nacht wars aa.«

»Sieh an!«, kommentierte Mick mit verschmitztem Lächeln. »Dann läuft's also wieder zwischen dir und der Sofie?«

»Da drüben vielleicht?«, sagte Joe, ohne weiter auf Micks Worte einzugehen.

Erstaunlicherweise gab es in der Nähe des Augustinerkellers einen Parkplatz. Der Biergarten war gut besucht, aber sie fanden einen Tisch, dessen andere Hälfte ein Grüppchen emsig zwitschernder Chinesen in Beschlag genommen hatte. Nach Rahmschwammerl mit Semmelknödel und einem Bier, kühl und bleifrei, fühlte sich das Leben schon wieder deutlich besser an.

»So schwer war's noch nie«, seufzte Mick.

»Doch«, widersprach Joe, »und so geht's jetzt erst mal weiter: Wir vernehmen den Senftinger und den Hackenschmied – mindestens oaner von dene singt, des garantier i dir, und na kriagn ma eahm, diesen K4! Die Kollegen in Regensburg und Passau, wo die anderen beiden wohnen, machen das Gleiche.

Und vielleicht spuckt ja unser Grillhendl, die Frau Wenzl, aa no was Interessantes aus.«

Er begann zu grinsen, weil die Chinesen an ihrem Tisch gerade ausgehungert über ihre gegrillten Hähnchenteile herfielen.

»Ich muss grad an den vierten Schädel denken«, sagte Mick. »Den, der nicht ins Bild passt, weil er zu alt ist. Meinst, der gehört trotzdem mit in diese Reihe?«

»Logo!«, sagte Joe. »Und er könnte die Nummer eins gewesen sein. Viele Täter ›üben‹ bekanntlich, bevor sie ihre eigentlichen Verbrechen begehen. Sexualstraftäter beginnen als Spanner oder Exhibitionist, spätere Mörder quälen und töten zunächst Tiere, bevor sie sich an Menschen wagen.«

»Aber die Frau, der der Schädel gehört, ist schon bei dieser ›Übung‹ gestorben!«

»Richtig. Ob er zuvor mit Tieren experimentiert hat, wissen wir nicht. Wohin sind zum Beispiel die Hunde der Opfer verschwunden? Das schlaue schwarze Möpslein hat zurück nach Hause gefunden. Aber die anderen beiden?«

»Grauenhaft«, murmelte Mick, der selbst einen Labrador als Familienhund hatte.

Joe nickte und fuhr fort. »So wie der letzte Schädel aussieht, ist er zwanzig Jahre und mehr irgendwo gelagert worden. Aber damals gab's noch keine Dating-Portale im Internet. Also muss er sie irgendwo anders aufgerissen haben. Angenommen, er ist jetzt um die fünfzig, maximal, dann stammt der vierte Schädel vielleicht aus seiner unmittelbaren Umgebung.«

»Du meinst, eine Verwandte hat dran glauben müssen?«

»Möglich. Eine Tante vielleicht, oder sogar die eigene Mutter ...«

»Krass!«, sagte Mick Lorenz. »Erst der Hofbauer mit seiner Ekelleiche und jetzt des ...«

»Ja, echt krass!«, bestätigte Joe. »Umbringen is des oane, aber den Kopf der Ermordeten dann aa no als Schädel zu präparieren, dazu gehört scho was! Die späteren drei Schädel weisen anders als der erste keinerlei Verletzungen auf. Die Opfer müssen also anders gestorben sein – bevor sie zur Schädelreliquie wurden.«

»Aber sind das dann Trophäen? Oder steht er einfach nur auf blankes Gebein?«

»Frag mich was Leichteres«, sagte Joe. »Der Mörder hat des kranke Hirn, ned i.«

»Die Möglichkeiten dazu muss man auch erst einmal haben. In einer Mietwohnung geht das sicherlich nicht.«

»Richtig. Der Ort muss abgelegen sein, uneinsichtig und ungestört, denn so eine ›Entfleischung‹ dauert. Und das stinkt gewaltig.«

»Mir wird speiübel, wenn ich nur daran denk«, stöhnte Mick. »Komm, lass uns zurück an unseren sauberen Schreibtisch fahren!«

# 40

## *Verboten*

Er musste es ja gar nicht erfahren. Wenn nichts daraus wurde, würde sie niemals auch nur ein Wort darüber verlieren. Aber wenn der widerliche Kerl durch ihre Initiative gefasst werden könnte …

Maria hob den Blick.

Der große Spiegel, den sie auf dem Schreibtisch aufgestellt hatte, warf ihr Bild zurück.

Verliebt zu sein stand ihr. Definitiv. Die Lippen wirkten praller, der Teint hatte jenen gewissen *glow*, den die Kosmetikindustrie mit zahllosen Mittelchen vergeblich zu erzeugen versuchte, und in den Augen war ein geradezu ansteckendes Funkeln.

Jetzt, genau jetzt, hätte sie ein Selfie machen und es sofort einstellen sollen.

Aber um diese Zeit konnte sie ihren Freund Theo, gemeinerweise für die Frühmesse eingeteilt, obwohl er doch so gern lang ausschlief, nicht mehr anrufen und um Archie bitten. Sie scrollte noch einmal durch ihr Bildarchiv. Da fanden sich einige nette Fotos von ihr mit dem Hund, doch das attraktivste war eindeutig das mit dem feuchten Hundekuss aus dem letzten Sommer.

Sie schaute es trotzdem noch einmal kritisch an. Weil es jetzt doch um alles ging: Na gut, zwei, drei Kilo, vielleicht sogar vier mehr hatte sie seitdem schon drauf; das sah man aber nicht, sofern sie sich nicht in die Skinnyjeans zu quetschten versuchte. Jetzt im Sommer trug sie ohnehin viel lieber Kleider, und davon hatte sie zum Glück einige.

Aber stand Joe nicht gerade auf Frauen, die etwas mehr an Figur zu bieten hatten? Sonst wäre er ja wohl kaum jahrelang mit der Sofie Rosenhuth verheiratet gewesen, die nun nicht gerade eine Bohnenstange war…

Ach, die Sofie!

Ein bisschen drückte Maria das Gewissen ja schon, wenn sie an die alte Freundin dachte. Mehr als ein bisschen sogar, wenn sie ehrlich war. Aber geschieden war schließlich geschieden, und aus einer aufgewärmten Geschichte würde ja doch nie mehr etwas Richtiges werden, das wusste sie aus eigener schmerzlicher Erfahrung. Außerdem: Stand das Glück nicht endlich auch einmal ihr zu? Es konnte doch nicht sein, dass eine Frau wie sie noch immer nicht den richtigen Kerl hatte!

Also, auf in den Kampf – und dem Joe beweisen, was für eine Wahnsinnsbraut er sich da angelacht hat!

Sie hatte sich bereits eine Kanne Roibuschtee gekocht, aber als nun die Startseite des Portals *Mein Hund & Du* aufleuchtete, brauchte sie zur Beruhigung des flatternden Nervenkostüms doch etwas Stärkeres. Cognac und Grappa waren aus, restlos geleert von den netten Jungs aus dem Priesterseminar, die gern zu ihr zum Abendessen kamen, weil die Maria so gut kochen konnte. – Auch das war etwas, das ab jetzt der Vergangenheit angehören würde, ging Maria durch den Kopf, weil sie ihre Künste künftig ganz dem einen geliebten Mann widmen wollte. Zum Glück war aber noch ein Rest von diesem wunderbar öligen Wodka übrig, den Kristoph ihr dagelassen hatte, ein junger, sehr engagierter Geistlicher aus Krakau, der im Archiv für seine Promotion recherchierte. Vom Typ her war der übrigens dem Joe gar nicht so unähnlich: groß, dunkel, sportlich, sehr nett zum Anschauen, aber leider bereits für immer an die katholische Kirche vergeben …

Maria goss sich zwei Fingerbreit Wodka ein und trank.

Das Geschäftliche war schnell erledigt: Dreißig Euro für den ersten Monat erschienen ihr gerechtfertigt, vor allem in ihrem Fall, wo es um eine veritable Verbrecherjagd ging.

Vielleicht würde ihr die Staatskasse nach einem erfolgreichen Ergebnis den Betrag ja sogar zurückerstatten?

Von klein auf hatte sie gelernt, das Geld zusammenzuhalten. Eine Fähigkeit, die sie weit nach oben gebracht hatte und die dem in dieser Hinsicht ein wenig schludrigen Joe sicher hilfreich sein konnte. Ein aufregender Mann, in jeder Hinsicht, aber einer, der genau deswegen die feste weibliche Hand brauchte, um in der Spur zu bleiben. Ließ man die Leine zu locker, kam er schnell auf dumme Gedanken, wie sie selbst erlebt hatte. Auf *herrliche* dumme Gedanken, zugegeben …

Maria errötete leicht in der Erinnerung.

In diesem Fall war sie ausnahmsweise mal auf der richtigen Seite gestanden. Die gleichen Fehler wie Sofie würde sie gewiss nicht begehen.

Endlich Schluss mit diesen gschlamperten Verhältnissen, dachte Maria und musste lächeln. In jederlei Hinsicht …

Sie wandte sich wieder dem Tablet zu und stutzte, als sie nicht nur ihr Konto angeben sollte, sondern darüber hinaus zur Eingabe ihrer vollständigen Adresse plus Telefonnummer aufgefordert wurde.

War das üblich auf solchen Portalen?

*Ihre Angaben werden äußerst vertraulich behandelt*, stand in den Allgemeinen Geschäftsbedingungen.

Das konnte man glauben oder nicht.

Na gut, sagte sie sich nach einigem Grübeln. Die Zeit drängte, und allzu lang würde sie sich hier ohnehin nicht tummeln.

Maria gab die gewünschten Daten ein.

Ein winziges schlechtes Gefühl hielt sich hartnäckig.

Jetzt aber endlich zum Profil!

Alter?

*36.*

Hier standen doch ohnehin lauter Lügen, oder?

Beruf?

*Restauratorin.*

Hätte sie immer gereizt, wäre sie manuell geschickter gewesen. Für einen Mann, der nach Schädeln gierte, sicherlich hochattraktiv.

Name?

*Liza.*

Obwohl die Angelegenheit so ernst war, musste sie doch grinsen.

Elisabeth, so lautete ihr zweiter Vorname, nach ihrer geliebten Patin, die nicht mehr lebte. Das kreuzbrave »Maria« mochte sie selbst nie so richtig, auch wenn der Name gerade jetzt wieder bei vielen jungen Eltern hoch im Kurs stand. Im Herzen hatte sie sich seit eh und je mehr wie eine Liza gefühlt …

Feste Bindung?

Du liebe Güte, was schrieb man da?

Jetzt das angefangene Profil zu verlassen, um zu schauen, was andere hier eintrugen, konnte unter Umständen bedeuten, noch einmal ganz von vorn anfangen zu müssen. Also schrieb sie: *Für alles offen.*

Jetzt brauchte sie wirklich noch einen weiteren großen Schluck.

41

# *Kindheitsmuster*

Sofie war in ihrem tiefsten Inneren schon immer eine Jägerin gewesen, die erst dann zur Ruhe kam, wenn sie das Wild zur Strecke gebracht hatte. Ungelöste Fälle hasste sie, und sie nagten an ihr – so lange, bis sie eine Lösung fand. So war das auch im Fall der inzwischen bestatteten Hilde Hofbauer, deren Leiche ihr Sohn Hans jahrelang im Keller eingemauert und sich dann nach seiner Vernehmung in der Zelle erhängt hatte. Nur: Konnte das als Geständnis gewertet werden? War er der Mörder seiner Mutter, oder hatte er ihre Leiche nur versteckt, um weiterhin von ihrer ansehnlichen Witwenpension zu leben, weil er selbst nichts auf die Reihe gebracht hatte?

Karin Augustin, Spikes Mutter, hütete die kleine Enkelin, weil Shirin sich mit ihrer Vertretung im Tattooladen besprechen musste. Wie bei der ersten Schwangerschaft bereitete ihr auch dieses Mal wieder eine starke Morgenübelkeit Probleme, und es brauchte mehrere Anläufe, bis sie die Wohnung verlassen konnte.

»Die Ärmste!«, sagte Karin mitleidig. »Als Ayrun unterwegs war, hat es geschlagene fünf Monate gedauert, bis es Shirin wieder einigermaßen ging. Wenn es einen kleinen Garten gäbe oder wenigstens einen Balkon, wo sie mal zum Luftschnappen rauskönnte! Ja, ich weiß, jetzt gibt es das geerbte Geld von Großtante Hilde! Aber eine neue Wohnung ist deshalb noch lange nicht in Sicht …«

Sie küsste das Köpfchen von Ayrun, die auf ihrem Schoß saß und sie zahnlos anstrahlte.

»Du bist ja so herzig, unser kleiner Sonnenschein«, sagte sie zärtlich, während Sofie ganz andere Dinge im Kopf herumspukten.

»Was für ein Mensch war Ihre Großtante, die Hilde Hofbauer? Und wie war ihr Verhältnis zum Hans?«

»Ich hab sie nie leiden können«, erwiderte Karin Augustin ungewohnt heftig. »Und sie mich auch nicht. Umso mehr hat mich das Erbe gewundert. Aber es gab wohl niemand anderen mehr außer mir. Als meine Mutter noch lebte, musste ich manchmal mit zu ihr und zu Onkel Horst – der war fast noch schlimmer. Aufbrausend, laut, jähzornig, während sie mir aalglatt und kalt erschien, so heimtückisch wie die Hexe aus *Hänsel und Gretel*. Solche Leute wie die Hofbauers hätten nie Kinder bekommen sollen. Und eine ganze Weile sah es ja auch so aus.«

»Doch dann kam der Hans.«

»Genau. Da war ich schon fünf, ein freches, selbstbewusstes Mädchen, und ich konnte mit diesem weinerlichen Knirps so gar nichts anfangen. Heute glaube ich, sie haben ihn bei jeder Gelegenheit windelweich geprügelt. Hans war ein Bettnässer bis zur vierten Klasse, daran haben ihre Schläge nichts geändert, ganz im Gegenteil. Als weitere ›Erziehungsmaßnahme‹ haben sie den Hans stundenlang in den Keller gesperrt, ohne ihm etwas zu essen und trinken zu geben. Ich war einmal selbst dabei, als sie ihn wieder rausgelassen haben: vollgepisst und apathisch wie ein brutalst abgerichtetes Vieh, das man zur Schlachtbank führt.«

Sie legte ihre Hände auf Ayruns bezaubernde kleine Segelohren.

»Das alles solltest du gar nicht hören, mein süßes Schatzili! Dein Leben ist so hell und beschützt. Das von Hans muss die reinste Hölle gewesen sein.«

»Haben Sie denn nichts dagegen unternommen? Beziehungsweise Ihre Mutter – Sie waren ja noch ein Kind?«, fragte Sofie.

»Hat sie, natürlich, viele, viele Male. Genützt hat es jedoch nichts. Irgendwann hat sie sogar dem Jugendamt Bescheid gegeben, und die sind wohl in der Auenstraße aufmarschiert. Ich glaube, anschließend haben Horst und Hilde den Hans halb totgeschlagen. Jedenfalls rief er bei uns an mit einem hauchdünnen Stimmchen und sagte, er habe seine Eltern ja so lieb.« Sie schüttelte den Kopf. »Daran erinnere ich mich bis heute. Grauslich, wirklich grauslich!«

»Das Schlimmste an diesen Misshandlungen ist, dass die Kinder ihre Eltern wirklich lieben«, meinte Sofie. »Sie kennen ja nichts anderes. Sie bleiben ein Leben lang Opfer – oder werden eines Tages selbst zum Täter.«

»Ja, andere zu quälen hat dem selbst so gequälten Hans durchaus gelegen. Frösche in Einmachgläsern ohne Luftlöcher, Igel, die er angezündet hat, nachdem er ihnen den Fluchtweg versperrte, blinde Katzenwelpen, die er in zugenagelten Holzkisten jämmerlich ersticken ließ – all das war ganz nach seinem Geschmack. Dabei war er durchaus pfiffig und hat es immer irgendwie verstanden, anderen die Schuld für seine Taten zuzuschieben.«

Ayrun rutschte auf dem Schoß immer weiter nach links.

»Sie muss ihr Nickerchen machen«, stellte Karin Augustin fest und brachte die Kleine nach nebenan.

Nachdenklich betrachtete Sofie die Babyrasseln, Einhörner aus Teddystoff, die rosafarbenen und gelben Jäckchen und Mützen, die überall herumlagen.

*Bald bekommt ihr Verstärkung*, dachte sie. *Aber bis dahin werdet ihr auch sehr viel mehr Platz haben.*

Karin Augustin war wieder zurück.

»Puh!«, sagte sie. »Hinreißend, aber ganz schön anstrengend. Was bin ich froh, dass es auch noch Oma Dilan gibt – und Onkel Aram, aber der hat ja nie viel Zeit!«

Sie fuhr sich mit den Händen durch die Haare. Wenn es nach den Familiengenen ging, hätten Spikes Haare wohl einen ähnlichen Ton gehabt wie sie: aschblond, mit einem feinen Stich ins Rote.

»Wir sind irgendwann einfach nicht mehr hingegangen«, erzählte Karin weiter. »Mama nicht und ich erst recht nicht, nachdem Stefan auf der Welt war. Deshalb hat er auch von mir nie etwas über diese Verwandten gehört.«

Sie griff zu einem Wasserglas, trank und sprach dann weiter.

»Ja, ich halte es durchaus für möglich, falls Sie das wissen wollen, dass er sich eines Tages aus seinem eigenen Elend befreien wollte und der alten Hexe ein Kissen auf den Kopf drückte, bis sie tot war. Dass er anschließend die Tat vertuschen wollte, versteht sich von selbst, und das mit dem zugemauerten Verlies im Keller, seinem Leidensort, passt dazu doch wie die Faust aufs Auge! Andererseits hatte er eine lähmende Angst vor seiner Mutter. Wagt man da solch einen Schritt? Sagen Sie es mir, Frau Rosenhuth! Und sagen Sie mir bitte noch eins: Ist es Blutgeld, das wir geerbt haben?«

»Sicher nicht«, erwiderte Sofie. »Dass an Geld Blut kleben kann, halte ich für Aberglauben, es sei denn, man taucht es physisch hinein.«

»Wissen Sie denn jetzt, was Sie wissen wollten?«, fragte Karin Augustin.

»Eine Menge mehr auf jeden Fall«, entgegnete Sofie. »Und danke, dass Sie so offen waren. Ich denke, getötet hat er seine Mutter auf jeden Fall, wenn nicht real, so zumindest in der Fantasie. Schrecklich, wenn es zu solch emotionalen Verschlingungen kommt!«

Spikes Mutter nickte.

»Hat sich Ihre Abneigung gegen die Hofbauers eigentlich auch auf das Haus selbst übertragen? Das würde mich noch interessieren!«, fragte Sofie weiter.

»Das Haus? Nein«, sagte Karin Augustin. »Das kann doch nichts für den, der es bewohnt. Herr Lederer hat uns erzählt, wie schön der Herr Loessl es jetzt für seinen Einzug hergerichtet hat. Stefan bewundert ihn übrigens sehr, und er mag ihn, weil er sich so gut mit Musik auskennt und weil er ihm damals geholfen hat, als er in großen Schwierigkeiten war.«

Sie seufzte.

»Ich dachte schon, ich verlier mein einziges Kind. Dabei hab ich eine wunderbare Schwiegertochter dazu bekommen – und bald ein zweites Enkelchen. Das ist doch viel mehr wert als alles Geld der Welt!«

»Ach«, sagte Sofie. »So ein Erbe ist aber schon auch was Feines. Vor allem, wenn man es sinnvoll investiert …«

Es tat gut, nach diesem Gespräch durch die sommerliche Stadt zurück ins Institut zu radeln und sich dabei noch einmal alles durch den Kopf gehen zu lassen. Murmelchen wartete bestimmt schon ungeduldig auf sie und hatte sich eine große Runde Spazierengehen verdient.

Sie fuhr über den Goetheplatz, bog dann scharf ab und kettete ihr Rad vor dem Institut an ein Verkehrsschild an. Gile Bertram fiel ihr dabei ein, die tapfere junge Schwangere, die sich nicht entmutigen ließ, bis sie wusste, woran ihr Michel gestorben war. Penelope hatte es offenbar eilig gehabt: Giles letzter Anruf kam aus der Frauenklinik, wo sie sich in den besten Händen befand. Sofie wollte sie bald mal besuchen …

»Frau Rosenhuth!«

Spike rannte mit wehendem Schutzmantel die Treppe herunter.

»Murmel ist weg!«

»Wie weg?«, fragte sie verdutzt. »Ausgebüxt? Vielleicht ist er bei jemandem im Zimmer …«

»Nein, ist er nicht. Ich hab schon überall nachgeschaut. Weg ist er, ganz weg.«

»Aber ein Mops kommt doch nicht allein durch die Sicherheitskontrolle.«

Zunächst blieb Sofie erstaunlich ruhig. Aber dann wurde ihr doch immer mulmiger zumute. Schließlich gab es genügend Verrückte, die Katzen oder Hunde stahlen, beispielsweise, um sie an obskure Versuchslabore zu verkaufen …

»Er war ja auch nicht allein.«

Spikes Stimme zitterte leicht.

»Die Chefin ist ebenfalls abgängig. Wir haben sie natürlich sofort mobil angerufen, aber sie antwortet nicht. Das hat sie noch nie gemacht, Frau Rosenhuth, noch nie, in all den Jahren! Das passt doch gar nicht zu ihr …«

»Es gibt sicher für beides eine ganz einfache Erklärung«, meinte Sofie mit matter Stimme.

»Aber welche?«

Spike sah in seiner Aufregung aus wie ein erschrockener

kleiner Junge. Mit verzweifelter Miene schüttelte er seinen Kopf, sodass der brombeerfarbene Iro hin und her wackelte.

»Da muss etwas ganz Schreckliches passiert sein – das spür ich ganz genau!«

42

# *Eine ganz heiße Nummer*

Mit dem Öffnen ihres Profils wartete Maria bis zur Mittagszeit, wenn die anderen aus dem Archiv ausschwärmten, um in den Lokalen rund um den Dom eine deftige Mahlzeit einzunehmen. Sogar die übereifrige Margit Kraus war ausnahmsweise mal mitgegangen, ihre Assistentin, der sie in einem kurzen Anfall von Schwäche etwas über Joe und sich erzählt hatte, was sie inzwischen schon wieder bereute. Im Moment war sie aber ohnehin so aufgeregt, dass sie kaum den Deckel der Frischhaltebox aufbekam, die sie sich von daheim mitgebracht hatte: Gurkensalat mit Dill. Nur mit ein paar Spritzern Zitrone angemacht. Es mussten ja nicht noch mehr Kilos werden …

*Liza* hatte bereits stolze hundertsiebzig Follower, mehr als zweihundert Männer hatten ihr zugelächelt und immerhin fünfundvierzig sich mit einem kurzen Text bei ihr vorgestellt. Sie war anscheinend heiß begehrt, was ungeheuer guttat, auch wenn sie hier ja mehr in einer Mission Miss Marple unterwegs war.

Da waren gar keine so üblen Typen darunter, wenn man den Fotos glauben konnte. Die Hunde ließ sie erst einmal außen vor. Für ihre Recherche waren die ja piepegal; es sei denn, sie hätte gewusst, welches Tier der Schädelmörder besaß.

Wusste sie aber leider nicht.

Sie konzentrierte sich auf die Männergesichter und auf das, was in ihren Profilen stand und was sie ihr schrieben.

*Moritz 35*, zum Beispiel. Nein, zu blond, zu harmlos, ein Afghane als tierischer Begleiter – und dann auch noch Surflehrer? Der hatte nichts mit Knochen zu tun, garantiert.

*Henry 3000* wirkte da schon gediegener. Er hatte eine Westiedame namens Suzy, die perfekt zu Archie passen würde, wie er wortreich schwärmte – und er war Arzt.

Der wusste natürlich, wie man zu Knochen kam!

Sie brütete eine ganze Weile über seinem Bild, dann scrollte sie weiter. Zu dick, zu alt, um ins Schema zu passen, zu harmlos. Er wirkte eher, als würde er sonntags gern an Spareribs nagen, als ein gerissener, perverser Mörder zu sein.

Allerdings: Wie sollte sie diesen Männern überhaupt ansehen, was sie im Schilde führten?

Maria hatte darauf vertraut, dass ihr Instinkt sie schon auf die richtige Spur führen würde. Doch das Einzige, was sie beim Lesen und Betrachten der Posts verspürte, war eine gewisse Benommenheit, die nicht nur damit zu tun hatte, dass die Luft im Lesesaal des Archivs mal wieder arg verbraucht war. Auch nicht damit, dass ihr Magen unmissverständlich zu verstehen gab, dass er sich keineswegs mit ein paar Gabeln Gurkensalat zufriedengeben wollte.

Irgendwie hatte sie sich das alles einfacher vorgestellt.

Aber so schnell aufgeben?

Niemals!

Maria überflog weitere Texte.

Viel allgemeines Blabla darunter – du liebe Güte, wenn man das so nach und nach alles las, merkte man erst, wie einfallslos doch die meisten klangen.

Nur zwei Posts hoben sich auffällig von den anderen ab: Wolf III und Alex 47. Von Wolf III gab es nur ein paar Zeilen, von Alex 47 sogar nur zwei. Beide hatten Schnappschüsse als Profilbilder. Alex' linke Gesichtshälfte lag im Halbdunkel, ließ ihn geheimnisvoll und kühn zugleich wirken. Wolf zeigte vor einem Sonnenuntergang seine Adlernase und hatte geschrieben:

*Reiß mein Herz auf, friss es oder wirf es fort,*
*Lass mich dich berühren bis in tiefste Tiefen.*
*Nichts bleibt verborgen, alles wird blank*
*Im weißen Schein des kalten Mondes.*

Maria klang das eine Spur zu gewollt, aber sie konnte sich schon vorstellen, dass es Frauen geben mochte, die darauf ansprangen.

Dann wandte sie sich Alex 47 zu.

*Ich lebe aus dem Mond, du aus der Sonne.*
*Ziehen wir gemeinsam ins Licht?*

Noch ein Poet, dachte Maria. Die erste Zeile hatte sie irgendwo schon mal gehört oder gelesen – nur wo? Auch das Gesicht in seinem Profil kam ihr so vor, als sehe sie es nicht zum ersten Mal. Und dann der Name …

Plötzlich musste sie über sich selbst lachen. Ein Fake, klar. Schließlich war sie ja auch erst auf den zweiten Blick eine Liza.

Sie stieß die Box mit dem kaum angerührten Salat weg. Joe würde niemals wollen, dass sie sich den Magen mit solchem Wasserzeug verdarb, das ja doch nicht satt machte.

Joe, lieber, lieber Joe!

Ja, sie hatte gegen seine ausdrückliche Warnung gehandelt, aber bis jetzt war doch noch gar nichts passiert. Wenn sie nicht antwortete und ihr Profil wieder schloss, würde es sein, als sei niemals etwas geschehen. Allerdings würden sie dann auch niemals erfahren, ob einer dieser Männer vier Frauen umgebracht hatte.

Ene, mene, muh – sie entschied sich für Wolf III und begann zu schreiben:

*Du gefällst mir.*

Du mir auch.

*Klare Worte. Mag ich.*

Ein Mann der Tat. Immer schon. Wirst es spüren. Lust darauf?

…

Nicht das Übliche. Keine Angst. Widert mich an. Echtes für ein echtes Weib.

*… Frau*

Echtes für eine echte Frau.

*Aber gerne doch. Morgen, Nockherberg, 17:00 Uhr?*

Schwarzer Mann, schwarzer Hund. Ich finde dich!

Marias Hände zitterten.

Natürlich würde sie hingehen, aber nicht allein. Theo und einige Jungs aus seinem Rugbyteam würden ebenfalls da sein, alle jung, alle sportlich, alle durchtrainiert. Sie würde diesem Wolf Fangfragen stellen und ihnen im richtigen Moment ein Zeichen geben. Und dann …

Ein zartes Pling: Alex 47!

*Kein Interesse?*

Doch, aber viel zu tun.

*Ich kann warten …*
Könnte dauern! – Muss der Richtige sein.
*Also ich, wer sonst?*
Ganz schön frech!
*Verschwend dich nicht.*
Wie bitte?
*Lass mich deine Sonne sein.*

Wow – so pathetisch das in ihren Ohren klang, irgendetwas hatten seine Worte doch auch ganz tief in ihr drin berührt. So sehr sogar, dass sie immer noch ganz neben sich war, als die Kollegen von der Mittagspause ins Archiv zurückkamen. Jetzt musste sie nur noch heute Nachmittag die Endlossitzung über die digitale Erfassung der Freisinger Sterbebücher aus dem 18. Jahrhundert durchstehen, dann wollte Maria nichts wie heim und ab auf die Couch: Theo und Archie anrufen …

## 43

# *Im Niemandsland*

Sie weinte.

Das hatte sie in der Öffentlichkeit nicht mehr getan, seit sie dreizehn und mitten auf der Straße von einem Unbekannten aus dem Auto heraus beleidigt worden war: »Blöde Brillenschlange, nichts vorn und nichts hinten, da wird auch nichts werden.«

Und sie hatte Murmel angeschrien, dabei konnte der Kleine doch wirklich nichts dafür. Ganz brav war er an seiner Leine mit ihr aus dem Institut getrabt. Woher sollte er auch ahnen, dass seine Weißwurstmutti ihm das ausdrücklich verboten hatte?

Da war sie noch allerbester Dinge gewesen, siegessicher, strahlender Laune. Okay – kleine Krisen kamen doch immer mal vor! Sie hatte sich über ihn geärgert, er hatte bereut und sie mit roten Rosen betört – damit waren sie quitt.

Hatte sie gedacht. Doch dann dieser Rückfall!

Sie waren im Tambosi am Odeonsplatz verabredet – an dem Ort also, an dem alles so verheißungsvoll begonnen hatte: sie heute ganz in Rot, Peeptoes, Handtasche, Kleid sowie die Dessous – ein Hauch! – selbstredend alles im gleichen Farbton.

Er sollte doch Freude haben, nicht nur beim Ansehen, sondern vor allem auch beim Auspacken …

Denn dass es heute endlich weitergehen würde zwischen ihnen – für sie sogar gern *sehr viel* weiter –, war für sie völlig klar.

Und, ja, sie fiel auf in diesem Kleid mit dem V-Ausschnitt, das vorn fast bieder wirkte, hinten jedoch viel von ihrem makellosen Rücken entblößte. Die Quälerei im Fitnessstudio zahlte sich eben doch aus, genauso wie der konsequente Verzicht auf Kuchen, Eis und all die anderen Dickmacher, die die Leute um sie gerade hemmungslos in sich hineinlöffelten.

Sie bestellte sich ein Tonic und wartete. Murmel zerrte ein paarmal an der Leine: Irgendwie war er unruhiger als sonst, machte aber nach der dritten Aufforderung doch endlich Platz.

Wer nicht kam, war Alex.

Nicht nach zehn Minuten, nicht nach zwanzig, auch nicht nach einer halben Stunde.

Kein Anruf. Keine SMS.

Natürlich versuchte sie, ihn anzurufen: einmal, zweimal, viele Male: *The person you have called is temporarily not available …*

Sie war jetzt schon so außer sich, dass sie ihr Smartphone am liebsten auf den Boden geschmissen und zertrampelt hätte.

So ein Mistkerl!

Zog der wirklich ein zweites Mal seine verdammte Entwürdigungsnummer durch? Und dann auch noch in aller Öffentlichkeit? Schon längst hatte sie nämlich das Gefühl, dass *alle* sie ansahen, und zwar nicht mehr wegen ihres aufregenden Kleides, sondern weil ihr offenbar die Worte *sitzen gelassen* wie eingebrannt auf der Stirn standen.

Und da liefen ihr auch schon die Tränen übers Gesicht. Sie konnte einfach nicht anders.

Nach einer Weile stand ein Mann vom Nebentisch auf, kam

herüber und meinte freundlich: »Wenn ich Ihnen irgendwie helfen kann, schöne Frau …«

»Lassen Sie mich einfach in Ruhe«, zischte sie ihn an. »*Das* würde mir schon sehr helfen!«

Sichtlich irritiert kehrte der Mann an seinen Platz zurück, während Murmel so sehr an seiner Leine zog, dass der ganze Tisch zu wackeln begann.

»Hör sofort damit auf!«, brüllte sie ihn genervt an. »Du wirst jetzt gefälligst brav sein, sonst …«

Große, braune Hundeaugen. Fassungslos. Er drehte ihr sein propperes Hinterteil zu. Auch Möpse können schmollen!

Und ihr tat es ja auch sofort leid – so *unendlich* leid, aber sie würde erst später alles wiedergutmachen können. Denn jetzt gab es nur noch eins: raschen Rückzug, ohne völlig das Gesicht zu verlieren.

Elke Falk griff nach ihrem Smartphone, als zeige es gerade einen Anruf an, sagte überlaut: »Ach, Liebster, ein Unfall? Nichts Schlimmes passiert, nur das Auto ein paar Kratzer? – Da bin ich aber froh! Bin gleich bei dir, Küsschen.« Sie legte einen Schein auf den Tisch, nahm Murmels Leine und ging sehr aufrecht über die Straße, wo ihr Wagen parkte.

Wie sehr sie vor innerer Anspannung zitterte, merkte sie erst, als sie am Steuer saß. Natürlich sah sie grauenhaft aus, Mascara verschmiert, Lidschatten in Auflösung begriffen, die Augen klein und gerötet.

»Dreckskerl«, schrie sie so laut, dass Murmel auf der Rückbank erschrocken zu bellen begann. »Aber wart, dir werd ich's zeigen!«

Natürlich hatte sie die Rosenhuth nicht ohne Grund über die Giesinger Schrebergärten ausgefragt. In einem von ihnen würde er hocken, vermutlich schon mit der nächsten Trulla – wozu wilderte er sonst auf solchen Dating-Plattformen? Längst hatte sie auch im Internet weiter über diese Kleingartenanlagen recherchiert – sie wusste ganz genau, wo sie lagen und wie groß sie waren. Leider wurden dort nicht die aktuellen Pächter aufgeführt – wobei sie von Alex bislang ohnehin nicht mehr als diesen Vornamen wusste. Aber in solchen Anlagen kannte sicher jeder jeden, und da gab es außer dem Herrn »Privatier« selbst bestimmt auch ein paar Rentner, die sie nach ihm fragen konnte, während sie zwischen ihren Tomaten und Zucchini herumkrochen!

Sie beschloss, mit der kleineren Anlage zu beginnen, der hinter dem Hans-Mielich-Platz, die zum einen von ihrem Standort aus näher gelegen war und die ihr zum anderen auch übersichtlicher erschien. Würde sie dort nicht fündig werden, konnte sie anschließend immer noch zur größeren weiterfahren.

Mit einem Cremerest aus der Handtasche und einem Papiertaschentuch beseitigte sie das Make-up-Desaster. So blank ging sie sonst nicht einmal zur Mülltonne, aber dieser unverschämte Herr Drückeberger sollte jetzt ruhig ihr nacktes Gesicht zu sehen bekommen!

Sie wollte gerade den Wagen starten, als das Display ihres Smartphones eine SMS anzeigte.

*Bye, Elfe.*

Was sollte denn das nun wieder heißen?

Sie hatte die Nase voll von ihm. Er sollte ihr gefälligst Rede und Antwort stehen! Sie war schon gespannt auf seine verblüffte Miene, wenn sie gleich live und in Farbe vor ihm erscheinen würde.

*Du wirst dich noch wundern, Alex 47*, dachte sie, während sie das Mobiltelefon ganz ausschaltete und dann den Zündschlüssel umdrehte. *So macht man nicht Schluss mit einer Elke Falk, so nicht!*

Wo war sie denn hier gelandet? Schienen, Gestrüpp, kein Mensch unterwegs. Alles wirkte verwahrlost. Hier träumten doch keine Kleingärtner von selbst gezogenem Salat und Stangenbohnen! Sie war plötzlich sehr erleichtert, dass sie Murmel dabeihatte, und obwohl der friedliche kleine Mops kaum mit einem ausgewachsenen Kampfhund zu verwechseln war, ging sie tapfer weiter, bis sie eine Stichstraße erreichte.

Ein hölzerner Kiosk stand da, der wohl auch als Treffpunkt und Kneipe diente. Momentan war er aber verwaist. Direkt daneben lagen sie dann wirklich, die kleinen Gärten, einer neben dem anderen ordentlich angelegt, liebevoll gehegt und gepflegt. Vögel zwitscherten, Insekten summten, eine Idylle wie vom Reißbrett, so perfekt, dass es fast schon unwirklich wirkte.

Plötzlich stutzte sie.

Da stand doch der Wagen von Alex? Den schon leicht in die Jahre gekommenen dunkelgrauen Nissan, in dem sie selbst schon gesessen hatte, erkannte sie sofort. Normalerweise prägte sie sich ja das Kennzeichen jedes Wagens ein, in den sie stieg – wohl so eine Art von Berufskrankheit. In diesem Fall aber war sie derart hormonumnebelt gewesen, dass sie das glatt versäumt hatte.

*Schau an*, dachte sie bei sich, *er ist also hier* – ganz so, wie sie es vermutet hatte. Und sicher nicht allein, darauf konnte sie wetten. Doch in welchem dieser putzigen kleinen Gartenhäuschen mochte sich ihr Turteltäubchen verstecken?

*Alex*, hätte sie fast schon gerufen, aber dann ließ sie es lieber.

Vermutlich hieß er im wahren Leben genauso wenig Alex wie sie Elfe.

Sie ging weiter, bis es nur noch zwei Parzellen gab, dann endete das Idyll auch schon wieder. Eine der beiden Parzellen war halbwegs gepflegt, die andere vollkommen verwildert.

Durfte man das denn überhaupt in so einer Anlage, wo die Nachbarn sicher sehr darauf achteten, dass sich alle an die gemeinsamen Regeln hielten?

Offenbar durfte man.

Sie hörte ein Bellen hinter der Brombeerhecke (oder was auch immer dieses Dornenzeug da sein mochte). Murmelchen bellte zurück. Das konnte Lady sein, und wo sie war, war ihr Herrchen meistens nicht weit.

Elke straffte sich – doch urplötzlich verließ sie der Mut.

Diese gespenstische Ruhe, das verwegen wuchernde Grundstück, Alex womöglich im Clinch mit einer anderen Frau – was wollte sie eigentlich hier?

Bei Licht betrachtet kannte sie ihn doch kaum, diesen Kerl, der sie von vorn bis hinten verarscht hatte: Gesäusel, lausige Küsse, Rosen, neues Gesäusel – ganz mieser Stil! Wollte sie sich wirklich noch mal auf so etwas einlassen? Wer war sie denn?

»Nein«, sagte sie, »Murmel, wir gehen! Das hier haben wir beide doch gar nicht nötig!«

Die ersten Schritte setzte sie noch gemächlich, dann wurde sie immer schneller, und das letzte Stück spurtete sie geradezu, sofern es die hochhackigen Pumps erlaubten.

Erst im Auto beruhigte sich ihr rasender Herzschlag wieder. Unter den Achseln war sie nass geschwitzt – das gab ärgerliche Flecken auf dem roten Kleid, die nie wieder ganz rausgehen würden.

*Immer schön eines nach dem anderen,* dachte sie, während

sich ihr Kreislaufsystem langsam wieder dem Normalstatus annäherte.

*Erst in die Wohnung fahren, duschen, sich wieder herrichten und in vernünftige Klamotten schlüpfen. Danach weiter ins Institut, Brust raus, hochmütiger Blick – die leichteste aller Übungen.*

*Sie war mit Murmel auf Gassirunde gewesen.*

*War sonst noch was?*

## 44

## *Einfach die Tante Vroni fragen*

Was für ein bescheidener Morgen!

Das Grillhendl (alias Geli Wenzl) zeigte sich verstockter denn je und wollte sich nun gar nicht mehr zu den Diebstählen oder den darin verwickelten Personen äußern. Jeder Versuch, sie damit zu ködern, dass irgendwo da draußen noch immer der Mörder ihres geliebten Sepps herumlief, lief ins Leere.

»Ihr fangts ja doch immer die Falschen«, schmollte sie. »Die Kleinen, ja, die fahren ein. Aber die wirklich großen Verbrecher, die gehen euch nicht ins Netz. – Ich will hier raus!«

»Wir müssen sie gehen lassen«, sagte Joe. »Vielleicht weiß sie ja wirklich nicht mehr. Beihilfe zur Hehlerei wird nur schwer nachzuweisen sein. Mit den beiden Morden hat sie nichts am Hut. Und ob sie das eine oder andere Mal Schmiere gestanden hat, wird sie uns nicht sagen. Dafür bräuchten wir Zeugen, und die haben wir leider nicht.«

»Mist aber auch!«, schimpfte Mick. »Dieser Hackenschmied, den ich nun schon seit Stunden beackere, macht das Maul auch einfach nicht auf. Einbruch, Diebstahl, eigentlich alles an Vorstrafen da, was wir bräuchten, um ihn in die Keidelbande einzureihen. Aber für die beiden Morde hat er ein Alibi: einmal Leistenbruch-OP im Krankenhaus, das andere Mal illegales Zocken in der Schillerstraße; beides haben die Kollegen schon überprüft. Außerdem sind seine Fingerabdrücke nicht in der Halle. Von dem erfahren wir nichts, das kann ich dir jetzt schon sagen. Ein Mönch mit Schweigegelübde ist ein Dauerredner gegen den! Stürz du dich mal auf diesen Harry Senftinger. Vielleicht spuckt der ja wenigstens etwas aus.«

»Mach ich.«

Joe ging zurück zu Geli Wenzl, die unruhig ihre dünnen Finger knetete.

»Sie können dann gehen, Frau Wenzl«, sagte er. »Aber halten Sie sich in der nächsten Zeit zu unserer Verfügung. Noch so einen Ausflug über die tschechische Grenze müssten wir als Fluchtversuch werten …«

»Zu meiner Mama nach Laim geh ich – nirgendwohin sonst«, schnappte sie. »Anna Wenzl, Sulzbeckstraße 32. Dort rücken Sie dann am besten gleich mit einem SEK an, wenn Sie mich das nächste Mal sprechen wollen. Die Mama ist nämlich schwer herzkrank. Und mir geht es auch ganz schön dreckig, seitdem ich Ihre *Gastfreundschaft*« – sie spuckte das Wort geradezu aus – »in Anspruch nehmen durfte.«

Dann stöckelte sie auf ihren zaundürren Beinchen von dannen.

Harry Senftinger war klein, rotblond und grau meliert. Sein sommersprossiges Gesicht wirkte missmutig. Lange Zeit blieb er stur, beantwortete Joes Fragen nach Keidel, Auerbach oder dem gestohlenen Kirchengut vorzugsweise einsilbig, wenn er sich nicht darauf beschränkte, den Kopf zu schütteln oder gelangweilt mit den Schultern zu zucken.

Erst als Joe den Spitznamen K4 erwähnte, taute er augenblicklich auf.

»Kennen Sie einen Mann, der sich so nennt, Senftinger?«

»Nein.«

Das kam wie aus der Pistole geschossen.

*Du lügst*, dachte Joe. *Und du bekommst Angst.*

»Wie heißt der K4 mit richtigem Namen?«

»Woaß i ned.«

»Sie wissen das. Und zwar haargenau. Also: Reden Sie endlich – es geht schließlich um zwei Morde!«

»Nix woaß i. Gar nix!«

»Und ob Sie etwas wissen!«

»I woaß nix. Und i sog nix!«

So ging das eine ganze Weile lang. Irgendwann war Joe so genervt, dass er ihn abführen ließ. Er beschloss, nach Hause zu fahren, rasch zu duschen, das verschwitzte Hemd zu wechseln und nach einer kleinen Brotzeit das stressige Verhör weiterzuführen. Doch als er gerade gehen wollte, hörte er einen Anruf auf seinem Mobiltelefon.

»Der Murmel is weg«, sagte Sofie mit atemloser Stimme. »Und die Falk auch. Die sind beide spurlos verschwunden. Ihr Handy is tot, und sie hat auch keine Nachricht hinterlassen. Da stimmt was ned, Joe! Mei Nasenflügel wui si gar ned mehr beruhigen!«

»A geh, Spatzl!«, erwiderte Joe in besänftigendem Tonfall. »Die Falk stiehlt doch koaner! Die zwoa wern an kloana Ausflug gmacht ham …«

»Garantiert ned! Es gab Stress zwischen uns, da hab i ihr den Murmel weggenommen und verboten, dass sie …«

»Mei, Sofie – verboten! Des sagst grad du, die du dich ja oiwei an alle Verbote hältst, gell?«

Unwillkürlich dachte Joe jetzt an Maria. Wie scharf sie darauf gewesen war, den Lockvogel zu spielen! Er hatte ihr doch die Gefahren ausdrücklich geschildert. Hoffentlich würde sie nichts Unüberlegtes unternehmen …

»Hast ja recht«, räumte Sofie ein. »Aber i bin trotzdem sehr beunruhigt. Da is irgendwas faul …«

»Jetzt lenk dich ab und versuch an was anderes zu denken! Die Falk und der Murmel tauchen schon wieder auf. Wirst scho sehen! Und na sagst gleich Bescheid, okay?«

»Okay«, murmelte Sofie, immer noch sehr besorgt.

Damit war das Gespräch beendet.

Joe machte sich auf den Weg in die Zugspitzstraße. Dort angekommen, sprintete er durch den Hof und hinauf in die Wohnung.

»Charly?«, rief er vorsichtshalber beim Betreten der Wohnung und ärgerte sich im gleichen Moment darüber. Es wurde höchste Zeit, dass der Herr Loessl wieder verschwand! Zum Glück war er nicht da gewesen, als Maria und er …

Joe bekam augenblicklich ein schlechtes Gewissen und versuchte, den Gedanken an die Nacht gleich wieder zu verdrängen. Schnell riss er sich die Kleider vom Leib und spurtete unter die Dusche – wunderbar! Alles floss von ihm ab, auch der Gedanke an Maria war wieder weiter weg

Noch im Adamskostüm öffnete er den Kühlschrank, der aber leider noch immer so leer war wie heute früh.

*Gut, dann eben was unterwegs, schnell auf die Hand* …, dachte er, dabei war er diese ewig gleichen Leberkässemmeln und Butterbrezn so was von leid!

Er zog sich an und verließ die Wohnung, sprintete im Laufschritt die Treppen runter und sah gleich darauf Vroni und Flo im Hof unter der alten Linde sitzen – vor ihnen auf dem Tisch eine Schüssel mit Kartoffelsalat, eine Platte mit Fleischpflanzerln und einen Aprikosenstreuselkuchen, der offenbar gerade aus dem Ofen kam und verführerisch duftete.

»Setz dich und iss mit uns, Joe!«, lud sie ihn ein. »Is gnua da!«

»Mei, i hab doch so wenig Zeit …«, meinte er – und saß schon im nächsten Moment auf dem Klappstuhl, hatte Fleischpflanzerl und Kartoffelsalat auf dem Teller vor sich und kaute genüsslich vor sich hin.

»Himmlisch!«, sagte er.

»Is grad schwer bei dir, gell?«, erkundigte sich Vroni anteilnehmend. »Des seh i an deine Augenlider. Wenn die so dick san, na is schwer!«

»Und ob!«, stöhnte er. »Mir fahnden nach einem Phantom, einem gewissen K4 …«

»A geh«, sagte Vroni. »Des is doch der Ding … der König Richard.«

»Der vom *Kurios*?«

»Ganz genau! Nachdem sei Mama tot war, woit er nimmer so hoaßn wia zuvor und hot si nur no K4 genannt, K als Abkürzung von König, und 4 ist die Hausnummer vom *Kurios*, des damals noch seim Onkel ghört hat.«

Sie schmunzelte. »Na ja, ›Richard Alexander Ludwig‹, des is vielleicht a bissl vui für an Lausbuam aus Giasing, oder ned? Fehlt eigentlich nur noch Maria als Dreingabe, so wie bei dene Adligen. Aber so hat scho sei Mama ghoaßn, die König Maria. A Buid von oaner Frau. Echt fesch – und vui zjung gstorbn.«

Joe starrte sie an, mit der Kuchengabel in der Luft.

»Sag des bitte no amoi!«

»Des mit der Mama?«, fragte Vroni überrascht.

»Na, des mit dene Namen.«

»Gern: Richard Alexander Ludwig, so is er tauft worn in

Mariahilf. Des mitm King kam erst spaada, als er scho erwachsn war und de Weiber so wuid auf eahm worn san.«

Joe sprang auf, nahm ihre Hand und zog sie ebenfalls hoch.

»I nehm die Vroni jetzt mit in die Mordkommission«, rief er Flo zu. »Als wichtige Zeugin. Aber denk dir nix, mia behandeln sie wia a rohes Ei. Und dann servus!«

# 45

# *Ich weiß, wer du bist*

Es klingelte. Leicht abgehetzt öffnete Maria die Tür. Nach Hause radeln, duschen, umziehen, noch mal umziehen – und jetzt auch noch diese Störung! Vielleicht wäre es doch gescheiter gewesen, heute ausnahmsweise mit dem Auto ins Archiv zu fahren und sich frech auf den Gästeparkplatz zu stellen. Andere machten das ja schließlich auch! Aber so selten, wie sie ihr Auto inzwischen benutzte, würde Carsharing eigentlich genügen. Die paar weiteren Strecken, die sie dienstlich unterwegs war, ließen sich ebenso gut und deutlich bequemer mit der Bahn erledigen. Aber die einfach von ihrer Wohnung aus mit dem Lift zu erreichende Tiefgarage machte eben träge und faul.

»Sie wünschen?«, fragte sie.

Er war groß, dunkel gekleidet, Baseballkappe auf dem Kopf. Neben ihm wartete ein Hund.

»Erkennst du mich?«, fragte er zurück.

»Wolf?«, sagte sie zögernd. Irgendwie sah er anders aus als auf der Dating-Plattform, aber das konnte auch an der Kappe liegen.

»Wir sind doch erst viel später verabredet!«

»Wieso warten?«

»Woher weißt du überhaupt, wo ich wohne?«

»Das war die leichteste Übung.«

Er lachte. »Komm, lass uns gehen!«

»Nein.« Sie schüttelte den Kopf. »So läuft das nicht! Ich bin ja noch nicht einmal fertig angezogen!«

Maria wurde mulmig zumute. Ihr Handy lag im Wohnzimmer, die Nachbarin war im Urlaub. Und wenn es stimmte, was sie vermutete, dann stand jetzt gerade ein Frauenmörder vor ihrer Tür.

Worauf hatte sie sich da nur eingelassen?

Sie musste ihn loswerden, so schnell wie möglich. Also am besten keine Angst zeigen. Sich nicht selbst zum Opfer machen. Sondern so straight wie möglich auftreten: Das hatte sie in ungezählten Männerrunden ja zur Genüge geübt.

»Das stört mich nicht, Liza. Wo ist dein Hund?«

»Bei einem Freund. Aber mich stört, dass du hier einfach so auftauchst, Wolf! Du musst dich schon an die Abmachungen halten.«

»Muss ich das, *Liza*?«

Kein Wunder, dass er diesen Namen so auffällig betonte: Auf ihrem Klingelschild stand ja unübersehbar Dr. Maria Hierlmeier. Ihre Tante Getrud, die so megastolz auf ihre kluge Nichte war, hatte ihr das hübsche Kupferschild zum Einzug geradezu aufgedrängt.

Wie sie hieß, wusste er jetzt also auch.

»Ja, musst du. Weißt du was, Wolf, oder wer immer du auch bist? Wir brechen hier ab …«

Sie hatte nicht damit gerechnet, dass er so schnell sein würde. Sein Fuß war schon im Spalt, noch bevor sie die Tür zuschlagen konnte. Als sie sich halb zur Seite drehte, um ihn einzuquetschen, schlang er den Arm um sie und hielt sie fest wie in einer

Zwinge. Gleichzeitig drückte seine andere Hand ihr ein Tuch aufs Gesicht, das mit etwas streng Riechendem getränkt war.

Ihr wurde übel, dann raste etwas Dunkles auf sie zu.

Gleich darauf: totale Schwärze.

Es war hart, roch nach Tier, und sie wurde gefahren.

Ein Kofferraum?

Dafür war es zu hell.

Ihr war immer noch speiübel, aber ein Klebeband verschloss ihren Mund. Auch ihre Handgelenke und die Beine waren mit Klebeband fixiert.

»Ich muss kotzen«, versuchte sie zu sagen, doch es klang nur wie ein dumpfes Gurgeln. Verzweifelt schlug sie mit den Füßen gegen die Rückbank. Sie würde am eigenen Erbrochenen ersticken, das unaufhaltsam nach oben drängte, wenn er sie nicht schnell vom Knebel befreite.

Der Wagen hielt, die Hinterklappe wurde geöffnet.

Er beugte sich über sie.

»Was ist los?«

»Mir ist so schlecht …«, bedeutete sie ihm mit weit geöffneten Augen.

Er riss ihr das Klebeband vom Mund, sie stöhnte laut und erbrach sich im Schwall.

»Bitte!«, sagte sie, nachdem er sie mit einem Papiertaschentuch abgewischt hatte. »Wasser!«

Er hielt ihr eine Flasche an den Mund. Sie trank wie kurz vor dem Verdursten. Danach fühlte sie sich eine Spur besser.

»Lass mich gehen!«, bat sie. »Ich werde auch niemandem …«

Sie erstarrte.

Diese blauen Augen, so nah über ihr – plötzlich erinnerte sie sich wieder. Sie kannte ihn. Sie wusste, wer er war.

Faschingsball, Pfarrsaal Mariahilf. Nur das Jahr fiel ihr nicht mehr ein.

»Das kann ich leider nicht«, sagte er fast zärtlich.

Das Tuch mit der Flüssigkeit.

Die Schwärze.

## 46

# *Im Verlies*

Gefahr in Verzug: Da musste der diensthabende Staatsanwalt Peter Winter nicht einmal einen Durchsuchungsbeschluss ausstellen. Die Tür des *Kurios* wurde aufgebrochen. Ein Teil der Beamten strömte in den Laden, ein anderer in die darüber liegende Wohnung, der Rest in den Keller, mit ihnen Mick Lorenz.

»Sauber«, sagte er, als er wieder nach oben kam. »Vom King keine Spur, Joe. Aber was er dort unten hinterlassen hat, das solltest du dir mal ansehen!«

Der Keller war geräumig und verschachtelt. Als Erstes fiel der modrige Geruch auf, der einem beim Betreten sofort entgegenschlug.

Joe zog die Nase kraus.

»Wie im Verlies«, sagte er. »Der vierte Schädel hat auch so gerochen. Den hatte er wohl hier eine ganze Zeit lang zwischengelagert.«

»Und nicht nur den!«

Mick öffnete eine Truhe: Tierskelette, große, kleine, manche vollständig, andere nur noch rudimentär.

»Hunde, Katzen, Marder – pfui Deifi! Entfleischen scheint ja geradezu ein Steckenpferd von diesem König zu sein«, sagte Joe angeekelt.

»Einiges davon könnte noch von seinem Onkel stammen. *Baldur König, Tierpräparator,* hier steht es ja noch am Deckel der Kiste. Frau Ilmberger meinte, der hatte ein Auge auf die hübsche Witwe seines Bruders geworfen, die damals hier auf der Kellertreppe ums Leben gekommen sei.«

»Ein Sturz, angeblich. So wurde damals im Viertel getratscht. Sofies Begutachtung ihres Schädels spricht jedoch von einem oder mehreren Schlägen als Todesursache. Der Onkel? Der damals erst siebzehnjährige Richard? Bislang alles nur Spekulationen. Ob es wirklich Maria König ist, deren Schädel wir haben, wissen wir erst genau, wenn wir die DNA ihres Sohns abgeglichen haben.«

Weitere Kisten, weitere tierische Schädel.

»Offenbar hat König viel geübt, bevor er sich an menschliches Material wagte«, sagte Joe.

»Und später kam ihm die Anonymität des Internets zugute. Verschiedene Namen, verschiedene Identitäten, verschiedene einsame Frauen, nur zu bereit, sich mit ihm einzulassen …«

Mick schüttelte den Kopf. »Er war sogar Ministrant, und das jahrelang, wie Frau Ilmberger uns erzählt hat.«

»Daher rührt vielleicht sein Reliquientick und die Liebe zum Heiligen«, überlegte Joe. »Er war mit Keidel im Sakraldiebstahl unterwegs, getarnt als der große Unbekannte K4, der Mann ohne Gesicht. Vielleicht hat jemand aus der Truppe, der das alles nicht wusste, aus Versehen bei ihm eingebrochen und die Schädel gestohlen. Der King muss außer sich gewesen sein, als er das bemerkt hat.«

»Und hat aus Wut oder Rache sowohl Auerbach als auch Keidel umgelegt?«

»Das müssen wir aus ihm herausquetschen, wenn wir ihn

endlich haben. Und ebenso, was er mit dem Rest der Leichen angestellt hat. Die Fahndung läuft. Vielleicht kehrt er ja sogar hierher zurück. Er ahnt ja nicht, dass wir ihm auf die Schliche gekommen sind.«

Sein Handy vibrierte.

»I bin's, die Sofie.«

Sie klang ungeheuer erleichtert.

»Murmel und die Falk san wieda zruck. Sie hätten bloß an kloana Spaziergang gmacht, behauptet sie. Aber sie benimmt sich irgendwie komisch. Nicht einmal des eisige Gschau, des sie sonst immer draufhat, bringts richtig zamm! Da war was – darauf kannt i wettn!«

»Und mia san beim Richard König! Des is der K4, nach dem mia gsuacht ham: Tante Vroni hat uns geholfen, die kennt den nämlich als Richard Alexander Ludwig König!«

»Ludwig wia Lucki?«

Sofie klang fassungslos.

»Na is der King der Schädelmörder? Und mia ham ganz normal in seim Tandlerladen eikafft!«

»Schaut ganz so aus. Festnehmen müssen wir ihn noch. Wenn ma Glück ham, is er no ned abgetaucht. Aber wir finden ihn, so oder so. Des schwör i dir – der kimmt uns ned aus!«

»Unbedingt! I mach no a paar Akten fertig. Meld di, wenn's Neuigkeiten gibt.«

»Mach i. Servus, Sofie.«

Joe wollte gerade sein Handy in die Tasche stecken, als es erneut vibrierte.

»Ja, Sofie?«, sagte Joe, der annahm, sie habe noch etwas vergessen.

»Entschuldigen Sie bitte, Herr Hauptkommissar Lederer, dass ich störe. Hier ist das Diözesanarchiv München, am Apparat Margit Kraus. Ich bin die Assistentin von Frau Dr. Hierlmeier. Ist sie zufällig bei Ihnen?«

»Maria? Bei mir? Leider nicht. Wie kommen Sie denn darauf?«, fragte er perplex.

»Nun, sie hat mir Ihren Namen gesagt, und da wir leider nicht wissen …« – in diesem Moment nahm ihr jemand das Telefon aus der Hand.

»Theo Jäger«, sagte eine Männerstimme. »Ich bin Kaplan und Marias bester Freund, und ich mach mir schreckliche Sorgen um sie. Wir waren mit ihr im Paulaner am Nockherberg verabredet. Aber sie ist nicht gekommen. In ihrer Wohnung ist sie auch nicht, ebenso wenig im Archiv. Ihr Handy ist nicht zu erreichen. Da stimmt etwas nicht, bitte helfen Sie uns!«

»Ich kann verstehen, dass Sie sehr aufgeregt sind, Herr Jäger, aber ich stecke hier mitten in den Ermittlungen zu einer Mordserie und kann unter keinen …«

»Maria hat eine große Dummheit begangen«, unterbrach Theo Jäger ihn. »Und ich könnte mich dafür ohrfeigen, dass ich sie auch noch dabei unterstützt habe. Sie hat ihr Profil bei *Mein Hund & Du* eingestellt. Um als Lockvogel den Täter dieser jungen Frau zu stellen, die ihr so ähnlich sieht. Sogar meinen Hund hab ich ihr dazu ausleihen wollen, Archie, einen weißen Westie, ich Vollidiot!«

»Meinen Sie etwa die Doro Mittermayer?«

»Genau die«, bekräftigte Jäger.

»Maria, diese Wahnsinnige! Und jetzt sagen Sie nur noch, sie hat sich mit ihm getroffen?«

»Mit ihm verabredet war sie auf jeden Fall, eben im Paulaner am Nockherberg. Drei Kameraden aus dem Rugbyteam und ich sollten uns an den Nebentischen platzieren und zugreifen, sobald sie uns ein Zeichen gibt. Aber Maria ist nicht gekommen. Wenn ihr nun etwas zugestoßen ist, das würde ich mir niemals verzeihen …«

In Joe wurde es eisig kalt.

»Sie schwebt in größter Gefahr, das ist Ihnen doch wohl klar, oder?«, raunzte er. »Besitzen Sie einen Schlüssel zu Marias Wohnung, wenn Sie schon Ihr bester Freund sind? Sie ist doch immer mit diesem Tablet unterwegs. Vielleicht verraten uns ja die Mails, die sie mit dem Mann gewechselt hat, mehr.«

»Hatte ich.« Jäger klang noch zerknirschter. »Bis vor zwei Wochen. Dann hat sie ihn für die Nachbarin gebraucht, weil eine Kommode geliefert werden sollte und ich keine Zeit hatte.«

»Marias Tablet ist hier«, piepste eine Stimme aus dem Hintergrund. »Hier bei mir. Sie hat es heute im Archiv liegen gelassen, weil sie es so eilig hatte. Soll ich es Ihnen vorbeibringen?«

»Nein, das übernehme natürlich ich, Margit«, sagte Theo Jäger bestimmt. »Das ist das Mindeste, was ich jetzt für die Maria tun kann.«

47

# *Im Grünen*

Wo war sie?

Übelkeit und Kopfschmerzen machten ihr das Denken schwer. Ihr Mund war immer noch verklebt, die Arme und Beine waren inzwischen mit widerlichen Kabelbindern fixiert, die tief ins Fleisch schnitten. Sie lag auf einer alten Gartenliege. Neben ihr stand ein großer Stahltank mit elektronischem Bedienfeld.

Fieberhaft versuchte sie, sich zu erinnern, was geschehen war.

Sie hatte ihr Profil bei *Mein Hund & Du* ins Netz gestellt. Und der Mann, der sie aus ihrer Wohnung entführt hatte, hieß Richard König.

»Aufgewacht?«, hörte sie ihn fragen.

Er hatte sein Hemd ausgezogen, trug nur noch Jeans und Stiefel.

Weil er es nicht mit ihrem Blut beschmutzen wollte?

Auf einem Klappstuhl entdeckte sie ein langes Messer und eine Schere. An die Wand gelehnt stand ein altes Gewehr.

»Unser Spiel geht weiter«, fuhr er fort. »Dein Hund hätte eigentlich dazugehört. Anubis, der Wächter des Todes, schon mal gehört?«

Für wie blöd hielt er sie eigentlich? Schon als Kind hatte sie sich für das Alte Ägypten interessiert. Zweimal hatte sie das Land am Nil mit großem Vergnügen bereist, einige Ausstellungen besucht und Unmengen von Büchern darüber gelesen.

Wenigstens konnte er jetzt Archie nichts antun. Theo hing so sehr an seinem kleinen vierbeinigen Freund.

»Aber natürlich«, sagte er, als habe er einen Teil ihrer Gedanken erraten. »Du bist ja die kluge Maria. Die, die auf dem Fasching damals so schnippisch zu mir war, weil ich in ihren Augen ein falsches Kostüm anhatte. Ich hab dich auf dem Foto sofort erkannt. Deshalb geht unser Spiel jetzt auch leider schneller zu Ende.«

Die Angst saß nun in jeder Zelle.

Sie würde diesen Raum nicht lebend verlassen, es sei denn, es geschah ein Wunder. Sie versuchte zu beten, aber dann sah sie ein kleines Fenster. Davor war alles grün. War sie in einem Garten?

»Im Grünen sind wir«, sagte Richard, der ihren Blick verfolgt hatte. »Da, wo die Hoffnung stirbt. Aber du wirst unsterblich, Maria – und wunderschön. Es geht doch nichts über die Anmut von blankem Gebein.«

Sie stöhnte, wimmerte, brabbelte.

*Joe, Joe, Joe, warum hab ich nicht auf dich gehört ...*

»Am besten stellst du dir das so vor«, sagte Richard, dem es sichtlich Freude machte, ihr im Detail auseinanderzusetzen, was er mit ihr vorhatte. »Ein Edelsteinschleifer muss sein Basismaterial viele, viele Male dem Schleifstein aussetzen, bis es alle Facetten erhält. Das Gleiche mache ich auch mit dir.«

Er begann den Tank liebevoll zu streicheln.

»Bioenzyme, Dichlormethan, Wasserstoffperoxid – eine

Wissenschaft für sich, sag ich dir! Aber wozu eine schöne Frau mit all den technischen Details langweilen? Am Ende zählt doch nur das perfekte Ergebnis!«

Er nahm die Schere in die Hand und trat ganz nah zu ihr.

»Als Erstes müssen die Haare ab«, sagte er.

Er griff unter ihren Körper, setzte sie auf.

*Meine Locken …*

Maria hoffte auf eine gnädige Ohnmacht, aber sogar die ließ sie im Stich. Stattdessen musste sie mit ansehen, wie der Boden zu ihren Füßen schwarz wurde. Locke für Locke.

## 48

## *Alle für eine*

Sofie geriet in höchste Aufregung, als Joe sie im Institut anrief.

»Die Maria!«, sagte sie immer wieder. »Aber das ist ja furchtbar, Joe! Und ihr habt wirklich keine Ahnung, wo der King sie hingebracht haben könnte?«

»Leider nicht«, schnaufte Joe. »Wir haben inzwischen sogar ihr Tablet mit den Mails. Das hat ein Freund von ihr vorbeigebracht, ein Kaplan. Der war leider so unvernünftig, sie bei ihrer riskanten Aktion auch noch unterstützen zu wollen. Mit drei Jungs aus seinem Rugbyteam – als ob die etwas gegen einen solchen Wahnsinnigen ausrichten könnten!«

»Und die Tante Vroni?«, fragte Sofie. »Die hört doch sonst immer jede Maus im Viertel husten.«

»Die ist längst wieder daheim.«

»Dann müsst ihr die Nachbarn in die Zange nehmen! Der King wohnt doch schon so lang dort. Irgendwer …«

»Was meinst, was die Kollegen grad machen? Ermittlungsarbeit musst du mir nicht erklären, Sofie.«

Joes Stimme klang scharf, aber sie nahm es ihm nicht übel – jetzt, wo die Nerven aller blank lagen.

»Und nun?«, fragte sie leise.

»Wir bleiben dran. Ihr darf einfach nichts passieren. Bis später, Sofie.«

Sie hielt ihr Telefon noch in der Hand, als es sich erneut meldete.

»Der Charly fahrt mit mir jetzt zur Mariahilf«, hörte sie ihre Tante sagen. »I soi ned zu Fuß gehn, weil i vui z'aufgeregt bin. Danach holt er den Flo, dass i a Unterstützung hab. A scheenes Auto hat er ja, der Charly, aber eben nur an Zweisitzer. Hochwürden Karisimbi weiß aa scho Bescheid. Wir wollen zusammen bei der Gottesmutter beten. Des werd scho, Dearndl! Die schwarze Madonna aus der Gnadenkapelle lasst neamands im Stich, scho gar ned a Maria!«

Sofie musste lächeln, als sie das sagte, trotz allem.

*Wenn es dich nicht gäbe, Vroni Ilmberger*, dachte sie voller Zärtlichkeit, *müsste man dich glatt erfinden!*

Aber dann wurde sie schnell wieder ernst.

Maria in der Hand dieses Wahnsinnigen! Und sie waren blind gewesen, alle miteinander. Die Lösung so nah vor ihren Augen – und keiner hatte sie gesehen …

»So spät noch so fleißig?« Dr. Iglus blonder Schopf schob sich durch die Tür. »Es geschehen ja noch Zeichen und Wunder …«

Murmelchen wedelte nur einmal kurz, stürzte sich dann aber nicht auf die Falk wie sonst. Er schien die richtige Entscheidung längst getroffen zu haben.

»Ich bin jetzt wirklich nicht in der Stimmung für dumme Sprüche. Meine Freundin Maria ist in der Hand des Schädelmörders, er hat sie sonst wohin verschleppt, nachdem sie ihn auf dieser Scheiß-Dating-Plattform *Mein Hund & Du* kennengelernt hat …«

Elke Falk griff nach der Stuhllehne und wurde bleich.

»Weiß man schon einen Namen?«, fragte sie mit belegter Stimme.

»Allerdings!«, antwortete Sofie. »Richard Alexander Ludwig König heißt das Monster, und ich kenn ihn sogar persönlich, weil er einen Tandlerladen am Mariahilfplatz hat. Zwei andere Ganoven hat er vermutlich noch zusätzlich auf dem Gewissen, und an groß angelegten Kirchendiebstählen ist er auch beteiligt. Sonst noch Fragen?«

Elke Falk war inzwischen grünlich im Gesicht.

»Dürfte ich mal ganz kurz an Ihren PC?«, fragte sie.

»Jetzt?«

»Jetzt. Ist wichtig!«

Äußerst widerwilllig rückte Sofie zur Seite. Elke Falks dünne Finger flogen über die Tasten.

*Mein Hund & Du* erschien auf dem Bildschirm – und dann das Profil eines Mannes.

»Alex 47 hat sein Foto geändert«, entfuhr es ihr. »Aber – ist er das?«

»Ja, das ist der King«, sagte Sofie. »Eindeutig! Jetzt sagen Sie bloß, dass Sie auch …«

Die Falk nickte knapp.

»Wenn das der gesuchte Verbrecher ist, dann weiß ich vielleicht, wo Ihre Freundin sein könnte. Rufen Sie Herrn Hauptkommissar Lederer und seine Leute an. Wir sollten keine Zeit verlieren!«

»Wir?«, fragte Sofie erstaunt.

»Natürlich wir«, bekräftigte Elke Falk. »Oder haben Sie nie *Die drei Musketiere* von Dumas gelesen?«

Joe hatte keine Chance gehabt, Sofie und ihre Chefin am Mitkommen zu hindern, allerdings nur unter der Bedingung, dass sie Stein und Bein schworen, sich vor Ort keinerlei Gefahr auszusetzen. Zuvor hatte er schon ein SEK zur Kleingartenanlage hinter dem Hans-Mielich-Platz geschickt. Nun fuhren die Kriminalbeamten ebenfalls dorthin. Elke Falk saß bei Mick Lorenz im Auto; Sofie und Murmel fuhren mit Joe.

Eine ganze Weile lang sagte keiner etwas. Joe starrte auf die Fahrbahn; es war schon recht dunkel, und ein feiner Regen hatte eingesetzt, den Stadt und Umland nach all der Trockenheit in den letzten Wochen gut gebrauchen konnten.

»Und wenn sie jetzt …«, sagte er plötzlich.

»Is sie aber ned!«, fiel Sofie ihm ins Wort. »Mia san glei da – und na hat sichs ausgeschädelt beim Herrn King!«

»Sofie, da war aber no was«, druckste Joe herum. »Des woit i dir scho die ganze Zeit sagn. Die Maria und i …«

»Des woaß i doch längst. I hab ihr blaues Radl unter der Linde gsehen. Ganz in der Fruah, ois i vom Charly kemma bin. Schee, dass du endlich mit der Sprach rausrückst!«

»Du warst die ganze Nacht beim Charly?«

»War i.«

Es klang abschließend.

»Und jetzt fahr zua!«

Blaulichter zuckten in der Nacht. Die kleine Stichstraße quoll schier über vor schweren Wagen.

»Da steht des Auto vom König.«

Elke Falk zeigte auf den Nissan.

Zwei Schützen näherten sich ihm mit angelegter Waffe. Aufgeregtes Bellen ertönte aus dem Auto.

»Das ist die Lady«, rief die Falk. »Königs Hündin. Wer weiß, wie lange er sie hier schon weggesperrt hat. Tun Sie ihr bitte nichts. Sie ist ganz harmlos.«

»Der Wagen ist jetzt auf. Sollen wir sie zu Ihnen bringen?«

»Ja!«

Natürlich war Sofie aus dem anderen Auto doch mit ausgestiegen. Murmel hatte sie an der Rückbank angeleint.

»Du bleibst, wo du bist!«, brüllte Joe. »Der Kerl kann bewaffnet sein, kapiert?«

»Aber Maria is …«

»Maria is jetzt unsere Angelegenheit. Wenn du ned sofort machst, was i dir sag, leg ich dir Handschellen an und klick dich am Lenkrad fest!«

Sie nickte, ließ die Männer voranstürmen, dann ging sie langsam hinterher. Brombeergestrüpp – eine Hecke, fast so dicht wie bei Dornröschen. Ideal, um sich dahinter als Herr über Leben und Tod aufzuspielen. Weshalb, das mussten Joe und seine Leute aus König nach der Festnahme herausquetschen.

Ob er reden würde?

Zum Schluss redeten sie alle.

»Hier ist die Polizei«, schallte es durch die Nacht. »Das Haus ist umstellt. Kommen Sie mit erhobenen Armen heraus!«

Nichts geschah.

»Geben Sie auf und kommen Sie jetzt mit erhobenen Händen heraus!«

Ein Schuss.

»Zugriff!«, schrie der Einsatzleiter.

Das Krachen von Holz, als sie die Tür aufbrachen.

Unwillkürlich machte Sofie ein paar weitere Schritte nach vorn.

*Maria*, dachte sie, *i schenk ihn dir – wenn du nur lebst!*

»Kopfschuss«, hörte sie den Einsatzleiter sagen. »Er hat sich selbst gerichtet.«

»Und die Frau?«, schrie Sofie und war jetzt nicht mehr zu halten. »Was ist mit Maria?«

Durch das aufgebrochene Holz sah sie den Tank, die Liege, den Stuhl mit Messer und Schere, den Boden, von dunklen Locken bedeckt. Den leblosen Männerkörper.

Der würde niemals mehr reden.

Auf den ersten Blick hätte sie das zitternde Wesen kaum wiedererkannt, das sich an Joe schmiegte, so klein wirkte sie mit ihrem frisch geschorenen Kopf.

»Sofie!«, schluchzte sie. »Ich hatte ja schon mit allem abgeschlossen …«

»Nix da!«, erwiderte Sofie und umarmte sie fest von der anderen Seite. »Wir sind alle zu deiner Rettung ausgerückt: Murmel, i, sogar die Dr. Iglu. Die Vroni, der Flo, der Charly und der Pfarrer halten in Mariahilf die Stellung. Willkommen zurück im Leben, Maria! Ich glaub, das hat noch jede Menge mit dir vor!«

Sofie schaute zu dem Toten mit dem zertrümmerten Schädel.

»Diese Obduktion überlass ich der Chefin«, meinte sie. »Das wird ihr sicher ein ganz besonderes Vergnügen sein!«

# 49

## *Gschlamperte Verhältnisse*

Wir fahren«, sagte Sofie. »Wir fahren tatsächlich!«

»Natürlich fahren wir«, erwiderte Charly mit einem Lächeln. »Dante kommt frisch aus der Werkstatt und hat sich schon auf unsere Reise gefreut. Schal gefällig? Die Cabrios sind für Damen mit so schönen langen Haaren doch immer eine kleine Herausforderung!«

»Gern«, sagte Sofie. »Im Handschuhfach, wie immer?«

»Selbstredend.«

Sie öffnete es. Da war noch immer der Schal, den sie bei ihrer ersten Fahrt mit ihm getragen hatte. Aber darunter entdeckte sie noch ein schmales Päckchen aus grünem Geschenkpapier, verziert mit einem goldenen Band.

»Nicht immer nur alte Pfade gehen«, sagte Charly mit großer Ernsthaftigkeit. »Das hat erst neulich eine bezaubernde Frau zu mir gesagt. Durchaus auch mal was Neues wagen – und daran hab ich mich natürlich gehalten. Es ist für dich!«

Sie löste die schmale goldene Schleife und öffnete das Papier.

»Du bist ja narrisch!«, sagte sie entzückt, als sie den Schal herausnahm, lila und grün mit winzigen goldenen Einsprengseln. Sie schlang den Schal um ihren Kopf. »Wia schau i aus?«

»Deine Augen leuchten so schön, dass ich gleich anhalten

muss, wenn du mich noch länger so ansiehst«, scherzte er. »Dabei wollen wir doch heute noch mindestens bis nach Florenz kommen, oder?«

Sie lächelte.

»Murmel war traurig, als ich mich von ihm verabschiedet hab. Wahrscheinlich verwöhnt ihn die Tante, während wir weg sind, so sehr, dass er nimma in sei Halsband passt, wenn wir zurückkommen.«

Jetzt lachte sie ihn herzlich an.

»Vier Wochen Urlaub! So lang frei hab ich seitm Studium nimma ghabt! Aber die Iglu is seit der Sach mitm King so durchn Wind, dass sie mir wahrscheinlich aa sechs Wochen gestattet hätt'. ›Hundeferien‹ will sie jetzt machen mit ihrer Lady, die sie schon jetzt abgöttisch liebt. Und dafür, dass ihr Herrchen a Mörder war, ko der Hund ja nix, hats gsagt. Von Männern hat sie angeblich vorerst die Nase gestrichen voll. Na ja, wer's glaubt …«

»Wahrscheinlich ist nicht nur der Murmel traurig …«, sagte Charly.

»Du sprichst vom Joe?«

Charly nickte.

»Ja, das war scho seltsam, aa für mi, als wir uns in der Gondel vom kloana Riesenrad ›Pfiat di‹ gesagt ham – da, wo amoi ois begann. I mag eahm scho immer noch, weil der Joe is eben der Joe, aber …«

»Aber?«

»Ich fürcht, da vorn, da musst jetzt doch amoi kurz ohoitn!«

Sie küssten sich.

Mit Charly die Liebe zu erleben war ganz neu für sie, heiter und spritzig, so wie der ganze Mann eben, sehr erotisch – und von großer Tiefe.

»Jetzt kemma weidafahrn«, sagte Sofie nach rund einem Dutzend heißer Küsse.

»Sicher?«, fragte er.

»Sicher! Aber an der nächsten Tankstelle …«

Charly lachte.

»Musik?«, fragte er.

*»Sí, signore«,* antwortete Sofie.

Er entschied sich für Lucio Dalla, den großartigen, leider viel zu früh verstorbenen italienischen Songpoeten. Als dessen Ballade *»Anna e Marco«* aus den Lautsprechern tönte, erreichten sie gerade die Autobahn.

»Meinst du, er wird glücklich mit seiner Maria?«, fragte Charly.

»Dafür sorgt die scho!«, meinte Sofie. »Die Locken wachsen scho wieder – boid werds ausschaun wia die Momo und dem Joe scho beibringa, wo der Bartel den Most hoit!«

Sie legte den Kopf ein wenig schräg, musterte ihn aufmerksam.

»Tut es dir eigentlich noch leid wegen dem Haus?«, fragte sie.

»Spike und seine Familie werden viel glücklicher darin leben, als wir es je gekonnt hätten«, erwiderte er. »Mit dem Geld, das ich durch den Verkauf an sie wieder habe, lässt sich auch in München einiges anfangen. Die bezaubernde Frau, die ich bereits erwähnt hatte, hat mir ja klargemacht, dass zusammenleben ein echter Neuanfang sein muss.«

Er wechselte die Spur, fuhr langsamer.

»Was für ein Glück, dass meine Nachmieterin sich in einen Spanier verguckt hat und auf Knall und Fall nach Madrid ziehen möchte! Ich bin wieder zurück in der Wohnung, und wir haben alle Zeit der Welt, etwas zu finden, das uns beiden zusagt, dir und mir.«

Er verließ jetzt die Autobahn und fuhr an eine Tankstelle.

»Ich hätte da noch etwas«, sagte er, als der Wagen stand. »Mit einem schönen Gruß vom Nomaden. Speziell für eine Frau, die allergisch gegen goldene Ringe ist, die ihr zu früh an den Finger gesteckt werden.«

Der silberne Armreif, den er ihr nun überstreifte, war breit und hatte ein schön gearbeitetes Inlay aus Lapislazuli. Sie mochte sofort das Gefühl am Handgelenk, als sie ihn trug.

»Ein ernst gemeintes Versprechen«, sagte Charly. »Nichts, was bezaubernde Frauen mit leuchtend grünen Augen einengen würde.«

»Also bleibt jetzt erst einmal alles so, wie es ist?«

Sofie spielte mit ihrem neuen Armreif und sagte: »So schee ...«

»Ganz genau«, versicherte Charly. »Gschlamperte Verhältnisse, so nennst du das doch, oder?«

»Herrlich«, rief Sofie. »Einfach nur herrlich!«

# *Danksagung*

Unser Dank geht an unseren Mentor, wissenschaftlichen Berater und lieben Freund Professor Dr. Oliver Peschel, der sich auch dieses Mal wieder die Zeit genommen hat, uns rechtsmedizinisch unter die Arme zu greifen.

Lieber Oliver – dieser Krimi ist dir gewidmet!

Danke an Dr. Gabriele Roider, Pharmakologin am Institut für Rechtsmedizin der Universität München, für das spannende Material zum Thema »Arsen« und »Schweinfurter Grün«.

Danke an Maximilian Fritz, Fachmann für Antikes, für seine »beinernen« Ideen!

Wir bedanken uns bei Professor PD Dr. Hannelore Putz, stellvertretende Direktorin des Bistumsarchivs Passau, für ihre interessanten Hinweise zum Thema Reliquien.

Danke, ihr lieben Erstleserinnen und -leser: Michael, Julie, Anka, Moni, Angelika und Renate – wir zählen auf euch!

PS: Ein Besuch bei der hl. Munditia im Alten Peter lohnt sich übrigens immer! ☺